講談社文庫

警視庁情報官
トリックスター

濱 嘉之

講談社

目次

警視庁の階級と職名

階　級	内部ランク	職　名
警視総監		警視総監
警視監		副総監、本部部長
警視長		参事官級
警視正		本部課長、署長
警視	所属長級	本部課長、署長、本部理事官
	管理官級	副署長、本部管理官、署課長
警部	管理職	署課長
	一般	本部係長、署課長代理
警部補	5級職	本部主任、署上席係長
	4級職	本部主任、署係長
巡査部長		署主任
巡査長※		
巡査		

警察庁の階級と職名

階　級	職　名
階級なし	警察庁長官
警視監	警察庁次長、官房長、局長、各局企画課長
警視長	課長
警視正	理事官
警視	課長補佐

※巡査長は警察法に定められた正式な階級ではなく、職歴6年以上で勤務成績が優良なもの、または巡査部長試験に合格したが定員オーバーにより昇格できない場合に充てられる。

◉主要登場人物

黒田純一………警視庁総務部企画課情報室室長
栗原正紀………警視庁情報室員
内田　仁………警視庁情報室員

古賀和夫………警視総監
吉田　宏………警視庁捜査二課理事官
会田孝一………内閣情報調査室調査官

葉　昭子………マレーシアの財閥夫人
宮越　守………元自衛隊キャリア
田守永久………航空自衛隊幹部
大河内守………右翼団体組長
廣島昌和………弁護士
松本英明………スペーステクノロジー社社長
中山秀夫………スペーステクノロジー社総務部長
大林義弘………民政党代議士
山本久則………大林の公設第一秘書

麻倉俊守………日本研鑽教会教主
麻倉徹宗………俊守の長男
須崎文也………日本研鑽教会秘書局長
朴　喜進………世界平和教アメリカ総局長

クロアッハ……イスラエル・モサドのエージェント

警視庁情報官　トリックスター

プロローグ

庭園に臨むホテル旧館のスウィートルームからの眺めは、この季節が最高だという。豊かな新緑と池に架かる朱色の太鼓橋《たいこばし》のコントラストは、例えようもなく美しい。時折、池の表面を風が撫《な》で、さざ波に光が反射する。

全面ガラス窓から差す陽光が室内を黄金色に照らしていた。

「五〇兆円の使い道を先生にご相談申し上げているのです。これは将来きっと先生のお役に立つことになると思いますわよ」

色鮮やかなマレーシアの民族衣装を纏《まと》った貴婦人が微笑《ほほえ》んだ。上客だけに用意された特注の革張りソファーに腰掛けている。

その姿は気品に溢《あふ》れ、優雅だった。

豊かな銀髪を盛り上げたスタイルは華美でいて派手ではない。「東洋随一の貴婦人」と称《たた》えられるこの女性は、かつてはその美貌でも知られる存在だった。

眩しいな、と心の中で舌打ちしながら田守永久《たもりながひさ》は何度も窓の外に目をやった。

貴婦人が示した桁外れの提案に、言葉を失っていたのである。現実味のない話だと疑問はわいたが声にならない。宗教者の唱える呪文を聞いている気分だった。話に集中しようとすればするほど、額に脂汗が浮き上がる。

対面してから小一時間が過ぎたところで、田守は切り出した。

「……では、この件は改めてお返事させていただきます」

「分かりました。ごきげんよう」

スウィートルームからホテルのフロア廊下までは扉が三つある。

貴婦人は、その最後の扉まで田守を丁重に見送ると、別れの言葉と共に右手を差し出した。田守は慌ててその甲にキスをすると、部屋を出て、ホテル正面の車寄せに待たせた公用車に向かった。運転手に早く車を出すように言い、座席に深く体を沈めた。

悶々《もんもん》としていた。何をどうしていいのか全く判断がつかない。

これまでリーダーとして様々な決断をしてきたが、この時ほど自分自身の判断能力を疑った時はなかった。

目黒の統合幕僚学校に戻った田守は自室のデスクに着くと、電話に手を伸ばした。

「四井重工業さんですか。……航空自衛隊の田守と申しますが、加藤社長はご在社でしょうか」

保留のメロディーが突如、太い声に変わった。

「加藤です。いや、学校長御自ら電話とは珍しいことですな」

「ちょっと相談事がありましてね。実は、馬鹿馬鹿しい話なのかもしれませんが、今日、とある人物に会いましてて……妙な融資の話なんですよ」

「融資というと銀行屋ではない何らかの団体からですかな？」

「そうなんです。民政党の大林義弘《よしひろ》議員とも親交のある東南アジアの大富豪が代表です。彼女が関わっている団体が五〇兆円を使って欲しいというのですよ」

「ええっ？　五〇兆円ですか？」

電話の向こうで咳き込む声が聞こえる。

「何やら昔流行ったM資金もどきの大法螺《おおぼら》のようですが、まんざら嘘とも言い切れません。まだ私自身も半信半疑ではあるのです。加藤社長はそんな話を聞いたことがありますか？」

「Ｍ資金」といえば、連合国軍最高司令官総司令部（ＧＨＱ）が占領下の日本で接収したとされる莫大な秘密資金のことである。その資金は、現在も極秘に運用されていると囁《ささや》かれているが、その存在は一度も確認されたことはない。

国内大手重工業の代表取締役である加藤は、田守の自信なげな声を聞き言葉に詰まった。だが相手は大手クライアントの航空自衛隊の大幹部だ。冷静に聞き返した。

「その富豪とやらの名前は何とおっしゃいますか？」

「葉昭子《ようしようこ》という方です」

「その名前は……何か雑誌の記事で目にした記憶がありますね。『世界の富豪50人』という特集の中だったかな。世界一のゴム王の未亡人で、『スーパーリッチ』と称されている」

「その葉女史にお会いしたんです」

「しかし、いくら大富豪といっても、ポンと五〇兆円を出すという話ではないのでしょう？　そんな融資額はいくらなんでも信じられません」

「手数料として二～三％は抜かれるみたいですが、もともと向こうから送られる金を確認したあとに支払うわけですから、詐欺という訳ではなさそうです」

そう伝える田守もまだ具体的な話を聞かされてはいなかった。

「確かに騙《だま》される可能性は低そうですが、やはり妄言にしか聞こえないのです。少し時間を頂けませんか？　私なりにチェックもしてみたい」

田守はもちろんです、と答えてから丁寧に礼を言って電話を切った。

にわかに信じ難い話には違いなかった。

「さて、統合幕僚会議議長にも相談しておくか」

組織内部にも本件を知らせておいた方がいいだろうと考え、防衛省内の情報本部と中央調査隊に事実関係の確認を取るよう指示を出した。

「五〇兆円の融資が実現するだろうか？　あまり期待を膨らませない方がいいだろうな」

一笑に付すことになるかもしれないが——しかし翌朝届けられた調査結果は、葉女史は、ただ単に莫大な資産を持つ婦人という以上のことを告げなかった。

それからも様々な角度から周辺調査は続けられたが、外務省、防衛省の情報担当者からの報告の中に怪しい文言は全く見当たらなかった。上がってくる情報といえば、葉女史のボランティア活動に関するものばかりで、次第に葉女史に対する疑念は薄まっていった。

「思わぬ大魚が掛かったな」

調査を始めて二週間が過ぎたころ、女史の植林事業を伝えるレポートを捲《めく》りながら、田守は無意識に笑みを浮かべていた。

――どこからみてもクリーンじゃないか。これは僥倖《ぎょうこう》だ。

田守はこれからの自分の人生に光明が差して来たかのような錯覚に陥っていた。

「まずは、話をひとつでもまとめなければ」

田守が四井重工業の加藤社長と二人で葉女史を表敬訪問することになるのは、それから一ヵ月後、小雨が降る午後のことである。

第一章　巨額詐欺疑惑……情報室の男

　小料理屋「しゅもん」のカウンター五席は開店と同時に常連客で埋まる。特等席《カウンター》に着けなかった馴染み客はテーブルと座敷席に陣取り、店内はすぐさま満席となった。これからラストオーダーまで、店の活気が絶えることはない。

　三十代半ばのプロレスラーを思わせる体格の板長と、あどけない可愛さを見せる姉さん女房が店をやり繰りしている。板長は元々イタリアンの出身ながら、魚の目利きに優れていて、築地だけではなく、全国の漁師や漁協とも直接タイアップして、新鮮かつ珍しい魚を日々仕入れている。また板長のこだわりで、日本酒の品揃えも玄人《くろうと》を唸らせる銘酒を厳選していた。これはかつて「うわばみ」と言われた姉さん女房の影響が強かったのかもしれない。お品書きは、仕入れる魚が毎日変わるため筆書きで準備されていた。

黒田純一《くろだじゅんいち》は生ビールを半分ほど飲んだところで、

「岬鯖《はなさば》と岬鯵《はなあじ》。それにぬる燗《かん》を」

普段、真澄《ますみ》ちゃんと呼んでいる姉さん女房にオーダーした。

カウンターの真ん中に座った黒田は、すでにこの店の常連客の雰囲気を持ってい
た。スーツ姿ながら、ネクタイはすでに外されている。

「今日の鯖、鯵はなかなかの優れモノですよ」

「九州と四国の間の激しい流れの中で鍛えられた魚ですから」

板長の敏ちゃんがカウンター越しに声を掛けた。

鯖や鯵といったいわゆる「光りもの」は近年、ＤＨＡを多く含む魚として注目さ
れ、鯖の中でも、大分の関《せき》サバ、長崎五島《ごとう》のゴン鯖、神奈川松輪《まつわ》の根つき鯖の三種は
高級魚として人気が特に高い。

「関サバでも、愛媛の佐多岬漁港で水揚げされたものは、岬鯖って呼ぶんでしょ
う？」

岬鯖は透明感のある白身で、血合い部分は鮮やかな赤みを帯びている。

黒田のお気に入りは、この岬鯖の刺身の半分を博多風の「胡麻鯖」にして食べることだった。東京ではなかなかお目にかかれないメニューである。これは、この店の実質的なオーナーである、真澄ちゃんの父親が博多出身であることが影響していた。オーナーは別会社の代表取締役会長を務めており、この店では常連客からは「会長」と呼ばれている。

黒田がグラスを空けるのと、ぬる燗が届くのはほぼ同時だった。このタイミング、さすがだよな——まさに阿吽《あうん》の呼吸だ。

「どうぞ、黒田さん。今日もお疲れ様でした」

真澄ちゃんが最初の一注ぎをしてくれる。

続いて刺身が運ばれて来た。岬鯖は二つの器に分けて盛られている。この店ではオーナーと親しい者や博多を知る者たちだけが、このような食べ方をしていた。

「胡麻鯖からいこうか。いただきます」

黒田は、胡麻ダレと切り胡麻にコーティングされた刺身に生わさびを少々のせて口に運んだ。新鮮な、しかも脂がのった歯ごたえのある岬鯖を胡麻の風味が包む。黒田は口腔にうまみが十分に広がったのを確かめ、ぬる燗を口に含んだ。「手取川《てどりがわ》」の純米酒だ。刺身の良質な脂分と胡麻ダレの芳醇な香りを楽しみながら、鼻腔を通り抜ける日本酒の清々しさを味わう。こたえられない瞬間だった。

「美味しいなあ。やっぱりこの鯖は抜群だね」

「ありがとうございます。一昨日、漁に出るという連絡があったので、いいものが揚がったら送ってくれるように頼んでおきました。見ただけでも良さはわかりますが、包丁を入れると、質の高さが手に伝わって来るんです」

絶品の刺身をゆっくりと味わいながら、黒田は豊予《ほうよ》海峡の潮を思い浮かべていた。

その時カウンターの常連客の一人が思いついたように話しだした。

「僕は今までアニサキスに三回やられて」

腹を押さえて大袈裟に顔を歪《ゆが》ませて見せながら、

「寄生虫はもう、うんざり……それでも、鯖が好きでね。特に関サバを初めて口にした時は驚いたよ。しかし、一時期、結構な数の偽の関サバが流通して、問題になったじゃない。あれは落ち着いたのかね」

「いえ、まだまだ偽物は多いらしいですよ。本来、漁協が出すような鯖じゃない物まで関サバのタッグとシールが貼られていますよ」

敏ちゃんがいやな顔ひとつせずに答える。

「よく、日本人は中国の商品を非難しているけど、人のことは言えないな」

「確かに、食べ物の世界を見渡しても、大手の牛乳メーカーに始まって、コメ、酒、肉、ウナギ、野菜と、どれもこれもブランド品と言われる銘柄の偽物が蔓延《はびこ》っていますよ。その偽物を作っているのは日本人です」

「詐欺師って奴は、いつの世にも現れるんだな」

黒田は美味しい鯖を食べている時に、アニサキスだの、偽ブランドだの、無粋な話は聞きたくなかった。

――ああ、至福の境地から疎《うと》ましい現実に呼び戻されてしまった。

今回、黒田ら情報室のメンバーが着手した捜査は、まさに国家と基幹産業をターゲットにした巨額詐欺事件だった。この事件の底辺に何が潜んでいるのか、未だ垣間見ることすらできていない。

「相手を一旦信用させておいて欺《あざむ》くなんて、汚いね……詐欺師《トリックスター》か」

人をたやすく騙す行為が横行する世の中を苦々しく思いながら、黒田は二本目のぬる燗を注文した。その顔には、胸中の重苦しさが滲んでいた。

黒田がこの街に来てようやく一年が過ぎようとしていた。

西荻窪の部屋は、黒田の油断から他国の情報機関に探知され、転居を余儀なくされていた。しかも、ほぼ同じ頃、あろうことか自身が「ハニートラップ」にかかってしまったのだ。敵の女性工作員に手玉に取られるとは、捜査官として恥ずべきことだった。懲戒処分こそ免れたものの、直接の上司である企画課長の口頭による厳重注意の後、謹慎処分を受けていた。

通常、警察署副署長以上の地位にある者は官舎住まいが義務付けられている。しかし黒田の場合、職務の特殊性から官舎へは入居できない。

彼のこれまでの勤務地は隅田川の以西ばかりで、警視庁内で「川向《かわむこ》う」と呼ばれる、第六、第七方面勤務を経験したことがなかった。

江戸時代、隅田川は武蔵と下総の二つの国を隔てる流れだった。この国境の川と土地を象徴するのが国技館がある両国の語源である。江戸っ子や古くからの住人は隅田川の対岸を「川向う」と呼び、江戸との違いを強調していた。その悪《あ》しき伝統を、どういうわけか警視庁内では未だに踏襲している。

治安的に言うと、確かに隅田川以東の犯罪発生率は、他の区よりも圧倒的に高い。その代表格の区長を、父親のあとを継いで政治家となった元警視庁女性警察官が担っているのは面白い偶然かも知れなかった。

黒田は転居先をこれまで縁のなかった、「川向う」にしてみようと思った。山の手とは全く趣が違い、交通の便がいい場所というと――。

江戸川区西葛西。前住居地の西荻窪が二十三区の最西端とすれば、葛西地区は最東端ということになる。西葛西から日本橋まで十四分、霞ケ関まで三十分という極めて便利な場所でありながら、江戸川区ということで地価は安い。


一年前――。

前回の引っ越しは組織が探してくれた物件の中から選んだが、今回は自ら家探しをした。西葛西駅で降りたのは初めてだった。

駅南口のエスカレーターを降りると、バスロータリーの脇に交番がある。交番には地域の警察官数人の他に交番監視員という再雇用の職員がいた。この地域を管轄するのは西葛西警察署である。署長は警備部上がりのまだまだ先がある有望な男だった。

この辺りの治安状況を聞こうと、黒田は交番に足を向けた。交番の入口付近で、扉に寄りかかるように立っている交番監視員に声を掛ける。

「お忙しいところ申し訳ありません。実は、地方から転勤して参りまして、この辺りで物件を探しているのですが、この地域の治安はいかがでしょうか？」

「あんた、家族で住むの？」

交番監視員は黒田を顔からつま先まで品定めでもするかのように眺めたのち、いかにも面倒臭そうな態度で応じた。

「いえ、単身です」

「ふーん。あのね、東京で治安があまりよくない地区が足立と江戸川。そしてね、ここがその江戸川区なんだよ。いいわけないでしょう」

「そんなに悪いところなんですか？　それじゃあ皆さんも大変ご苦労をされているんですね」

「まあね。それは仕方ないんじゃないの？　一応仕事だからね」

「この駅周辺もやはり治安は悪いですか？」

「まあ、ましと言えばましな方だけど」

「なるほど。しかし、都心から十五分ですからね。地理的にはいい場所ですよね」

「そうね。江戸川区は東京都で一番涼しい街だし、緑も多いし、子供の人口が二十三区で唯一増えている場所でもあるんだよ。昔は滅茶苦茶な街だったようだけど、今はだいぶよくなってるから、心配はいらないよ。ところで、旦那さんはどこから越してくるの？」

「関西です」

「ああ。関西に比べりゃ、安心安全だよ」

なんて言い草だ……黒田は苦笑しながら、礼を言って交番を後にした。

黒田が求める物件は駅から五分以内の２ＬＤＫだった。家賃が十万円を超える場合、超過分の七割を役所が負担してくれる。組織防衛上の特別待遇だ。

駅周辺には大小様々数多くの不動産屋があった。地元の不動産屋三軒を回って、六件の物件をピックアップし、警視庁本部に持ち帰った。

「この六つの物件の所有者と、周辺に反社会勢力の拠点がないかどうか確認お願いします」

すると、その中で五件はマンション内に反社会勢力構成員が居住していることが、公安部の調べで明らかになった。結局、この日の成果は一件だけだったが、黒田が最も気が進まない物件だった。それから三日間、物件調査を行い、最終的に駅から徒歩四分の場所に手頃な値段の部屋を見つけた。所有者は管轄する西葛西警察署の懇話会の役員を務めている地元の名士だった。

引っ越しは慎重に行われた。西荻窪の部屋の荷物を一旦、警視庁第九機動隊の倉庫に移し、その後、これを江東区辰巳《たつみ》にある民間業者の倉庫に秘匿で移動させる。それから一般業者を使って西葛西のマンションに移した。

情報室のメンバーも理事官以外は黒田の最終的な転居先を知らなかったほどである。

マンション十六階のベランダの西端からは中川と荒川がよく見え、南側に目を向けると、葛西臨海公園の観覧車が綺麗に見えた。加えて、毎日午後八時半には東京ディズニーランドの花火を見ることができた。また、北西方向には、これから東京の新たなランドマークとなるであろう、東京スカイツリーの工事が着工していた。

黒田は部屋の片づけを終え、ベランダにコールマンのキャンプチェアーを出すと、冷蔵庫からよく冷えたスチューベンのグラスと氷を取り出した。ブッカーズをグラスの半分まで注いでよく冷えたソーダをグラスの口まで入れると、夕暮れの東京湾に向けて言った。

「新しい生活に乾杯！」

最初の一口を喉に流し込んだ。焦げたオーク樽、熟成したスモール・バッチ・バーボンの最高峰らしい鮮烈な味わいが一気に食道から胃へと広がった。

＊＊＊

宮本究《ただし》総監が癌のため緊急入院すると、その後任に古賀和夫次長が急遽就任した。警察庁人事は警察庁長官・大下、警視総監・宮本体制ができた段階で、それぞれの同期キャリア官僚は全て辞職しており、後続の期も長期政権を意識して、何人か残っていたトップ有力候補も辞職の道を選んでいた。古賀次長は年次調整という中途半端な立場で次長職に残っていたのだが、突然の宮本総監のダウンで、思ってもいなかった警視総監の地位が転がり込んだ。

古賀は宮本が入院を決めた日に内々で宮本に呼ばれていた。

「古賀、悪いが、お前、俺の後任を頼む」

「後任と申しますと……」

「お前、総監をやれ」

「それはどういうことでしょうか？」

警視総監室に久しぶりに入った古賀次長は、驚いて目をしばたたいた。

「俺は癌だ。それも膵臓《すいぞう》。下手すれば年内もたない身体かも知れない」

「ええっ。それはいつ……」

「先週末にわかったことだ。今朝、大下長官に話をした。すぐに辞職という訳にもいかんので、官房付ということで入院することになる。その後をお前がやれ」

「しかし、私で大丈夫でしょうか？　総監もご存じのとおり、現在のこの地位も同期が皆辞めてしまった後始末のつもりで残っていたに過ぎないのです」

「しかし、それも運命だ。出世の目がないというだけで組織を去る奴など、所詮トップの器ではないということだ」

「はあ、それはそうですが……」

「長官の地位にいればわからないことが、総監のポジションだと、リアルタイムで情報が入ってくるんだよ。そこが警察官である総監と、完全なる行政官である長官との違いだ」

「なるほど、確かに直接の手足を持っているか否かという差は大きいですね」

古賀は緊張した表情を崩さない。

「そうだ。日本警察の五分の一が警視庁だぞ。これはやってみなければわからない立場だな。お前は交通総務課長で警視庁を経験したのが最後だったな」

「はい。捜査第二課長や公安総務課長とは違って、御前会議に参加したこともありません」

「交通部門の宿命でもあるからな」

古賀次長は交通畑出身の自分の立場を恨めしく思いながらも、意を決して言った。

「総監、後任をお引き受けするとして、現在、警視庁内で最も重要な案件はなんでしょうか？」

「幸い、新たな大事件は起こっていない。しかし、気になっているものが幾つかある。お前が着任したら、まずキャリアの部長、参事官、課長を集めて意思統一を図ることだ。その際、ノンキャリの企画課長と捜査第一課長は同席させておけ」

「わかりました」

「それから、警視庁には道府県警にはないセクションが二つある。一つは公安部。もう一つが情報室だ」

「情報室……ですか？」

耳慣れないセクションに、古賀は慌てた。

「そう、西村長官と北村総監が二人の発案で作った組織だ」

「ああ……当時大騒ぎを起こしたとか」

「そこに黒田純一という、実にクールな男がいる。彼が情報室の室長だ。彼に接触するときには一旦は企画課長を通した方がいいだろう。実は今、彼には私がちょっと気になっている案件を預けている」

「黒田本人にですね」

「そうだ。彼はノンキャリながら、我々が想像を絶する人脈を築いている」

宮本はふっと息を吐いた。溜め息をもらしたようだった。

「失礼ながら、その黒田氏の年齢と階級は？」

古賀は俄然、興味を持って聞いた。

「黒田は警視で歳は四十二か三だったと思う。彼を上手く使うことだ。彼には私からもお前のことは伝えておく。いいか。黒田を活用できるかどうかに、お前のこの数年間の命運が懸かっていると思っていいだろう」

「それほどの人物なのですね」

感心した表情で古賀は頷く。

「会って話してみればわかる。確かにお前にとっては恐ろしいと思う面があるかも知れない。しかし、黒田を、いや情報室を使いこなさなければ、総監という地位に座った意味もないのだ」

「警視庁ならではの組織なのですね」

そうだ、と言って宮本はソファーに座り直した。

古賀次長は宮本総監から黒田の存在以外に、警視庁内の警備警察と刑事警察の実態と現状について教えられた。

「警視庁情報官の黒田警視か。会ってみたいものだ」

人事異動の発令は早かった。警察庁の危機管理能力が高かったのだ。

古賀総監は着任早々、各部長を個別に呼んで現況報告をさせた後、警視庁の筆頭課長である総務部企画課長を呼んだ。情報室はこの企画課内のセクションだ。

企画課長はノンキャリポストの最高峰である地域部長、交通部長に昇進する可能性が残される重要なポジションである。

宮本総監の辞任が発表される前日、黒田は宮本からの電話を受けていた。

「黒田君。実は先日、ある基幹産業の代表と一緒になってね、海外のとある大財閥が防衛省と盛んにコンタクトを取りたがっていて、民間企業にも触手を伸ばしているという話が出たんだが、何か聞いたことはないかね」

「最近の話ですか？」

「いや、実は根が深い話のようだ。五、六年前から動いていた話らしい」

黒田は当時の状況に思いを馳せた。そして、ふとある事案を思い出した。

「それは、東南アジアの旧財閥の話ではありませんか？」

「そうそう。しかし、何でもよく知っているな」

宮本総監は嬉しそうな声で言った。黒田は記憶を辿って切り出した。

「大物国会議員やその後援会幹部のホテル経営者、自衛隊の将官クラスが絡んでいたと思いますが」

「それは事実なのかい？」

「いえ、私も確認が取れておりません。ただし、あの代議士には問題が多すぎるのも事実です」

「そうか。悪いが、早急に概要を調査してみてはくれないだろうか？　妙に気になるんだ」

「わかりました。報告は随時上げさせていただきます」

宮本は小さく咳払いをした。

「頼んだぞ。……さて、唐突で申し訳ないが、昨日、長官宛に辞表を提出した。驚くのは無理ないと思うが、健康上の都合だ。膵臓癌が見つかってね。手術をしても年内もつかどうかわからんのが実情だ」

病名を聞いて黒田は言葉に詰まりながら、

「膵臓ですか。ご無事なご帰還をお待ちしております」となんとか声にした。

「ありがとう。後任には古賀次長が就くことになった」

「古賀次長ですか？」

またしても驚いた。

「そうだ。本人にもそのつもりはなかったようだが、古賀君を支えてやって欲しいんだ。残念ながら、交通畑の彼には情報ルートが全くない。彼は人物的には極めて優秀だし、変な色がついていないところがいい」

宮本は穏やかな声で続けた。

「部長の中にも古賀君をワンポイントリリーフのように思っている者が多いかも知れない。しかし、警察組織にワンポイントなんてものはないんだよ。警視庁の、いや日本警察の情報セクションの要として、古賀君を支えてやってくれ。古賀君には君のことは話してある」

「はい。くれぐれもお大事になさってください」

受話器を置いた手が、じっとりと汗ばんでいるのに気が付いた。

古賀総監就任から二日目の朝のことだった。

「おお。君が情報室長の黒田君か。待っていた。かけてくれ」

古賀総監は警察キャリアのトップにありがちな鋭い眼光というものを感じさせない、柔和な笑顔で黒田を迎えた。

「宮本さんから君のことは聞いている。おそらく君にも話が通っているとは思うが……早速だが今、君が捜査をしているのは大掛かりな詐欺事件の疑いということだね？　進捗状況はどうだ」

大掛かりな詐欺事件の疑い――黒田はハッとした。

「これには大きな背後関係があると思われるのですが、まだそこが見えて参りません。もう少しお時間を頂きたいと思っております」

「現時点までの相関図のようなものは出せるのか？」

古賀は指でＡ４サイズのレポート用紙の形を作る。

「それは事案の概要として表面的なものはできております」

黒田の肩をポンとたたくと古賀は言った。「悪いが、近々に説明してくれないか」

「わかりました。現在、情報室では数件の捜査を行っておりますが、妙なところで同一団体が関わっていることが判明しております。これを併せてご説明したいと考えております」

「よし、頼んだ。ところで何だ、その同一の団体というのは」

「はい、いずれも宗教団体です。ひとつはキリスト教系の団体で世界平和教。もうひとつが日蓮宗の原理主義と申しますか、日本研鑽《けんさん》教会という団体です」

宗教という言葉を口にした黒田の表情は、重々しく沈んだ。

「宗教団体が詐欺事件をおこすものなのかね」

「恐らく、彼らは政治や反社会勢力に利用されているのだろうと思います。しかし、宗教ほど様々な世界の隠れ蓑《みの》になってしまう組織はないのです。そこをこれから一つ一つ解明していかなければならないと思っています」

「すると宗教団体と政治の関わりも相当強いのだな」

黒田は深く頷いた。

「宗教団体は集票マシンであり、選挙スタッフにもなります。彼らは、その場は無償でしかも献身的に働いてくれるのです。政治家にとってこれほどありがたい存在はないでしょう」

なるほど、と言うと古賀が腰を上げた。

「政治家の裏には様々な世界があるからな。反社会勢力も似たようなものだな」

「そこに楔《くさび》を打ち込むのも我々の仕事だと思っています」

デスクに戻った黒田は、机上の三台のパソコンの電源を入れると、早速情報管理データにアクセスした。

第二章　マレーシアから来た女

　マリオンホテル日本橋の起工式会場には、国会議員を始め多くの財界人も顔を揃えていた。この数年で地方の一ビジネスホテルから飛躍的に拡大していったこのグループは、都内だけでもいくつかのターミナル駅と、都心近郊の中核都市の駅前に次々とホテルやマンションを建てていた。

　起工式は滞りなく終了した。式の参加者たちが、近くのグループ系列のレストランに移動を始め、周囲がざわつく。人の波の中で、統合幕僚学校長の田守は、今日の主役であるマリオンホテルの女社長から声をかけられた。

「先生。実は私の知人でマレーシアの大財閥に嫁いだ日本人がいるのですが、彼女が夫と死別して、その莫大な遺産を日本国のために使いたいと言っているのです」

田守は突然の申し出を訝《いぶか》しんだが、この女社長は与党民政党の最大派閥を率いる大林義弘代議士の後援者で財布的存在だと聞いて、思わず欲が出た。

「莫大な遺産と言いますが、どれほどの額なんでしょうか？」

戦闘機一機でさえ、ステルス戦闘機を除けば百数十億円するのだ。航空自衛隊出身の田守は、その金額を聞けば「国家の役に立つ」ものかどうかおおよその判断がついた。

「一族の総資産は数十兆と言われているけど、なんでも途方もないお金を持っているって話なのよ。融資する金額は最低でも数千億から、数兆円単位になるかも知れませんわよ」

女社長は愉快そうに笑いながら軽く言う。

「なに？　兆？」

さすがの田守も開いた口が塞がらなかった。年間国家予算の防衛省枠分でさえ四兆八千億円しかないのだ。

「それだけの財閥ってことなのよ」

「そんな話聞いたことがないんですが、身元はしっかりしている方なんでしょうか？危ない組織が背後にあったりするわけじゃないでしょうね」

こんなうますぎる話があるわけない。

「かつては東南アジアでも数指に入る財閥だったのよ。香港、シンガポール、マレーシアでは知らない人はいない存在よ。今でも世界の生ゴムの七割はその財閥が握っているの。おまけに大手化学、薬品会社も傘下にある、大財閥よ」

「テレビに出ている元大統領夫人とかいうのとは違うんでしょうね？」

やはりまだ信じられなかった。

すると女社長は手を横に振った。

「あの方も仲のいいお友達だけど、桁が違うわよ」

田守はこの頃、すでに自衛官退職後の身の振り方を考えていた。その選択肢の一つにあるのが国会議員の道で、なかでも参議院議員は魅力的だった。一期でも六年間、上手くいけば二期十二年間の生活が保障されるのだ。通常の退職から防衛関連企業に天下りすることも考えたが、せいぜい三年間の雇用で、そこからさらに天下ってもやはり三年が限度だった。そしてそのたびに前任の先輩に頭を下げなければならない。考えるだけで御免だ。

田守は、疑念を持ちながらも秘かにほくそ笑んだ。もし、今回の融資話が上手くまとまれば、自分自身の政界転身後の献金にも大きく影響を及ぼすだろう……。

マリオンホテルの女社長の紹介で、田守が葉昭子と都内で会ったのは、マリオンホテルが赤坂の一等地に進出する起工式当日だった。

「田守先生、こちらが先日お話しした葉昭子さんです」

葉昭子は六十半ばではあるが、肌の色つやはよく、見るからに財閥夫人としての品格を備えていた。物腰はやわらかく、洗練されている。

「この度はお目にかかる機会をえて嬉しく思います」

「こちらこそ、世界的に著名な葉さまにお会いでき光栄に思っております」

田守は興奮を隠せず、早口で言った。

——やはり、高貴な人間に会うと、そのオーラに圧倒されるものなのだろうか？

「ここはお祝いの席ですので、もし、よろしければ、この後私の息子が経営しております中華料理店にお運び願えませんか？」

葉昭子の言葉遣いは実に丁寧であるが、断ること自体が非礼に感じられるほどの圧力があった。

「もちろん。お供させて頂きます」

式場を後にすると、田守は葉やその秘書たちと共に、原宿駅前にある老舗の中華料理店「隋園飯店」を訪れた。この店は、葉の前夫との間にできた子供が経営していた。

料理と乾杯用の白酒《パイチュウ》が運ばれ、中国スタイルの「乾杯《カンペイ》」で会食が始まった。前菜の大皿の絵柄は鳳凰《ほうおう》をあしらったよく見かけるタイプのものだったが、その上に美しく盛り付けられた料理には、あわび、ふかひれ、燕の巣や極上のくらげが用いられており、このもてなしが贅を尽くしたものであることが田守の目にも明らかだった。

「田守先生。私の故郷は日本です。しかし、この故郷がだんだん海外の悪しき風習、風俗に侵され、本来の日本の良さを失っているような気がします。海外に永くいると余計にそれを感じてしまうのです」

「それはよくわかります。私も国家防衛に身を捧げておりますが、これが本当に守ろうとする国家なのかと自問自答することがあります」

「先生までもがそのようなお考えを持つことは、国家として由々しき事態だと思いませんか？　そのお気持ちを広く啓蒙することが大事だとは思いませんか？」

田守は葉女史の言葉に何度も深く頷いた。自分と同じ考えで国を憂える仲間がいることが嬉しかったのである。女史の目を真っ直ぐに見つめて答えた。

「あなたの言うことはいちいちごもっともです。しかし、日本の防衛は誤った文民《シビリアン》統制《コントロール》というものによって、制服組は外部に対して発言のチャンスがないのが実情です」

「軍事国家でない限り、シビリアンコントロールというのは大事なことかも知れません。でもアメリカ合衆国でさえ、議会には陸海空の幹部が制服で出席して発言しておりますわよ。日本はどうしてそれができませんの？」

「自衛隊は軍隊ではありません。ですから、たとえ幕僚長と言っても、所詮は内局の手ゴマでしかないのです」

目の前の白酒をあおって田守は言った。

「いざという時に、真っ先に戦わなければならない皆さんが、只の手ゴマでよろしいんですの？　そういうことは、皆さんが声を出すことができないのなら、財界から政界に圧力をかけさせればよろしいのですよ。防衛産業というものは日本国内にもございますのでしょう？」

「確かにありますが、それも内局が全て実権を握っておりますので、私どもは動きようがないのが実情です」

視線を落として田守は答える。

「でも、実際に戦力を使うのは皆さんですから、使い勝手がいいものを選ぶ権利はあ

るわけでしょう？　制服のＯＢの方だってこれまで何人かは国会議員をなさっている
わけですから、何かしらのパイプはおありなのではないですか？」
　葉女史は田守を盛んにけしかけた。田守は組織内では空将補というナンバーツーの
階級ながら、外部に対して何の影響力もない自分を情けなく感じてもいた。すると葉
女史は思いがけない提案を行った。
「先生。一度、私に先生が学校長をされている統合幕僚学校で話をさせていただく機
会を与えて下さいませんか。もちろん謝礼など結構ですし、むしろ私の方から何かし
らのお礼をさせていただきたいと思います」
「講演をしていただくということですか？　どのような内容で？」
　田守は驚いて尋ねた。
「海外から見た日本の姿というところでしょうか」
「それは面白いかもしれませんね。早速、統合幕僚会議にかけてみましょう」
　葉女史は国内の防衛に関して、田守が舌を巻くほど豊富な知識を持っていた。話は
弾み、杯も重ねた。特に、葉女史の秘書として同席した町田由里子の妖艶な容姿と巧
みな話術に田守は魅かれていた。今後の葉女史との窓口がこの秘書であると聞いてか
ら更に酒が進み、店を出るころには田守は記憶がなくなる一歩手前まで酔っていた。

その年の秋、都内目黒にある統合幕僚学校で葉の講演が実現した。町田由里子との折衝はことのほか順調であり、全てが巧く運んだ。葉昭子の弁舌は統合幕僚会議の面々をも魅了していた。

講演を終え、学校長室で田守と二人になった葉は笑顔を見せた。

「先生は、他の幹部の皆さんとは違った空気をお持ちです。多くの人を引き付ける魅力があります。もしよかったら、その力を組織外の若い人たちに伝えてあげてもらえませんか？　部外応援団のようなものを作りたいのです。もちろんお礼はさせていただきます」

またしても意外な申し出であったが、田守は胸が弾んだ。

「若い人たちですか？　そういう方は自衛隊に入っていただきたいものですね」

「いろいろご事情があって、それぞれの道に進まれていらっしゃいますが、国を憂えていらっしゃる若い方はたくさんいらっしゃいますよ」

「そうですね。若い方のお役に立つことができて、将来の国家を良いものにできれば、私も本望です」

田守の目の前に「参議院議員」の文字がちらついた。組織外の一票の積み重ねが道を開く、そう思うと葉女史の発案に気持ちが動いていた。

年明け早々、田守が葉女史の依頼で講演を行ったのは明治神宮外苑にある日本青年館の大ホールだった。

「明日の日本を考える会　基調講演」

と題されたホールには熱気が漲《みなぎ》り、二十代前半と思われる青年が客席のほとんどを占めていた。田守はユーモアを交え、常に新たな話題を話の転機に盛り込みながら、一時間半にわたり淀むことなく話し続けた。会場はある時は静まり、またある時は笑いが、そして最後にはスタンディングオベーションで終了した。田守自身も興奮していた。

「こういう若者がこれからの日本を救う」

講演後、田守は本心からこの感想を葉女史に伝えた。葉女史も涙ぐんでいる。客席には数十人の陸上自衛隊隊員が混ざっていた。彼らもまた純粋に日本国の将来を憂う若者だった。

「明日の日本を考える会」は、表面上は有志の集まりを装っていたが、実態は日蓮宗系の過激宗教団体の青年部だった。日本研鑽教会——それがこの宗教の正式名称である。静岡県富士宮に総本山を置き、その背後には関西系暴力団とのつながりもあった。

キリスト教系原理主義を貫く世界平和教は、当時日本をはじめ世界各地で様々な問題を引き起こし、教祖の出入国でさえ多くの国家が拒絶していた。それでも若い信者が増え続けたのは、独特の勧誘システムがあったからと言われている。このシステムを積極的に真似たのが日本研鑽教会だ。

講演会の成功を伝え聞き、満足した笑みを浮かべながら、日本研鑽教会の若き後継者・麻倉徹宗《あさくらてつそう》は教団幹部に語った。

「今の若者はなぜ宗教に心惹かれるのかな？」

「現世の幸福獲得に自信がないからではないですか。特に日本という国は十年先の国の姿さえ見えてきません」

「そう。その目を覚まさせてやるのが宗教だ。それも原理的、先鋭的であればあるほど、若者は心を惹かれるものなんだよ。世界平和教を見てごらん。教祖自身がメシアだという、キリスト教を真っ向から否定する過激さに若者は惹かれている。われわれとは神と仏の違いはあるが、宗教というものは現在の苦難を救済するものだ。そこには新たな経典の解釈が必要なんだ」

講演から二週間が過ぎた頃、葉女史から田守に連絡があった。

田守は再び原宿の中華料理店で会食をした後、葉昭子の定宿であるホテルの一室に初めて案内された。部屋は旧館のスウィートルームだった。

ここで融資に関する原資の内訳について葉は述べた。海外で運用していた戦後の復興資金が一〇〇〇兆を超える金額になっており、この一部を日本の防衛や外交資金として活用させたいという。田守は、その話を、かねてからよく詐欺事件に登場する「M資金」に似た眉唾ものの話だと思った。一〇〇〇兆円という金額は日本の国家予算の五倍近い金額なのだ。いくら財閥の資金とはいえ、桁が違っていた。葉に次回その詳細を説明するので、改めて聞いて欲しいと嘆願されたため、一応これを聞く旨を了承した。

一週間後、田守は再び葉女史から直接連絡を受け、再び定宿のホテルを訪れた。そこには田守の防衛大学校の先輩である宮越守《みやこしまもる》が同席していた。

「実は、僕は今、葉さんのお手伝いをさせてもらっておりますが、現職ではないため、企業になかなか入り込めません。その点、社会的にも信用ある田守君がいるから、そのお力を借りながら、日本国の将来を明るいものにしたいと思っています」

スウィートルームのソファーに深々と体を沈めながら、宮越は言った。

宮越は十年以上前に一佐の階級で突然辞職し、その後防衛関連企業に転職したと聞いていたが、その後の動向は知らなかった。有能だった宮越は翌年には将官に昇進することがほぼ確実であっただけに、周囲は驚いて慰留に努めたが本人の意思が強かったと伝えられていた。

「宮越さんは、やはり国防関係のお仕事に携わっていらっしゃるんですね」

宮越のダークグレーのスーツはひかえめな光沢があった。

「退官後に入った会社は五年で辞めて、その後欧州を中心にアナリストとして活動していたところで、偶然、葉さんに出会いましてね」

「ヨーロッパですか？　NATOのようなところですか？」

「いや、ある財閥から依頼を受けて調査会社に身を置いていました。そこは世界を動かすと言っても決して過言ではない世界でしたよ」

宮越は遠くを見るように目を細める。

「世界を動かす……ですか。ヨーロッパでそんな社会があるのですか？」

「ええ。いくらアメリカが一国覇権主義を唱えていても、所詮はこれを動かす財力に頼らざるを得ません。その中心はまだまだイギリス、フランスにあるのです」

「フランスですか？」

田守は駐在武官として在フランス大使館勤務を経験したことがあった。原子力分野を除いてはあの穏やかな農業国がどうして、この国防の世界で名がでてくるのか理解できない。

「ロスチャイルドだよ」

田守はその言葉を聞いた瞬間にこの話から身を引いた方がよさそうな気がした。

――どうも怪しいと思っていた。

日本の防衛にユダヤ財閥を絡めたくはない。

その一瞬の田守の表情を見透かしたかのように宮越は話を続けた。

「ロスチャイルドの名前を聞いて怯《ひる》む気持ちはわかります。フリーメイソンや訳のわからない秘密結社が出てくると思ったのでしょう？」

「ええ……そのとおりです」

宮越は上品に足を組み変えた。

「第二次世界大戦が終了した時、日本国の一部の旧財閥は徴収を免れた資金と軍から預かっていた莫大な資金をロスチャイルドに預けたんです」

「それは初耳ですね。M資金とかいう与太話はよく耳にしますが」

田守は半ば憮然としながら続けた。

「しかし、財閥が預けた金ならば、所有権は彼らにあるのではないですか？　それに軍が預けたということならば、国家に帰する金なのでは？」

柔和な表情を浮かべて宮越は言う。

「ロスチャイルドには八人の個人の名前で預けられており、この個人がこれまで、それぞれに分割して相続しているのです。そしてこれを引き出すには八人の合意が必要となっています」

「なるほど。その金額は現在どのくらいの残高になっているのですか？」

「約五〇〇〇兆円です」

田守は口に含んだコーヒーを思わず吹きだしてしまった。けれども、宮越の端整な顔に浮かんだ真面目な表情を見ると、もしこれが事実とすれば大変な金蔓を得ることになるという期待が捨てられなかった。

「宮越さん。あなたはその金額を確認したのですか？　それに、どうしてその相続者があなた方にその処分を依頼したのですか？」

もちろん、と力強く宮越は頷いて田守の目を見た。

「私自身、ロンドンのロスチャイルドで口座を確認しています。そして、その相続者の一人が、この葉夫人に権利を譲渡し、これをロスチャイルドも承認しているのです」

落ち着いた声で続ける。

「ロスチャイルドは、この資金の運用によって多額の利益を得ていますが、この資金運用の根本にあるのが決して元金を私に利用しないというものです。このため、この金を使うに当たっては日本国のためになるという前提が必要なのです」

「慈善事業ということなのですね」

なるほど、と田守は神妙な顔で聞く。

「しかし、様々な活動を行うには活動費も必要です。そこで我々は資金供給に際して、その手数料として二〜三％を受け取っています」

「三％といっても、一兆円の三％となると三〇〇億円ですよ」

驚く田守の顔を見て宮越は笑う。

「これまですでに三〇兆円をそれぞれ八社に渡しているのですよ。そしてその受領書がこれで、現在の私の口座残高証明書がこれですよ」

宮越はアタッシェケースからバインダーを取り出して、数通の文書と大手都市銀行の残高証明書をテーブルの上に広げた。

文書は「誓約書」もしくは「念書」となっており、文面は「当社儀　二〇××年三月十五日付融資依頼に基づきご融資賜りました際には即時融資額の三・〇%を謝礼金として本証持参人に本証引換にて御指定どおり銀行振出小切手または現金にてお支払い申し上げます。　××自動車株式会社　金参拾兆円」と社用箋に代表取締役のサインの他、仲介銀行の社判、割り印、捨て印が捺されている。また残高証明書の残高は二兆五〇〇〇億円で、これも都市銀行本店営業部と担当者の印が捺されていた。

田守はただ唖然とするだけだった。「これは本物ですか？」という言葉が喉まで出かかったが、その衝動をなんとか抑えた。

「宮越さん、こんな使いようもない大金を持ってどうなさるつもりなんですか？　利息だけでも年間数百億になるんじゃないですか？　かつては長者番付なんてものがありましたが、これは所得になるのではないですか？」

途方もない金額を目にして田守は肝心な真偽よりも余計な心配が先にたった。

「それは心配いりません」

笑い声を上げると宮越は立ち上がり、窓ガラスに顔を近付けて庭園を眺めた。

「これは財務省とも話がついていることなのです。本来ならば国家が財政法第四四条『特別資金の保有』に基づいて運用すべきものですが、国際法上それができないため、財務省、日銀との協議によって我々がこれを代行していると思っていただければいいんです」

「ほう？　すると政府は知らない話なのですね」

「もちろん。葉女史と親しい大林代議士だって全く知りません。政治家がこんな話を知ってしまったら、それこそ党利党略の道具にされてしまいますよ。立法府なんて所詮は烏合の衆でしょう。行政、その中でも財務と日銀さえしっかりしていれば国の屋台骨は崩れませんよ」

田守は宮越の背中を見つめた。「本当なのか？」、宮越名義の預金残高にかかる利息の一％でも政治資金になれば、これからの人生が大きく変わる。何もこちらから大金を振り込めというわけではない――夢を追ってみようか。

「それで、私のような一軍人に何をお求めなのですか？」

「近い将来、君は空将になるだろうね」

田守は航空のトップに就く自信はあった。それでも外部の者からそう言われるのはやはり嬉しかった。宮越はその表情を確認すると話を続けた。

「そうなると、航空機だけでなく、さまざまな航空機材やそのシステム等の業界とも今以上に綿密な情報交換が必要になってきます。我々は今回五〇兆円の予算を、日本の国防にかかわる業界に使って欲しいのです。そこで、田守さんが信頼できる会社をご紹介いただければ、お話をお持ちしようかとね」

いつの間にかソファーに戻った宮越は、冷めたコーヒーをすすった。

「いくつかの大手企業の代表者との親交はありますが、なにせ突飛な話ですし、会計処理が難しいのではないかという問題もありますからね」

田守は思案顔で言った。

「そうでしょうね。ではまず、田守さんから先方に、話の趣旨を伝えてみてはいかがでしょう？　先方が『会ってみよう』ということになればそれでいい。ただし、すでに受理しているこの八社以外でお願いしますよ。彼らは十分恩恵に与かっているわけですからね」

大きな声を上げて宮越は笑い、白い歯を見せた。

田守は未だ半信半疑ではあったが、「夢」に賭けてみるのも悪くはないと感じていた。葉女史は始終何も語らず、宮越の話を目を瞑《つむ》って聞いているだけだった。

「話の趣旨はよくわかりました。私も信頼できる友人に聞いてみましょう」

田守のこの一言を聞くとようやく葉女史は目を開け、にこやかな笑顔を見せて言った。

「最初は誰でもこんな話を聞くと驚くものですわ。でも、実際にある話ですから仕方ありませんわ。日本国のために、田守先生にご尽力いただくことになります」

和やかな雰囲気が部屋に漂い、田守も目元を和らげた。

降りつづく小雨が庭の緑をいっそう濃く見せている。

田守は四井重工の加藤社長と共に、アメリカ大使館にほど近いホテルのスウィートルームの応接用ソファーに腰を下ろしていた。

場所は加藤社長サイドが設定した。秘匿でボイスレコーダーを忍ばせている。

約束の時間五分前に、宮越と日銀OBの押小路と名乗る者がやってきて深々と一礼した。

押小路は加藤の身分確認を行って切り出した。

「葉先生は間もなく参りますが、その前に手続きについてお話し致します。まず、銀行口座ですが会社名義の口座にすると第三者に知られてしまうため、個人の口座を利用したい。振込先は都市銀行ならどこでも結構ですが、本店に口座を開いていただきたい。口座開設後、銀行には日銀専務を通して最高裁、財務省、経済産業省、法務省の担当者が立ち会いのうえで免責、免税の措置をとります。これが確認された段階で五〇兆円の振り込みを行いますので、入金の確認ができた段階で手数料を現金もしくは銀行小切手で支払い願いたい」

加藤社長がこれを了承するのと、葉女史が到着するのはほぼ同時だった。葉女史は加藤が受理を了承したことを聞くと、大きく両手を広げ、ハグをしながら加藤の耳元で囁いた。

「社長。やはり田守さんが最も信頼される方だけの人物でいらっしゃいますね。御社の今後ますますの発展と、日本国の経済と産業の発展を祈っておりますわ」

加藤自身、今回の資金提供話を完全に信用しているわけではなかったが、自分自身が詐欺の被害者になる可能性はないという自信だけは持っていた。

「ありがとうございます。ご期待にそうことができると確信しております」

半ば話を合わせるようにして、加藤は葉の手を取る。

「具体的な交渉は宮越に任せておきますので、よろしくお願いしますね。今日は、念書だけ御記入いただければ結構ですから」

「わかりました」

「またきっとお会いできる機会があると思いますわ」

葉は加藤の手を強く握り返した。

加藤は宮越が指定した東葉銀行本店に自分の名前で口座を設けた。

翌週、加藤は宮越と共に東葉銀行の丸の内支店応接室で日銀理事と財務省大臣官房課長と面談を行った。二人とも加藤より一回り以上も若かったが、日本の財政を支えているという自負が漲っている。重厚な調度品が飾られた応接室で加藤は繰り返し頭を下げた。

その三日後、日銀理事から加藤に電話が入った。

「先程、先日の口座に五〇兆円の入金が確認されました。早急に念書に基づく手数料をお支払い願いたいのだが、とりあえず本日中に諸費用の一部として五〇〇〇万円を振り込んでもらいたい」

加藤は前もって融資受入れ用に開設していた、加藤個人の口座から、その額を指定口座に振り込んだ。五〇兆円もの金がいとも簡単に振り込まれるものだな、加藤は莫大な金を手にした実感もないまま事務的に処理した。

加藤は五〇兆円という金額の使い方を現実のものとして考えたことがなかっただけに、もう一度会社の財務状況の詳細を報告するように腹心の副社長に命じた。さらに事業推進室長を兼ねる専務を呼び、進めるべき事業のランキングを早急にまとめるように指示を出した。社長になって以来、これほど充実した気持ちになったのは初めてのことだった。

加藤は社長室から眼下に広がる街を手中にしたかのごとく、声を上げて笑った。

「社史に残る仕事ができるかもしれない。私の名前と一緒に」

デスクを離れて、加藤は書棚から社史を取り出すと熱い思いでページを繰る。

降って湧いたような幸運に、会社の代表として感慨を深めていた。

加藤は田守に連絡を入れた。

「田守さん。先程五〇兆円の入金が確認されましたよ」

「それはよかった。これまでも、八つの大手企業がこのおかげで業績を伸ばしてこられたわけですから、加藤社長も大プロジェクトを企画されて、大社長になって下さい」

「ありがとう。近いうちにその話題も含めてお会いしましょう」

「わかりました。さらなるご幸運を祈念しておりますよ」

田守もまた舞い上がっていた。

緩む頬を押さえながらすぐに宮越に電話を入れたが、その電話はすでに「使われておりません」というメッセージに変わっていた。

──そうか、一つの仕事が終わった段階で連絡手段を変えるのだな。

田守は自分の想像力では計り知れない大きな世界があることを改めて痛感していた。そこには何の疑いもなかった。そこで葉女史に一言だけお礼の電話を入れようとホテルへ掛けると、フロントはこう告げた。

「葉ご婦人は、昨日一時出国され、再来週お戻りになられる予定です。お部屋はそのままご契約いただいておりますが……」

──なるほど、ロンドンに報告にいったのか。それにしても五〇兆円とは……その十万分の一、五億円もあれば、選挙でトップ当選できるな。

この時、田守は既に役人ではなく、政治家を志す一妄想者に過ぎなかった。

＊＊＊

情報室は二十人のスタッフを選抜して本件捜査チームを結成し、総監特命の事案に乗り出した。情報室の会議室に集めた捜査メンバーを前にして、黒田はよく通る低い声で指示を始めた。

「今回、新たにチーム編成を行った経緯を説明する。端緒は総監特命である。しかし、この事件はそんなに単純な事件ではない。このため、知能犯捜査経験があるメンバーを半数選んでいる。事件と事件の繋がり、背後関係、政治家、宗教団体、反社会勢力、これらを綿密に捜査してもらいたい。結果的に捜二事件になろうと特捜事件になろうと、われわれができるところまでは独自に捜査を進めるつもりで、一人ひとりが脳味噌に汗しながら持っている力を極限まで発揮してもらいたい」

無言で話を聞く室員たちの目に闘志が宿り始めたのを黒田は見逃さなかった。

黒田がこの詐欺事件を初めて知ったのは数年前、防衛庁に関する様々な疑惑を調査していた時だった。しかし、入手した資料はあまりにも馬鹿げた内容のもので、一瞥して黒田は吹き出してしまった。資料によると、防衛産業に関わる超一流企業が、ある海外の団体から軒並み一〇兆円から三〇兆円の融資を受けたとされており、その際の念書まである。また、そこに登場する人物もあまりに胡散臭く「こんな奴らに騙される方が悪い」と黒田自身思っていた。

スタッフミーティングで、黒田は当時の概要をデータ管理システムから取り出し、個々の卓上のパソコンに映しだして説明を始めた。

「まず、当時の登場人物だが、本犯は葉昭子。マレーシア一帯の華僑系旧財閥に嫁いだ女で、一時期に本当に金があったらしいが、その後完全に没落している。しかし、未だに、現地では公益財団法人の代表を務めていたり、日本の有名大手出版社からの著作も多い」

自作のメモをめくりながら次々に要点を述べる。

「一方で政治家とのパイプもあり、その最たるものが民政党の大林代議士だ。この接点は大林の後援会幹部で、現在ではビジネスホテル業界大手にのし上がった、マリオンホテルグループの女社長だ。この女社長は、当時の統合幕僚学校長、その後、参議院議員に転じた田守と深い繋がりがある」

有名人の名前が出てくるたびに、捜査員はざわついた。質問は適宜行うことを予《あらかじ》め伝えていたため、早速ここで質問が出た。

「当時の統合幕僚学校長とホテルの女社長との接点はわかっているのですか？」

「繋いだのは大林だ。彼の地元近くで行われた、航空自衛隊の記念式典に大林が彼女を連れてきたのがスタートだ。この時、田守は大林のご機嫌を取るために、この女社長をＦ－15イーグル戦闘機のコックピットに乗せて記念写真まで撮った。その後もこの女社長は航空自衛隊ファンを自称して、年に一度の式典には必ず招待されている。その際、彼女が出す祝儀が一般のそれよりも二桁多いと評判になっており、これは今なお続いているようだ」

　質問者が納得したのを確認して黒田は続けた。

「その次に出てくるのが、詐欺師のトータルコーディネーター的存在の宮越守。こいつの詳細が当時ははっきりしなかったが、英会話も流暢で、防衛庁退職後は海外で事業を行った様子だ。実は、この男が出てきた段階で、僕自身胡散臭さを感じ、その後本気でこの案件に取り組まなかったんだが」

　黒田にしては珍しく自嘲気味に薄笑いを浮かべて話を続けた。

「宮越が当時話した内容は『戦後、とある機関が戦後復興資金を預かり、これをロスチャイルド家に委託した。その金が現在のレートで五〇〇〇兆円になっている。この運用をするために、国内企業の基幹産業のうち、資本金八〇〇億円以上の企業に贈与という形で提供したい。既に八社はこれを受領している』と、ある大手企業の代表に話をして、それが僕のところに入ってきたんだ」

　金額を聞いて、捜査員は失笑も含めてざわついた。すると突然黒田は捜査員に対して思わぬ質問をした。

「まあ、途方もない金額に驚く気持ちはわかるが、ここで、君達の経済認識について基本的な質問をしよう。今、僕は五〇〇〇兆円という数を出したが、では一兆円という金額はどれくらいの価値かという問題だ。今、ここに毎日、一〇〇万円を使うIT長者がいたとしよう。毎日毎日一〇〇万円を使って、彼が一兆円を使い切るのに何年かかるか。利息等は一切計算しない。十秒間時間をやろう。考えてくれ。ではスタート」

失笑していた捜査員も表情を変えて暗算を始めた。

「一〇〇万、一〇〇〇万、一億、一〇億、ん……あれ？」

十秒を数え終わった黒田が数人を指名した。

「はい。約五十年くらいかと思います」

「ええと、百年くらいでは」

「三百年くらいですか？」

黒田は笑みを浮かべて解説を始めた。

「一年三百六十五日、毎日一〇〇万円を使って三億六五〇〇万円、十年で三〇億、百年で三〇〇億、千年で三〇〇〇億。ということは、答えは二千七百三十九年プラスアルファーってことになる」

捜査員はざわめいた。黒田がにこやかに言った。

「言葉は悪いが、これが君達の経済観念だと思っていい。国家予算が約二〇〇兆円といいながら、それがどの位の金額かを現実のものとして理解していなければ、意味がない。一つ賢くなったかな？」

　飲み屋の話のネタが出来たのを喜ぶかのように、電卓で計算しながら正確な数字をメモする捜査員もいれば、なるほどと納得する者もいた。こういう質問をしてやると、部下はまた興味深く次の話を聞きたがるものなのだ。

「さて、この五〇〇〇兆円、戦後からよく使われた詐欺事件の一つに『M資金』というものがあるが、これとはやや趣が異なる。その大きな違いがロスチャイルドの名前を出しているところだ」

　ロスチャイルド、と黒田はボードに書いた。

「君達は全員が公安講習を受講しているので、ロスチャイルドがどのようなものかは知っているはずだ。ナチスと同盟した日本の復興資金をロスチャイルドが預かるということ自体に、僕は疑問を感じていた。そこで、本件も眉つばものの話という認識を持っていたんだが」

　肩をすくめる。

「その後、海外の情報機関から話を聞いたところ、僕の常識が間違っていたことがわかったのだが、その時すでに遅く、アフターフェスティバルの状態だった」

「室長、なんですかそのアフターフェスティバルって」

「ああ、後の祭りってことだ」

捜査員は気が抜けたように笑い出した。

「この詐欺話はM資金とは異なる、ちょっと常識のある人が騙されやすい案件だったのかもしれない。おまけに、与党民政党の大物議員が関わっていたとなるとなおさらだ」

黒田はメモから顔を上げると、捜査員の目を見つめながら太い声で言った。

「そこで、今回は詐欺師連中が話を持ち込んだと予想される基幹産業のトップに直接当たってもらうことになる。そのためには、その企業の業務内容、業績、メインバンク、筆頭株主から、影響を及ぼす政治家まで、全て調査し、理解したうえで接触願いたい。トップの中には実際に騙された人が何人かいるはずだが、本人は恥ずかしくて本当のことを言えないかも知れない。けれども、これが将来、会社に対する特別背任に抵触する可能性もあり、株主総会でも必ず問題になることを、脅しにならないように承知させるテクニックも磨いておいてもらいたい」

そう告げると、資料を片手に持ち飄々《ひょうひょう》とした足取りで部屋を出て行った。

黒田は自室に戻り内閣情報調査室の会田孝一《あいだこういち》に電話を入れた。

「会田君、お久しぶり」

「ああ、黒田さん。ご無沙汰です、どうされました？」

「最近、民政党の大林の周辺で何か変わったことないかなと思ってね」

「バカ息子の他にですか？」

大林の長男は一時期、大臣秘書官を務めていたこともあったが、あまりの素行の悪さに、父親から地元に送り帰されていた。

「まあ、あの人の周りにはろくな話がないのが実情ですからね。もしかして贈収賄ですか？」

「いや、詐欺関係だ」

「黒田さんが詐欺を追っているとなると、相当大がかりな事件ですか？」

「まだ、事件の輪郭は、はっきりしていないんだけどね」

「もしかして、防衛絡みでしょうか？」

「いいとこ突くねぇ。その筋で何か聞いてる？」

「田守周辺にキナ臭い話が出ていますよ」

「海外の財閥とか？」

「なんだ、みんなご存じなんじゃないですか」

「いや、僕が知っているのは数年前の話。これがまだ生きているのかと思って、確認してみたんだ」

「そんなに前から続いていた話なんですか？」

「ちょっと気になる動きがあるんで、近々、時間取れないかな？　情報交換でも」

「かしこまりです」

黒田はもう一度過去の資料を確認した。

二〇〇二年五月、まだ地元の小さなビジネスホテルだったマリオンホテルが全国展開することになった。だが、どこが資金を提供したのか、その実態が全く明らかになっていない。この全国展開の特徴は、第三セクターやJRなど、新規鉄道事業が計画されている新駅周辺の一等地に賃貸マンションと併設する形でホテルを開業していったことだ。これが全国展開するまでにわずか三年とかからなかった。

その間に大林も少しずつ総理の椅子に近づいていたのだ。大林は主要閣僚も多く歴任したが、党三役を全て経験し、特に幹事長を長く務めていた。自分で金を作るよりも、国家や党の金を巧みに使って実力を伸ばした、知能犯である。

地元、広島での評判は決して悪くない。彼の出身地でも総理まで登りつめようとしているのは、現時点で彼一人だった。大林は高速道路、空港誘致など盛んに利益誘導も図ってきた。空港には国内線二社の他、台湾、韓国、中国との直行便も就航し、地元では大林空港とも呼ばれている。

黒田はデスクのパソコンでかつて自身が作成した葉昭子のデータファイルを改めて確認していた。マスコミへの登場や、国会議員等の政治関係者絡みの講演等、葉の最近の動きについては公安第四課が追加情報を加えてくれていた。

「ええと……まず名前はヨウ　ショウコ。日本名、後根昭子《うしろねしょうこ》は昭和十五年（一九四〇）、東京麴町生まれ。番町小学校、麴町中学、九段高校という名門公立学校を経て、当時では斬新な服飾専門学校に進んだ。日本で華僑重鎮の息子と結婚して二男二女の子供をもうけるも離婚。

その後、中国系のマレーシアの財閥の葉一馬と結婚したが、二〇〇二年に死別。彼女自身は正式な妻であったことを主張しているが、実際には三回目の夫人であったとも伝えられている。それでも葉一馬が残した莫大な財産の一部を相続し、香港、シンガポール、マレーシア、カンボジア等の国内では貴族扱いされており、その称号も得ている。

葉氏との間に子供がなかったこともあり、悠々自適の生活を送りながら、社会貢献の道に進み、彼女自身が生まれた国である日本に対しては『海外からみた日本』をテーマにした講演や著書も、一流出版社から発行、か」

黒田は情報の一つ一つを丹念にチェックしながら、事件の背景をさぐった。

彼女は女性にしては珍しく、日本の将来を国防の点から憂慮していると言われていた。この背後に、航空自衛隊幹部の田守の存在がちらついていた。しかし、彼女が日本国内で講演活動を始めた二〇〇五年頃には、すでに彼女の資産というものは殆どなく、彼女自身がどこかの詐欺集団に財産を奪われていたのではないかという、海外情報機関からの報告もあった。

「それでも、多くのマスコミや無能な政治家が彼女を立志伝中の女性のように紹介し、講演の機会を与えることで、彼女自身が偽善かつ虚偽の世界に落ちて行かざるを得なくなったのだろう」

黒田は葉の身に降りかかった不幸を不憫には思いながらも、対決の意志を固くしていた。

彼女は都内の高級ホテルの一室を居宅としていたが、最後はこの宿泊料も踏み倒している。また、彼女の最初の夫である華僑との間にできた子供が経営する中華料理店にも、多くの要人を同伴したものの、その支払いさえ滞り、息子からも縁を切られる始末だった。

黒田は彼女の著書を出版した大手出版社の担当者と接触して、彼女の現在の居宅を調査しようとした。彼女はあくまでも外国人であり、旅行者だった。外国人登録証は携行する義務はあるが、所在を明らかにする必要はない。また、時折、彼女の肩書の一つで、南米某国の総領事という、外交特権を有して入国してくることもあり、その際には手荷物検査もできないのだ。警察も容易に彼女自身に手をだすことができなかった。

「彼女の周りには、彼女を保護するための二重三重のバリアーが張り巡らされている」

黒田のこれまでの国際捜査の経験から、東南アジア諸国の調査を行う際、そこの国々の警察を迂闊に信用することはできないと痛切に感じていた。これはインターポールを通しても同様だった。

そこで黒田は日本企業の現地駐在員人脈を辿って、各国における葉の風評を集めることから始めた。黒田が選んだのは企業の労使関係のうち、労働組合系の幹部駐在員だった。日本国の労働組合は弱体の一途を辿っている。それでも大手企業のそれは、政治色こそ薄れてきているものの、優秀な社員がまだまだ多く加入していた。しかも、労働組合は一企業のものだけでなく、業種ごとの産別組合というものがあり、たとえば自動車業界、電機業界、繊維業界、電力業界という基幹産業の産別組合は未だにそれぞれの代表を国会議員として送り出す力を持っている。

黒田はそれぞれの地域で、最も情報量が大きい業界をピックアップし、その駐在員とコンタクトを取った。彼らは決して金だけで動くような人種ではない。

「彼らとて将来、一流企業の中でどこまで伸びるかわからない企業戦士なんだ」

独り言を呟きながら、黒田は思い当たる人物の顔を思い浮かべた。彼らは付き合って有益な者を見抜く力は持っていた。相手が、自分もしくは自社にとって有益な情報をもたらす可能性があれば、自らの意思で積極的に動いてくれる。

「やあ深澤さん。黒田でございます」

「よー、黒ちゃん。元気？　珍しい人から電話が入るのは嬉しいね。今どこにいるの？」

「東京のデスクなんですが、いつもながらの相談事で……」

「いいよ。何でも言って」

深澤は企業から派遣されて民政党の総合政策研究所にいた頃、黒田と知り合っていた。現在、産別労組の東南アジア総局長として、資源確保の重責を担ってシンガポールに駐在していた。

「実は、東南アジア、特にマレーシアを拠点とした葉財閥のことでお伺いしたいのですが」

「あのゴム屋ね。金、持ってるよ。葉グループの何を知りたいの？」

「八年ほど前に亡くなった葉一馬の嫁さんで、元日本人の葉昭子のことなんですが」

「あの婆さんね。もう葉グループとは関係ないみたいよ。こちらでは以前から、役人に賄賂ばかり使って、決して評判は良くなかったみたい。でも、こちらの日本人会には頻繁に顔を出して、過去の栄光に浸っているみたいだけどね」

「しかし、相当の遺産を受け取ったんじゃないですか？」

「彼女、子供ができなかったし、三回目の夫人だったからね。それなりの現金と貴金属だけを受け取って、ヨーロッパに行ったと聞いているけどね」

「なるほど。当時の資産ってどの位あったんでしょうね？」

「よくはわからんけど、日本円で数百億ってとこだろうね。ただ、投資に失敗して、今は没落しているって話だったな。彼女、日本にいるの？」

「時々来ているみたいなんですが、巨額の融資話を持ちかけているんですよ」

「巨額ってどのくらいの？」

「兆単位です」

「あはは、そりゃ詐欺だわ。そこまで落ちてしまったのかな」

あきれ返った笑い声が聞こえる。

「そこなんですよ。彼女の転落の経緯が知りたくて。そしてそのバックに何があるのかを今調査中なんです」

「捜査じゃなくて調査なんだ」

「ええ、まだ取りかかったばかりです」

黒田は慎重に答えた。

「わかったよ。僕もちょっと気になるところがあるから調べてみるわ。二週間くらい時間を頂戴。他ならぬ黒ちゃんからの依頼だからね」

黒田がこれまでの経緯を部下の理事官と話し合っていると、理事官が言った。

「結果的に周囲やマスコミに設《しつら》えられてしまった華麗なシンデレラストーリーは、彼女自身を仮想の世界に追い込んで行ったのかも知れません」

「しかし、葉昭子はどこかで、少なくとも自分の経済的事実に反することを自ら告げるようになっているんじゃないのかな?」

彼女は知っていたのだ。

「決して彼女は被害者ではありません。彼女自身が第三者に創りだされた自らのイメージを積極的に利用した詐欺以外のなにものでもないでしょう」

黒田は二、三度頷いてため息を吐いた。

「どうしてこんなにもあっさり引っ掛かってしまうんですかね」

徐々に上がってくる報告を見ながら、理事官が黒田に尋ねた。

「シンデレラストーリーの恐ろしさですね。誰もが一度は夢を見るけれど、シンデレラが借金を申し入れたなんて話は聞いたことがありませんからね」

「まだまだ日本には本当の金持ちって少ないですね」

「逆を言えば夢を持てない国なのかもしれませんが。しかし、ここにも相当なワルが裏で糸を引いていると思うんです。そこを明るみにだすことが今回の使命だと思っているんですよ。善人を泣き寝入りさせないようにするのが我々の仕事でしょう。とことん追い詰めてやりますよ」

黒田はこの捜査の奥行きがあまりに深そうな予感がし、先が思いやられる気がした。

「今に見ていろ……」

何とかこのグループだけは一網打尽にしてしまわなければ国家の威信にかかわると、心の底から思うようになっていた。


「理事官、ちょっと飲みにいきたい気分ですね」

「そうですね……荒木町にいい店があるんですよ」

「風情がありそうですね。あの横丁の雰囲気、僕は好きですよ」

二人はすでに閉まっている副玄関を恨めしそうに一瞥《べっ》すると、大回りして正面玄関から表へ出た。副玄関を抜ければ、霞ケ関駅のそばに出られるのだった。

「タクってしまいましょうか」

黒田にしては珍しく、早く一息つきたいと思った。

第三章　大統領を騙した男

黒田はこの日も「しゅもん」のカウンターで新鮮な魚を食べていた。隣には真澄ちゃんの父親で実質この店のオーナーである会長が座っていた。

「黒田さんは調査会社の方だそうですね」

「はい。企業調査をメインにやっています」

確かにこれは嘘ではなかった。偽装の会社ではあったが、法人登記をしている会社の役員として名前を連ねていた。法務局に行って調べればすぐにわかることである。情報室だけでも都内に三社を持っていた。

「どう思われますか。これからの景気は」

会長は脂ののった鮪《まぐろ》の頭の身をつついた。「脳天」と呼ばれる部位だ。

「よくなる要素が見受けられませんね。もう国として背伸びする時期は終わったと思った方がいいでしょう。何といっても世界一の借金大国ですから」

「中国にも負けてしまいますか？」

「GDPについては、あまり順番を気にすることはないと思いますよ。それよりも、もっと精神的に豊かな国になって欲しいですよね。子供が夢を持てて、老後は安心できるような。そうでないと、若くて優秀な能力がどんどん海外に流出してしまいます」

黒田はいつものぬる燗だ。表面を軽くあぶった太刀魚《たちうお》刺しで、細切りにされたワサビを巻き、これにかぼす汁をかけて食べている。黒田が大分国東《くにさき》の食堂でおぼえた食べ方だった。

「流出するといって、その受け皿になる国は東南アジア以外でありますか」

黒田はさすが経営に携わる会長だと、その社会観を見直していた。確かに東南アジアこそこれからの第三極になるべきところなのだ。

「その、東南アジアをどこが制するかですね」

そう答えながら、ふと葉昭子たち詐欺グループの狙いがそこにあるような気がしていた。

「まあしかし、日本は資源もなければ労働賃金も高い。確かに背伸びをせず、世界十五番目ぐらいがいいんでしょうね」

「そうですね。僕は二十位ぐらいでもいいと思っていますよ。太刀魚の次はイサキをもらえますか？」

カウンター越しに敏ちゃんが答えた。

「きょうのイサキはちょっとした鯛よりも大きいんですよ」

脂の乗りも素晴らしいようだった。そこへ、やはり常連の仲間が入ってきた。

「こんばんは。おや、黒田さん久しぶりですね……ちょうどよかった。あなたにご相談しようと思ったことがありましてね」

カウンターの一番奥に座った、地元で手広く会社を経営している社長はそう言うと生ビールを注文した。

「社長が珍しいですね。何事でしょう？」

「実は私の友人の不動産屋なんだけど、昔から、ある男に金をむしり取られていましてね、その男は一応会社経営をしているとはいうんだけど、なんだか怪しくて、その会社の調査をして貰えないかと思いましてね。もちろん仕事として受けていただきたいんですよ」

社長は一代でいくつもの会社を興したバイタリティーのある男だ。

「仕事ならば、喜んでお受けいたしますが、怪しいというのはどういう点ですか？」

「実は、この兄貴という奴が、この辺じゃあ有名な詐欺師なんですよ」

黒田は、このところ続く詐欺師との縁を不思議に感じながら、詐欺師のパターンというものを知っておくのも悪くはないと思った。

「詐欺師と一言で言っても寸借詐欺から企業相手の詐欺まで千差万別ですが、どういう詐欺師なんでしょう？」

「この兄貴はアメリカ大統領まで騙した、とんでもない奴なんですよ」

黒田は思わず口に含んだ日本酒を吹き出しそうになった。慌てて手で口を押さえたが、アルコールが気管に入ってしまい、むせ込んでしまった。

「アメリカ大統領を騙すって、どういうことなんですか？」

失態を詫びながら黒田は社長の顔を正面から見て尋ねた。

「こいつは元々ヤクザもんで、ただのチンピラ。まあ、寸借詐欺を重ねながらその日暮らしでしのいできたような男だったんだよ。ただ、口先八丁で生きてきた奴だから、話は巧かったたな。一時期、ヤクザもんが足を洗って牧師になったとかで、映画になった話があったんだが、こいつもその真似ごとを始めたんだよ」

確かにそんな映画があって、韓国では相当な視聴率を上げたという話を聞いたことがあった。

「そんな話もありましたね」

「ところがこいつは天性の詐欺師なもんだから、自己アピールが巧いんだな。ヤクザもんの中で破門や喰いつめた連中を集めて教団を創ったんだよ」

社長は苦々しげに言うと、生ビールを一気に飲み干した。

「教団といっても、そうそう簡単に創れるものじゃないでしょう？」

目を丸くして黒田は尋ねる。

「それが、ほれ、霊感商法とやらで騒がれたあの宗教のまねごとだよ」

「しかし、宗教法人の登録が必要だと思いますが」

黒田はあのオウム事件以降、宗教法人に関する勉強に力を入れていた。公安部にいた頃は「宗教担当」とまで言われたものだった。様々な宗教団体のトップと面談する中で事件情報を摑んだことも一度ではない。当時一世を風靡していた教団の教祖を逮捕し、その背後にあった企業グループを殲滅させた経験もある。

「それが、聖書のいいところだけを独自に解釈して、いろいろなところで講釈を始めたら、これが当たったんだな。どこからどう広まったのか、マスコミがこれを取り上げるようになったんだよ。当然テレビには出るわ、週刊誌のグラビアは飾るわ。いつの間にか休眠中の宗教法人を取得してしまったんだ。どうやら、その背後に国会議員が付いていたようなんだけど、それが誰だかわからない」

社長が話す内容がどこまで事実に基づくものか疑わしい面もあったが、ここにも国会議員が出てくるとなると、一応調査の対象としてもいいと思った。

「その一世風靡の詐欺男とアメリカの繋がりはどこで出てくるんですか？」

冗談みたいな話だが、と前置きをすると社長は語り始めた。

「奴は傷害、銃刀法、詐欺の前科が間違いなくある奴で、本来、アメリカに旅行することはできないはずなんだよね。おまけに、チンピラとはいえ組の代紋張ってた訳だからね。それがある時、アメリカ合衆国の政治にも影響を及ぼす団体から招待されることになったんだよ」

黒田はＦＢＩ研修時代を思い出していた。

「アメリカ合衆国という国家は実に不思議な国なんですよ。国の成り立ちからして、イギリスから渡ってきた新教徒が上陸したのがスタートでしょう。わずか二百年ちょっとの歴史しかない国家が世界一の大国となってしまった」

「しかし、宗教者の割には相当の現地人を殺してしまっているんじゃないの」

「はい、そこに人種差別の根源的なものが残ってしまったと思っています。科学的にも最高峰の頭脳を持っている国民の多くがキリスト教を信じ、かつ聖書を信じています。でも、宗教上の理由から、あれほど医学や自然科学が進歩していながら、ダーウィンの進化論を信用せず、自分の考えとは違う学校教育を子供に受けさせない親が百万人以上も存在するんですよ」

社長は驚いたように瞬きをした。

「あのアメリカにそんな側面があるの？」

「その傾向が強いアメリカ中南部では、キリスト教原理主義者が教会を中心として結集し、選挙においても一大勢力となっているんです。彼らにとって最も大事な政策は『中絶反対』か『同性愛反対』という宗教上の問題で、政治、経済は二の次という状況です」

「おかしな国だね」

「そのような環境を支持基盤に持つ大統領が誕生すると、この宗教観に迎合してしまうことが多いのです。アメリカでも『ヤクザ』という日本語は通用します。芸者ガール、フジヤマと一緒にね。そのヤクザの親分が神の導きによって真っ当な人間から、さらに神の教えの伝道者となったとなれば、コマーシャル効果も大きいのでしょう」

とすると、と社長が言いかけた言葉を黒田が継いで言った。

「すると奴のアメリカ訪問は双方の利害が一致した結果という訳なんでしょうか？アメリカ合衆国が調査しないはずはないんですが、何か、超法規的な理由があったんでしょうかね」

勢いよくジョッキを空けて、社長は首をかしげた。

「よくはわからんが、ヤクザもんが宗教によって堅気になったということをアピールしたかったのかね。その会には大統領も出席していて、大統領と一緒に写った写真を持って赤坂の韓国クラブで大騒ぎしていたらしいよ。そしたらご丁寧に、この当時この大統領と仲がよかった日本の総理大臣がこいつを首相官邸に招待したんだな。これは、当時の新聞の『首相の動向』欄に掲載されたから間違いない。おまけにこの首相は、このペテン師に会うやいなや『感動した！』とか言っちゃって、いきなりハグしたんだよ。このシーンは写真週刊誌にも掲載されて、まるで天下御免のペテン師が誕生したようなものだったね」

「なんだか笑い話なのか、間抜けな話なのか一言ではいえませんが、ちょっと調査してみましょう。その詐欺師の名前は何と言います？」

「大河内茂《おおこうちしげる》って奴だよ。インターネットでも出てくると思うよ。こいつら男三兄弟なんだが、長男もヤクザもんらしいよ。下の弟だけが堅気っていうのも怪しいでしょう？」

黒田はその場で携帯電話を取り出し、インターネットにアクセスして検索してみると、確かに大河内茂の名前でヒットし、過去の御威光が記載されていた。

「大河内茂……何件もヒットしますね。こいつが今でも詐欺師である証拠のようなものはありますか？」

「いっぱいあるよ。都内のシティーホテルを当たってみな。宿泊料からバンケットの使用料まで踏み倒しているはずだから。それに、どこかのプロダクションが、韓流スターを呼ぶイベントをやった時にも億単位の金を騙し取っているはずだよ」

「早急に調査してみます」

黒田は初め、この話を居酒屋でよくある与太話の一つだと思って聞いていたが、次第に妙な胸騒ぎを覚え始めた。それはどこか、葉昭子の詐欺事件を知った時の直感に似ていた。

「何か気になるな……」

黒田は大河内茂という名前を何度か呟いた。この時、この「ペテン師《トリックスター》」がとんでもない裏社会と繋がっていようとは、思いもしなかった。

翌日、黒田は大河内三兄弟のデータを警視庁情報管理システムで検索した。

詐欺師と言われている大河内茂は、確かにアメリカ大統領と会っていた。アメリカの宗教関係者の取り計らいのようだ。この宗教関係者の集会は民主党、共和党双方にとっても大きな発言力を持っており、集会の最終日には歴代の大統領が必ず顔を出していた。

パソコンの画面をスクロールしていくと、更に興味深いキーワードが現れ、黒田は興奮した。

大河内茂がこの会に呼ばれた背景には、当時の与党民政党の大林と繋がりが強い世界平和教の強い推薦があったことが記録されていた。

「そうだったのか……」

黒田は当時の政治情勢を思い出しながら、改めてこのデータを見直した。

茂が官邸を訪問した際の同席者は大林だったようだ。宗教団体の背後関係がなんとなくわかってきた。

茂の兄は関西系暴力団の二次団体の組長で大河内守《まもる》といった。

現在の拠点は名古屋であるが、東京、名古屋の双方に影響力を及ぼしていた。

組長は組の若頭をはじめとする中堅幹部連中に茂のことを不肖の弟と吹聴していた。

「茂は頭はいいんだが、腰の据わらない奴でね。何をやっても中途半端だったんだが、ヤクザから足を洗って牧師になると言い出した時はさすがの俺も『こいつ、おかしくなったんじゃないか』と思ったもんだったよ。しかし、奴には奴の計算があったんだね。確かに人真似《ひとまね》以外の何物でもなかったが、奴の口先はキリスト教系の大病院のトップから、日本の総理大臣まで感動させたんだからな」

守は豪快に笑って続けた。

「その茂には今、うちの仕事を手伝ってもらっていてな」

「牧師さんが、元に戻られたんですか？」

「いや、新しい牧師集団をつくっているようだ。元ヤクザもんばかりを集めてな」

守は頰《ほお》に線を引く。

「そちらの世界ではそんなに辞めたがる方が多いんですか？」

「シノギは皆きつくなっているが、その中でも知恵のある奴は確実に伸びている。何と言っても、茂は知恵袋だからな」

「天下のアメリカ大統領から招待を受けた方ですからね」

「くそ度胸と知恵がなけりゃできない業だわ」

再び守はゲラゲラと大笑いした。


黒田がこのデータを見て気になったのが、大河内守が電力各社に対して行っている街宣活動だった。

守が主宰する右翼団体は月に二度、定期的に電力会社の本社及び主要支店に街宣をかけていた。

ある時、この右翼団体の街宣活動があまりにひどく、警察沙汰となった。この街宣の指揮者を逮捕する際に、右翼団体の構成員が機動隊員に対して暴行を働いた。公務執行妨害だった。この時、この被逮捕者の弁護人として選任された弁護士の名前を聞いて黒田は愕然とした。——「廣島昌和《ひろしままさかず》」。公安事件の中でも右翼事件の弁護活動が多く、暴力団関係事件の弁護も多いこの弁護士は、港区虎ノ門にある中規模合同法律事務所の経営者であり、彼のもう一つの顔は大林の東京後援会長だったからだ。

黒田は腕組みをしていた手を解き、軽く握った右手の親指に顎を載せた。何かヒントを摑んだ時のポーズだった。

「また一つ繋がった……！」

黒田は大林周辺を徹底的に調査するために、彼の出身地広島に捜査員を派遣した。地元の暴力団や財界関係者との接点を探ることに加え、彼が幹事長当時に地元に対して利益誘導した様々な公共事業やこれに関わった企業団体、その際に起こった住民運動とそのリーダーの調査などがその目的だった。

かつて詐欺というものはそのほとんどが個人プレーで行われていた。

詐欺師の手口は多種にわたるが、刑事講習で教える五大手口には、

一、時間で追い詰める
二、欲をくすぐる
三、相手の弱みを突く
四、相手の知識不足を利用する
五、権威を利用する

の五パターンがあるといわれていた。

詐欺のターゲットが個人から企業にまで広がるにつれ、一詐欺師から詐欺集団へと犯罪者も組織化していった。詐欺は、一攫千金を狙った犯罪へと進化したのだ。

近年、「おれおれ詐欺」とか「振り込め詐欺」と呼ばれる、対個人の小口犯罪も、これが暴力団絡みとなると、一グループで一〇億円単位の詐欺を働いている場合もある。

「振り込め詐欺」の詐欺手法のきっかけは不動産業者が保有する賃貸マンションの契約者とその保証人データからスタートしていた。これはバブル当時に地上げを行って建設した多くのワンルームマンションの販売が、バブル崩壊と共に、売り上げに影を落とすようになった頃から徐々に広がりを見せた。当時、都内不動産業者の十社に一社は暴力団が支配していると言われたものだ。

確かに暴力団の先見の明は、犯罪に関する限り先端を行っている。

＊＊＊

黒田は係長の栗原正紀《くりはらまさき》をデスクに呼んだ。

「栗原は以前、民政党の大林を追ったことがあったよな」

「はい、ハムの頃ですが……」

なぜ黒田が自分の公安部時代の捜査についてまで知っているのかと驚きつつ栗原は

言った。

「今回の詐欺事件に大林が関与している可能性が高い。そこでだ。捜査二課に仲間はいるか？」

「はい。警大同期で仲のいい奴がいます」

「少しずつ情報交換をしておいてくれないか」

「いいんですか？　大林の話題を出しても……」

「少しずつな」

情報室係長の栗原は黒田からの指示を受けて、警察大学校で同期の刑事部捜査第二課第四係長を訪ねた。捜査第二課も公安部同様、部外者を室内に入れることはない。面会の際は、本人に予め電話を入れるか、庶務係で呼び出してもらう。

また、捜査第二課は担当ごとに多くの分室を持っていて、同期の山中は富坂分室にいた。東京メトロ丸ノ内線後楽園駅から中央大学理工学部の正門前を通り過ぎ、その裏手にある建物だった。刑事部、組織犯罪対策部、公安部、地域部もそれぞれ分室を持っており、独自に管理していた。

栗原は警部補時代、公安部公安総務課に籍を置きながら、実質的には公安部参事官直轄で動くセクションに属していた。「髭《ひげ》」と呼ばれるイリーガルな活動部隊だった。

髭部隊のメンバー三十人のうち、ほとんどが二十代後半の若手警部補だった。彼らの主たる任務は、警察官の身分を隠した潜入捜査だ。派遣会社を通じて潜入する者もあれば、受け入れ会社のトップから依頼を受けて中途採用という形で組織に入り込む場合もある。全員が何らかの語学に通じており、中でも、中国語とアラビア語、ロシア語の上級者は企業からも人気があった。

髭のメンバーは警視庁本部に出勤することはない。原則としてどこかの分室、または、公安部が持つダミー企業に出入りして必要な報告をあげていた。

栗原はロシア語と韓国語の講習を終えていた。本部経験は警部補になって初めてのことであり、公安係も所轄では一度も経験していない。それでも、公安はタマと呼ばれる協力者を自分で獲得し、これを運営する場合でない限り、ある程度のセンスがあれば生きていくことができた。今、トップが何を求めているかを自分で判断し、これに即した情報を自らの知恵を生かして獲得していく。「参事官の耳目になること」が要求されるのだ。公安の世界では、数年に何人かが真の情報マンとして育っていった。

髭部隊を指揮していた参事官は北岡龍一という東大出身の政治志向が強い男だった。国会議員会館に頻繁に出入りし、議員本人との面談しか行わない。彼はマスコミや秘書、党職員との接触は一切せず、ただ幅広い議員人脈の構築にキャリア官僚としての存在意義をもとめていた。

与野党の国会議員の中には、北岡を巧く利用しようという者もいた。警察官僚とのパイプは様々な意味で喉から手が出るほどの魅力がある。それも、警察組織の中でも最も得体が知れず、秘匿性が高い警視庁公安部のナンバーツーなのだ。県警本部長も経験しており、それが自分の地元となると、後援会や支援団体の秘密も知られている可能性があった。

北岡の動向を最も気にしていたのが大林義弘だった。大林は、北岡が政治志向の強い男であることを初対面で見抜いた。

「どうだね北岡君。近い将来、国政を志してみる気はないかね」

このひと言で北岡は大林に転んでいた。かつての官僚出身議員は、事務次官や長官を経験した官僚のトップや、少なくとも局長クラスの実績を踏んだ転身者が多かった。しかし近年は、課長経験者すら少なく、省庁内の鼻つまみ者だった連中が「官僚出身」をステータスとして国政に転身するケースまであった。「私の強みは官僚を経験していることだ」と平気で口にする、自分が役人当時「霞が関の嫌われ者」であった事さえ気づかない者もいるほどだ。

今日、天下り批判が出ているが、この批判により、かつては省庁内で自然淘汰されていた悪しき官僚が、最後まで組織内に残ってしまう弊害が起きたことも事実だ。北岡はこの最たる存在であったが、国会議員の立場から言えばこんなに使い勝手のいい人間は滅多にいなかった。議員というニンジンを鼻先にぶら下げてやるだけで、周りも見ずに意図する方向に進んでくれるのだ。大林は北岡を巧みに利用することを考えていた。

だが北岡も、大林の選挙区の情報収集に抜かりはなかった。

栗原は「髭」時代、大林の選挙区情勢を把握するよう、北岡から直接指示を受けていた。栗原は、彼の地元である広島に単身乗り込み、地元県警には秘匿で情報活動を行った。

栗原は原爆ドームを眺めていた。太田川沿いのホテルのラウンジは人もまばらだ。かねてから懇意にしている地元ブロック紙の記者と向かい合いながら、栗原は熱いコーヒーをすすった。

「ほうけい？　そーじゃけいのう、われ知ってやとんかい……なんて感じでしょう？」

記者の口真似する方言を聞いた栗原は、頷いて言った。

「いや、驚きました。最初は喧嘩しているのかと思いましたよ」

「そうですね。東京から来られた方は皆そう思われるようですね」

「きのう駅前のパチンコ屋に入って『すいません玉がでなくなっちゃったんですけど……』といったら『ちゃった？』と言って大笑いされてしまいましたよ」

「それは、珍しい言葉を直接聞いたからでしょう」

地元ブロック紙の記者は栗原の素朴な質問に笑いながら答えた。

「方言も勉強しておいた方がいいですかね」

「いえ、かえって東京弁の方が新鮮でいいんじゃないですか？　特に女性に対しては優しく感じられるようですから。東京人はもてますよ。栗原さんのように甘い雰囲気がある人は特にね」

その一言で栗原は気が楽になった。酒だけは滅法強いが、コンピューターおたくに近い栗原にとって体力不足が最大の弱点だったからだ。

栗原は大林の地元事務所に顔を出した。

最初の挨拶で東京みやげを持って「先生にお世話になっている」といえば、大体の事務所が歓迎してくれる。

「事務所の雰囲気、常駐メンバー、壁に貼ってある連絡先に事務員の机の上まで、さあどのタイミングで秘匿撮影するかな」

後はさり気ない会話をしながら親しくなれそうなターゲットを選定し、行動確認を行いながら接近すればいい。獲得工作は慎重に進めなければならなかった。栗原の身分はコンピューターソフト開発企画会社の営業マン——何とでも言い逃れができ、しかも情報収集しやすい業種である。会社は実在し、商業登記もされている、公安部が隠れ蓑として設立した会社であるため、裏を取られてもいくらでも対応できる態勢は整っていた。

「こちらのような事務所で『こんなものがあればありがたい』というようなコンピューターのシステムやソフトはありませんか？」

その際、外務省、防衛省、警察庁、警視庁にも出入りしている旨をさり気なく伝え、地元県警の警務部長の名前も一応出しておくと、決して無下には扱われない。やはり信用第一なのだ。地方に行くと東京のようにそうそう情報は氾濫していない。それでも便利さは事務員の共通した望みだ。これを叶えるソフトのノウハウは、公安部の相関図作成ソフトなど、民間に活用できるものはたくさんあった。そのアイデアを収集するという形で、地元事務所がどのような人間関係を構築しているのか、日程管理やその調整は誰が責任を持ってやっているのか、などを手始めに調査することにした。

栗原が目を付けたのは三十代前半で自分のデスクに専用のラップトップ式パソコンを持つ女性職員だった。

通常、公安部が協力者を設定する場合に、異性に関しては厳格な設定基準がある。しかし、今回のような短期集中で行う場合には捜査員の裁量に任される部分が大きかった。栗原は名刺交換をした時に、この前田美穂子という女性をターゲットにすることを決めていた。

彼女はコンピューターに関する知識はさほどではなかったが、使い方には興味を持っており、キーボードを打つスピードはキーパンチャークラスの速さと正確さを持っていた。

栗原は自分より少し年上の女性と話すのが好きだった。何事も「好き」な部分は良い方向に進めば効果を発揮する。特に、彼女の穏やかな話しぶりや、少し甘えた感じのハスキーな声に容姿とは別に魅かれていた。五日間の行動確認で、彼女が独身で単身居住していることを確認した。さらに個人照会を実施した結果、犯罪歴もなく身辺に問題ある者もいないことが分かった。年齢は見立て通り三十一歳だ。

ある日の夕方、栗原は彼女の自宅近くのJR駅改札で偶然を装って声を掛けた。

「……大林先生の事務所の前田さんじゃありませんか？」

「先日の……ごめんなさい、お名前を失念してしまいました」

相変わらずのハスキーな声で、笑顔を見せて媚《こ》びるような謝り方だった。

「いえ、いちいち営業の名前を覚えていたらきりがありませんよ。リーガルデータシステムの栗原です」

「そうそう、栗原さんだ。こんなところでどうなさったんですか？」

確かにこの住宅地が多い場所で、しかも午後七時近くに栗原が営業しているとは思えない状況だった。しかし栗原は、

「この先に、県警のシステム情報センターがあるんですよ。そこで、データ管理のチェックを行っていました」

地元でも警察情報に詳しい者でしかわからないことをさらりと答えた。

「あの建物……すごいですね。あそこは『ここの署長さんでも入れない』って聞いたことがあります」

「機密といえば機密ですからね」

「そんな大事な仕事をなさっているとも知らずに、失礼致しました」

前田は頭を深ぶかと下げてから、上目遣いに栗原を見た。その仕草は場馴れした商売女のようでもあり、甘えん坊のお姉さんともとれた。

「とんでもない。ところで前田さんはこの辺りにお住まいなんですか？」

「すぐそこのマンションの六階です」

彼女は真正直に答えていた。

「それでは、これから夜ご飯の準備ですか」

「今日は面倒だから、そこの洋食屋さんで済ませて帰ろうかなと思っているんです」

彼女は先週もそこで食事をしていた。栗原も彼女が店を訪れた翌日にそこでランチを食べて店のメニューや雰囲気を確認していた。

「キッチンエリーゼ、美味しいですよね。でも、お一人で？」

「私、まだ独身ですから」

「いや、すいません。そういうつもりで伺ったんじゃなかったのですが……」

「まあ、私ったら。でも栗原さんよくご存じね、あの店」

「土曜のランチをそこで頂きました。メンチカツが抜群に美味しいですよね」

栗原は金曜の夜に彼女がオーダーしたものを言い当てていた。彼女はその時、ビールの中瓶とワインをグラス二杯飲んでいた。

「ところで栗原さんのお住まいは？」

「僕は出張中ですからホテル暮らしで、隣駅のマリオンホテルに宿を取っています」

「マリオンさんならうちの後援会だから、お安くなりますわよ」

「本当ですか？　じゃあ、今度は大林事務所さんに何か恩返ししなきゃ、ですね。ところで、もし差し支えなかったら、夜ご飯、ご一緒してもよろしいですか？」

前田の顔に赤味が差した。

「私も一人で食べるのは好きじゃないんだけど、この時間になってしまうと、つい面倒になってしまって。ぜひぜひ」

栗原はいかにも嬉しそうに顔をほころばせて前田の目を見た。彼女も歓迎している様子だ……。店に入り奥のテーブル席に向かい合って座った。彼女は決して美人というタイプではなかったが、笑うと目が三日月形になる愛嬌のある笑顔と、愛くるしいおちょぼ口が栗原の好みに近かった。

「あの、ビール注文していいですか？」

「私も飲みたかったの」

天真爛漫というか、実に正直に話す彼女にさらに好感を持った。それから料理三品でビール大瓶二本、ワイン一本を空けて、二人が店を出たころには九時を回っていた。それほど話が弾んだし、すっかり意気投合した関係になっていた。

「栗リン、なんてね」

「そう呼んでいただいて構いませんよ、おねえたま」

二人は旧知の知り合いのように肩を並べて彼女のマンションに向けて歩き出した。

マンションの六階の彼女の部屋の前まで送って、栗原はその場で握手を求めると、彼女も細い指の小さな手を差し出した。手は五、六秒握っていたが、栗原はゆっくり握手をほどき、

「明日、事務所に伺いますね。おねえたま」

甘えるように言うと、彼女もすっかりお姉様気取りで、

「いいわよ。いらっしゃい。地元の有力者も紹介してあげるから」

少し潤んだ目を三日月にして言った。彼女はハンドバッグから鍵を取り出し、鍵を開けて扉を開いてもう一度栗原をじっと見た。栗原は彼女の所作を確認すると満面の笑みを見せて深々とお辞儀し、

「おやすみなさい」

と言うやエレベーターホールに向かって駆け出した。

「可愛い」

前田美穂子は一瞬栗原を自室に招こうとした自分を恥じらいながらも、栗原がその意図を察することなく帰って行った時の仕草、話し方、立ち居振る舞いの全てが都会人らしい洗練されたものに思え、思わず言葉を漏らしていた。

翌朝、栗原は午前十時半に大林事務所を訪れた。駅前の地元では評判になっている洋菓子を手土産に持っている。

「おはようございます」

前田美穂子は栗原の顔を見るとやや不機嫌な顔をした。その顔は、待ち焦がれて、いかにも来るのが遅いと言いたげだ。

「すいません。この店十時開店で、行った時にはもう行列ができていたんですよ」

申し訳なさそうな顔をして頭を下げ、上目遣いで彼女を見ると、手土産に気付いた彼女の顔が一瞬で変わった。

「来たばかりなのに、何でもよく知ってるのね」

事務所には彼女一人だった。

「今日はお一人ですか？」

「二人は買い物。二人は県連、二人は後援会回りで、もうすぐみんな帰ってくるわよ」

「じゃあ、今だけだ。『おねえたま』って言えるのは」

「そうよ。栗リン」

栗原が手を差し出すと彼女は何のためらいもなく彼の手を握った。お互いに笑顔で見つめあいながら十秒近くそうしていた。今朝も栗原から手をほどいて、

「さて、お役に立ちそうなソフトから説明しましょうね」

前田美穂子のデスク横にパイプ椅子を部屋の隅から運んでくると、バッグの中からノートパソコンを取りだして、彼女の袖机の上に置いた。彼女は手土産を冷蔵庫に入れ、アイスコーヒーを持って戻ってきた。

「まず、日程管理ソフトをご紹介しますね。これはなかなか優れモノなんですよ」

栗原は彼女が横に座るとソフトを開いた。これは警視庁の情報管理課と公安部が共同して開発した人事管理ソフトを日程管理用に転用したもので、人名、連絡先等の基礎データを入力しておけば、日程表に記載しただけで、その個人データ上にも自動的に上書きされるのだった。日時、応対者の他、会話の内容を入れておけば、その案件毎にもソートできた。

前田は説明を加えながらブラインドタッチでパソコンを操作する栗原の繊細な手の

動きと、初めて見る操作画面に見入っていた。

「すごいわ……今の作業が十分の一になりそう」

「でしょう？　お勧めなんですよ」

「お幾らぐらいするソフトなの？」

「実はまだ販売していないんです。実験段階ですね。でも、即戦力になることは間違いありません。しかも、この部分は公設秘書しか見てはいけないとか、印刷できるモノとそうでないモノを分けるとか、さまざまな利用権限を付与することができるので、外部に漏れる心配もないんです。おまけに三重のプロテクトを付けて、相互にデジタル化していますので、オンライン用のパソコンと繫がっていたとしても問題ありません。スーパーハッカーが挑戦しても解析に数日はかかるでしょうから、その前に外部侵入のプロテクトが探知して、オンラインを自動的に遮断してしまいます」

栗原の説明を懸命に聞いていた彼女だったが、すでに彼女が理解するキャパシティーを超えている様子だった。

「ねえ、栗原さん」

「栗リンでいいですよ。おねえたま」

「おバカさん！」

前田美穂子はすっかり栗原のペースにはまっていた。

「あなたのことを代議士や上の秘書に信用してもらうためには、どうしたらいいの？」

「ああ。議員会館の事務所や党本部の幹事長室に内調の佐久間さんという人がお邪魔しているはずです。当然ながら代議士も御存知だと思いますが、彼に弊社と私自身について聞いていただければ、証明してくれますよ」

「何？　そのナイチョウって？」

「内閣官房内閣情報調査室のことですよ。総理大臣、組織上は内閣官房長官直轄の情報機関です」

「どうして栗原君はそんな組織を知ってるの？」

「僕のクライアントというか、営業先というか、お得意さんですから」

「すごい人と知り合ってしまったのね、私」

「まだまだ僕の本性は明かしてませんよ。おねえたま」

「何言ってんの。可愛い顔して」

二人が声を出して笑っているところに、大林の公設第一秘書で地元事務所長を兼務する山本久則《やまもとひさのり》が帰ってきた。

「ただいま。いやいや暑いな。県連は大変だよ」

とまで言って栗原に気付いた山本は、

「お客さん？　どなたかな」

注意深く栗原を眺めて言った。彼は大林が最も信頼を置く秘書であり、学生時代からすでに三十年来大林と行動を共にしてきた、五十を過ぎたばかりの男だった。大学の弁論部でも代議士の後輩で、党内、派閥内の秘書会でも、地元秘書ながら頭角を現している存在だった。

「山本さん、こちらは東京のコンピューター関連の会社の方です」

「コンピューター？」

山本は栗原を観察するように見ながら言葉をつないだ。

「コンピューター会社の方が選挙事務所に何用ですか？」

栗原は立ち上がって名刺を差し出しながら言った。

「はじめまして。ご挨拶が遅れて申し訳ありません。私は東京のシステム開発の会社でリーガルデータシステムの栗原と申します。先週も一度お邪魔させていただいたのですが、この度は新たな開発データの調査で中国、四国地方の担当となり、特に国会議員の先生方の地元事務所を中心に回らせていただいております」

「どうして国会議員なんじゃ？」

　山本は鋭い視線を注いだままだった。

「私どもは主に官公庁を中心としたソフト開発を行っております関係で、様々なご提案を頂きながら現場に即したソフト開発を進めております。その中でも、国会というところは様々な情報のるつぼであり、国家機密や事務所の業務に関する秘密を扱う関係で、弊社のソフトは重用されております」

「一口に国会とゆうても与野党でも違うし、特にうちのような与党幹部となると、普通の議員とは違うけえのう」

　山本はそんじょそこらの国会議員と一緒にするなという顔をした。

「弊社のソフトは党本部の幹事長室、選対でもお使い頂いておりまして、選対の尾形さんには開発段階からご指導頂いているものもあります」

「尾形さんを御存じなんかね」

　少し安心した様子だ。

「美穂子ちゃん、説明を受けてどんな塩梅《あんばい》じゃ？　そのソフトとやらは。わしはその世界には疎いもんでの」

　興味を持ったのか、山本は栗原が持ち込んだノートパソコンの液晶画面を覗く。

「それが凄いんですよこのソフト。これを使えば業務が十分の一になりますよ」

「何、十分の一？」

山本はこれまでの厳しい態度から一転して、素っ頓狂な声をあげた。

栗原が丁寧にデモンストレーションをすると、山本はうーん、と唸ってあれこれ質問を始めた。彼自身が陳情を受けることも多く、特に予算の時期になると、応接室に長蛇の列ができるのが常だった。

「すると、これに、その時の相手からの手土産なんかも記録することはできるんかいな？」

「はい。欄を一つ増やすだけですから、例えば、こんな感じですか」

即座に栗原がパソコンを操作すると、画面が黒く変わり、アルファベットや記号が並ぶだけの画面になった。そして、キーボードを素早く叩いたかと思うと、画面を戻した時には山本が希望した新たな項目が表の中に出来上がっていた。山本は喜んだ。

「いろいろなご希望を伺いながら、よりよいソフトを作っていきたいものですから、ご協力を頂ければ幸甚です」

「幾らするんじゃ？　このソフトは？」

山本は身を乗り出して尋ねた。

「まだ設計段階です。こちらにサンプルを無償で置かせていただきますね」

「それはこちらもありがたいわな。いや、実際大変なんじゃけ。陳情の処理っちゅうのがな」

「大林先生ほどの大物になってしまうと、省庁を横断したものも多いでしょうし、陸海自衛隊の駐屯地や基地がある土地柄ですから、環境問題も出てきますでしょうしね」

栗原が何食わぬ顔で答える。

「若いのによう知っとるの。ぬし、大学はどこじゃ？」

「恥ずかしながら、大林先生の後輩に当たります」

「それならわしの後輩でもあるんだな。学部は？」

「政治経済の政治です」

「なんだ、全くわしの後輩じゃないか」

学校の先輩後輩の絆はいかなる場合にもすぐに効果を発揮する。

「ところで、栗原君はいつまでこっちにおるんや？」

「中国、四国を三ヵ月間の予定で入っていますので、その間は自己裁量で任されています」

「いい会社やな。まあ、ぬしが優秀だからじゃろうが、会社自体がまだ若いんじゃろう？」

「まだ創立十年目です。元々トップが通産省出身者だった関係で、官公庁には強いようです」

「通産の誰？」

「審議官で退官しました檜木です」

「ああ。あの檜木さんがトップかい。うちのボスも通産大臣経験しておるから、よう知っとるよ。なるほど、ほな安心じゃ。ただ、一応、個人情報に関わる問題だから、確認しておきたいんだが、どうすればいいかな」

「会館事務所に内調の佐久間さんという方が出入りしていると思います。その方が私共のことはよくご存じですので、ご確認いただければよいかと思います」

「じゃあ、今ここで電話してみるわ」

山本は目の前の受話器を取り上げ、東京の会館事務所に電話をかけた。

「地元の山本ですが、清水君はおるかな」

清水は政策秘書であるが、どうやら山本の方が格上らしい。

「清水君か。ちょっとつかぬことを聞くけど、そこに内調の佐久間いう役人は出入りしとるかい？」

「佐久間健さんですね。先ほど党本部で代議士と面談されていました。間もなく、こちらにもいらっしゃると思いますが、佐久間さんが何か？」

「いや、ちょっと確認をしたいことがあってね。その佐久間という役人は信用できるんやろうね」

「信用できるも何も、代議士も大変可愛がっていらっしゃいますし、私達もいろいろとお世話になっているんですよ」

「悪いがその方と連絡をとってもらいたいんだが」

「わかりました」

「先ほど、うちのこれと会っていたらしいよ。その佐久間さんは」

電話を切ると、山本は笑顔を栗原に向けて左手の親指を上に立てて告げた。山本は次第に心を開いたような顔つきに変わってきた。雑談を始めて五分ほどした時、デスクの電話が鳴った。

「はい、山本です」

「清水ですが、今、佐久間さんがいらっしゃいました」

「ちょっと電話を代わってもらえるかな」

栗原と佐久間はすでに情報交換を終えていた。佐久間は栗原の二年先輩にあたり、巡査当時の指導担当である、指導巡査という立場だった。

「ああ、佐久間さん？　初めまして。いつもお世話になっております。私は大林事務所の地元におります山本と申します。実は、今ここにリーガルデータシステムの栗原さんという方がお見えで、佐久間さんに確認を取って貰えれば身分が証明できるということなので、御無礼とは思いつつもご連絡を差し上げた次第で……」

「はじめまして、佐久間健と申します。栗原さんはうちの組織も、私の出向元の警察庁警備局もお世話になっているんですよ。特に警視庁公安部のハイテク部門の指導もして頂いていますし、信用できる人物です」

山本はうんうんと頷きながらメモを取っている。

「誠に申し訳ないですが、ご本人と代わってもよろしいですかな？」

佐久間の了解を得たらしく、山本は受話器を除菌ペーパーで拭いて栗原に手渡した。栗原は恭《うやうや》しく受話器を受け取った。

「栗ちゃん、珍しいところに営業に行ってるじゃない」

「佐久間さんの『トップから当たれ』のご指導どおりに実践しております」

「それは感心、感心」

「何分零細企業なものですから、信用第一でお名前も使わせて頂いております」

「僕の名前で商売が上手くいくのなら幾らでも使ってくれ」

「ありがとうございます。僕も今度、会館事務所に寄らせて頂きますので、事務所の方によろしくお伝え下さい」

佐久間と栗原の会話に山本はさりげなく耳を傾けている。受話口から洩れてくる佐久間の声を確認しているようだ。栗原もこれを意識したうえで話をしていた。栗原は概《おお》ね《む》の目的を達成したと思った。

「では、また東京に戻りましたらご挨拶に伺います」

電話を切ると山本はこの上なくにこやかな顔になり、

「まあ、うちもお世話になるとは思うが、この売り込み先で後援会の中に役に立つところがあったら紹介してあげるよ。田舎にいるとね、なかなか最先端の技術や新鮮な情報は入ってこんからね。ところで、今夜は何か予定入っとるんかい？」

優れた営業マンを獲得しようとする辣腕秘書の姿勢になっていた。

「特に決めておりませんが」

「じゃあ、ちょっと付き合ってよ。顔合わせと行こう。なあ、美穂子ちゃんも一緒にどう？　男二人ってのも寂しいし」

「私もお邪魔してよろしいんですか？」

そう尋ねる前田美穂子の顔には、山本も今まで見たことがないような恥じらいが浮かんでいた。

「優秀な営業マンというのは酒も強いなあ」

山本はことのほか上機嫌だった。生ビールの後、日本酒はすでに一升を超えていたが、栗原は全く変わることなく注がれるままに飲み続けている。瀬戸内の地魚を使った料理はどれも美味しかった。一・五メートルはあろうかという太刀魚の刺身は歯ごたえの中に甘みがあって栗原はこれを褒めに褒めた。

「東京では絶対に口にすることはできませんよ」

この台詞を聞いた料理屋の板長兼店主は、饒舌になっている常連客の山本が連れてきた魚好きな若者を前に、得意気に言った。

「魚はある程度サイズが揃わないと東京には出せませんから、こんなにデカい奴は地元に残るんですよ。しかし、お客さんは魚が好きなんだね。これだけ綺麗に骨だけにされると、食べられた魚も喜ぶってもんですよ」

前田美穂子も日頃にまして速いペースで酒がすすんでいた。

「山本さん。今度、地元の後援会の方を栗原さんにご紹介して差し上げたら如何でしょう？　きっと、皆さんも栗原さんが推薦されるソフトを使ったら喜ばれると思いますよ」

「これから伸びそうなビジネスホテルのマリオンさんを紹介しておくかな」

この名前を聞いて栗原の目元がぴくりと動いた。

こうも早々にマリオンホテルとの関係が出てこようとは思ってもいなかったからだ。前田を使えば、さらに深い情報が入ってきそうな気がしていた。

「そうですね。栗原さんも今お泊りになっていらっしゃるし」

「お、よく知ってるね。宿泊先まで」

前田美穂子は顔を赤らめながら、

「さっき事務所で聞いたばかりじゃないですか」

と言い訳したが、顔の赤みは増す一方だった。

山本が手洗いに席を外した間に、栗原は前田美穂子と携帯電話番号を交換した。

「この後、二人で飲みませんか？」

「このあたりには気が利いたお店がないの。ホテルも知った人ばかりだしね。よかったら、うちで飲む？」

山本はこの後もう一軒行きたそうな素振りだったが、翌週また改めて飲む約束をして、先に前田をタクシーに乗せて帰し、山本を次のタクシーに乗せると、栗原は携帯を取り出した。

「今、山本さんを見送りました」

「マンション入口のオートロックで六〇一を押して」

短い会話だったが、彼女の声がやや上ずっているのがわかった。栗原は、まだ開いていた酒屋に入り、ワインとスコッチを買ってタクシーに乗り込んだ。

「こんなこと、初めてなんだから。この部屋に入った男性は父親だけよ」

部屋の入口で彼女は懸命に言ったが、その目の奥には期待が十分に込められた妖艶さが輝いていた。

きちんと整った2LDKのリビングの小さなソファーに並んで腰を掛け、ワインを開ける。二人はワインが注がれたリーデル社のブルゴーニュスタイルのワイングラスを軽く鳴らし、一口、喉に流し込んだところで、どちらからともなく唇を合わせた。

「本当に、初めてなんだから……」

前田美穂子は栗原の腕の中に身体を預けた。

翌日から栗原は大林事務所を拠点として、後援会の主要人物と積極的に接点を持ち、彼らの特徴をデータベース化していった。

二週間後には大林事務所の後援会名簿よりもはるかに正確かつ内容の濃い名簿が出来上がっていた。

＊＊＊

公安部勤務を経て、栗原は情報室勤務となった。

黒田は、情報マンを目指していた栗原の、やや強引な情報収集手法を少しずつ修正していった。栗原も公安部の髭部隊の作業を決して是とはしていなかったが、情報活動の基本を知ったうえで敢えてイリーガルを行うことに快感を覚えていたといってよかった。

栗原は、自分自身が経験できなかったサクラの講習を終えているばかりか警察庁警備局が実施した情報専科の初代講習生である黒田に、心酔していた。このため、黒田の細かい指導にも従順だった。

「栗原、大林の地元秘書官の山本の弱点はなんだ？　お前はハムの頃、大林の事務所に潜入していたようだが」

「奴は地元で産廃業をこっそり行っていまして、ここを中心に談合を仕切っています。この産廃利権は結構大きくて、一部のヤクザ者も情報欲しさに山本詣でを行っているほどです」

心酔する上司を前に、栗原は饒舌だった。

「ゼネコン利権よりも産廃利権は裏を取りにくいからな」

「中間処分場や最終処分場を動かすたびに金が入る仕組みを作っているんです。当然ながら保有車両も多いですし、ヤードと呼ばれる保管場所も広大なものを持っているようです」

「奴の主な扱いは何だ？」

「最近は特別管理産業廃棄物と土砂ですね」

「金儲けをよく知っているんだな」

「海岸近くに採石場も持っていまして、専用の艀《はしけ》も保有していますよ」

「大林はそれを知らないのか？」

「経営は山本の息子がやっていることになっていますが、山本本人が全ての会社の役員に名前を連ねています。事務所でこれを知っているのは前田という女性職員だけです」

「前田ね……お前の特別、じゃなくて特殊協力者だな」

黒田はさりげなく言ったが、栗原の動揺は大きかった。

「どうしてご存じなんですか」

「北岡参事官の周辺を公安部の別働隊が追っかけていたんだよ」

「そ、そんな……」

栗原は体中に汗が吹きだしていた。

「北岡さんにとっては喜ばしい情報だっただろうが、当時の髭部隊はあくまでも参事官直轄であって警備企画課の枠から外れていた。お前たちには責任がないのだが、組織としては黙って見ているわけにはいかなかったんだよ。当時の髭部隊から本部に戻ったのは数える程しかいないだろう？　そこが情報を扱う者としての要諦でもある。組織として入手した情報を『私』してはならないんだ」

「僕は、お釈迦様の手のひらで遊んでいた孫悟空のようなものだったんですね」

「個人の判断であそこまでやったのはお前ぐらいのものだ。だから、時機を見てここに呼ぼうと思っていたのさ」

「…………」

栗原はうなだれた。

「そんなに力を落とすな。今のお前は情報室の極めて重要な戦力なんだ。一人でも二人でも部下を育ててくれ」

期待する部下の肩を黒田はポンと叩く。

「ありがとうございます」

黒田はチンピラ詐欺の端緒情報が思わぬ方向に進んでいったことに運を感じながらも、一人の新たな情報マンが育ちつつある喜びを心から嬉しく思っていた。

第四章　夢を語って売る男

ビルの十五階にある「スペーステクノロジー社」は宇宙産業の中でも人工衛星製作を得意とする会社だった。

エントランスは二重になっている。手前のガラス扉の脇には、指紋、虹彩、カードのトリプル認証システムがあり、その奥には宇宙ステーションの入口を思わせる金属製の重々しい扉が続く。皇居外苑の松と芝を見おろす、三十畳はあろうかという社長室の応接ソファーに深々と腰を下ろした総務部長は、大きなデスクでパソコンを睨んでいる社長に言った。

「社長、増資目的の株式分割をやりましょう」

社長は作業を中断して、資金繰りを委ねている総務部長の顔を見て答えた。

「分割と言っても、どのくらい増やすつもりですか？」

「まず百倍ですかね。今は株主を集めて資金獲得するしかないでしょう」

「しかし、引き受け手はありますか？」

「将来、上場する時にはその倍、いや数十倍の金になるんですから大丈夫ですよ。それほどこの業界は将来性があるし、その中でも当社はその最先端を進んでいるのですから」

　この春、大手リクルート会社のエグゼクティブ部門から紹介を受けて採用した総務部長は、有名代議士の親族で幅広い人脈を持つという触れ込みだった。

　スペーステクノロジー社は、内堀通りに面した一等地のビルに東京支店がある。本社は横浜で、工場は湘南にあった。一口に人工衛星と言っても、国家が運営する大型衛星から、遺骨を乗せて宇宙葬を行う超小型のものまで様々である。会社の主力商品は中規模の通信衛星や監視衛星で、海外からの受注も増える中、ベンチャーキャピタルの注目も集めていた。

「取締役会を開催して早急に対処した方がいいですね」

　社長は松本《まつもと》英明《ひであき》という技術系の秀才だった。父親と兄弟三人もそれぞれ理工系の分野で成功していた。松本が起業する際、株主には親兄弟ら親族が軒並み名を連ねていた。

「社長、こういうことは事後承諾で結構。結果的には親族の持ち株が増えるだけなのですから、何の問題もありません。全て、私に任せて下さい」

社長は技術には優れていたが、経営、中でも資金調達部門は親族からの支援頼みだった。どんなに安くても一基数億円を必要とする人工衛星の製作にはそれなりの資金が必要だった。しかも、売り先のアジア各国は支払いに関して極めてルーズで、中でも中国は製品に対して何かとクレームを付け、値引きや支払い延期を繰り返していた。

「しかし、株主が増えると何かと問題が起きるのではないでしょうか？」

「今、そんなことを言っている場合ではありませんよ」

総務部長は強い口調で続けた。

「まず、資金を調達して経営を安定させることが第一です。そのためには、優秀な投資顧問と契約することが大事です。現在の株式をまず一〇〇分割して、社長の持ち分の一〇%を増資分にするんです。そうすれば、他の株主には全く迷惑がかからなくて済みます」

「僕は全株式の七〇%を持っていますから、七%、すなわち三五株を売る形ですね」

「そうです。それを一〇〇分割しますから三五〇〇株ということになります。一株一〇〇万円で売れれば、三億五〇〇〇万円の資金が集まります。手数料を一〇％としても三億一五〇〇万円が集まることになりますよ。それほどこの会社は魅力がある会社なんですよ」

「そんなに簡単に行きますかね」

「私に任せて下さい」

その言葉に、社長は黙って頷いた。

総務部長・中山秀夫《なかやまひでお》の本業は詐欺師である。

彼がこの会社に入った際には未だ前刑の刑期が終わっていなかった。

彼が実刑を受けた犯罪は、彼が設立した電機関連会社の不正融資に伴うもので、当時「帝国ブリックス事件」として世を騒がせた一大詐欺事件だった。被害総額は四六億円にものぼった。使途不明金一四億円は解明されないまま、中山は実刑十年に処せられたが、八年の収監で仮釈放中の身だった。

「詐欺師は一度やると止められない。一度捕まると、次はどうやって捕まらないかを考えるだけだ。そのための資金は巧く隠しておくのさ」

中山は刑務所同房の者にそう嘯《うそぶ》いていたという。確かに、中山は仮出所間際から行動を起こしていた。隠し資金を使って田園調布に一戸建てを購入したのが出所から一週間後でその翌日には大手リクルート会社に虚偽の履歴書を提出していた。

「東京大学工学部卒業。マサチューセッツ工科大学卒業。コロンビア大学MBA取得。ニューヨークで株式会社ブリックスを設立、三年後東京都内に『日本ブリックス』を設立、同社を大手電機会社に移譲、現在に至る」

——全て嘘である。

しかし、日本最大手のリクルート会社はこの履歴書の裏付けを取ることなく、中山をエグゼクティブクラスの人材として登録し、中山は砂の擂り鉢の底で罠にかかる蟻を待つウスバカゲロウの幼虫、蟻地獄のようにじっとチャンスを待っていた。中山はリクルート会社に自身を登録する際、給与面に関しては決して高額を要求していなかった。電機、精密機械業関連の将来性のあるベンチャー企業であればよい——。その最初の犠牲者が、スペーステクノロジー社の松本だった。

中山は総務部長として着任すると、次第に詐欺師ならではの二面性を社内で発揮し始めた。社長に対しては従順を装う一方で、部下に対しては恫喝《どうかつ》を繰り返した。

社長の了解を得た中山は、株式の分割に取り掛かると、独自のルートを使って三五〇〇株を十日で売り捌き、会社に三億一五〇〇万円の金をもたらした。これには社長、専務もその力量を評価せざるを得なかった。しかし、この分割株のうち、五〇〇株は中山本人が取得していた。これが将来、この会社にとって大きな問題となることを社長は気付いていなかった。

技術馬鹿の社長は濡れ手に粟のような形で得た金を、内部留保することなく、二億円を工場施設の拡充に、残りの一億一五〇〇万円を原材料の購入に充て、三ヵ月で全て使いきってしまった。中山が唆《そそのか》して使わせていたのである。社長はさらに自分の両親名義の持ち株を売却できないかどうか中山に打診した。両親とも役員であるため取締役会の承認は必要なかった。

「両親の持ち株は一〇％ですから、一〇〇分割して五〇〇〇〇株です」

「それを全て売却してよろしいのですね」

「できますか？」

松本がおずおずと聞くと、

「十日もあれば可能でしょう」

中山はいとも簡単だという顔をした。

「ではよろしくお願いします。ところで、売却すると、株主の数はどの位になるのでしょうか」

「何と言っても譲渡制限がついた未公開株ですから、まだ個人の購入者は極めて少ないのが実情です。しかし、将来、株式を公開する段階になれば、増資を行えばいいわけですから、今はただ会社を少しでもいい組織にして、いい商品を作ることに専念すればいいのです」

中山は話を巧みにすり替えながら松本を説き伏せた。

「そうですね。では、お任せしますのでよろしくお願いします」

「承知しました。ところで社長。この件が上手くいったら私を取締役にしていただけませんか？」

「考えておきましょう。これからも経営に手腕を発揮して下さい」

松本は大きく頷いた。

中山はこの時の社長の反応に満足していた。五〇〇〇株は一週間で五億円になり、四億五〇〇〇万円が社長の手元に届けられた。社長は狂喜した。そして中山を取締役に昇任させることを決め、取締役会に諮《はか》り全会一致の議決を受けた。誰もが中山の経営手腕というよりも集金能力に驚いていた。

中山は総務部長室で株式増資の資料を眺めながら、独りほくそえんだ。

ふと、刑務所で同房だった、詐欺師仲間との会話を思い出した。

「中山さんよ、国内最大のリクルート会社といっても、社内に調査部門があるわけでもなく、特に会社の役員クラスの人材を派遣、紹介するエグゼクティブ部門でも、詐欺師相手の口入れ屋的存在でしかないからな」

「そんなもんですかね」

「こんなことで『ベンチャー殺し』と言われたところで、そんな会社は元々起業すること自体が甘いんだよ」

「しかし、そんなに上手く行くもんですかね」

「今じゃバックが付いてる詐欺師、暴力団、総会屋が身分を偽って採用登録し、これに引っ掛かった多くのベンチャー企業が姿を消しているよ。まあ、可哀想っちゃ可哀想だが、これが生き馬の目を抜く資本主義社会の掟ってところだな」

「しかし、リクルート会社ってのもいい加減な仕事してるんですね。ニュースで聞いたこともありませんが」

「いい加減な人材派遣や紹介をしてくれるリクルート会社のおかげで、どれだけ優秀な人材や会社が消えていったものか……、これを追及する機関もマスコミもなかったのが、バブル時代の日本の実状だったんだな」
——いい思い出が作れたな、ひとり笑いが止まらなかった。

「有名代議士の親族」を標榜していた中山は、社長に対してこの嘘も何とか本当らしく見せなければならなかった。これに手を貸したのが、議員の江川健一だった。彼は通産省時代に首相秘書官の一人となり、首相の御威光をバックに政界に転身していた。

各省庁は首相秘書官よりも官房長官秘書官により優秀な人材を送っている。その理由は、首相はすでに双六《すごろく》のあがりポストであり、数年で事実上の実権を失うことが常であるためだ。中にはキングメーカーとして院政をしく者もいるが、現政権の中ではそのような人物は当面現れる気配はなかった。その点、官房長官はさらに上を目指す場合が多く、党の幹事長、さらには総理へと化けていく可能性が高い。

江川の素行の悪さは通産省内でも有名だった。省としても官邸に送り出すことで、体よく組織から追い出した形となっており、そのまま政界に転身してくれれば、万々歳でもあったのだ。

四人の首相秘書官の中でも、江川は自らがその側近中の側近であることを意識的に行動で示していた。これまでは警察庁出身の秘書官が首相のすぐ後方に従うことが多かったが、秘書官中最年少の江川は年次的な諸先輩を差し置いてその場所についた。他の秘書官は江川のスタンドプレーに辟易《へきえき》としていたが、江川が首相に可愛がられている事実も認識していたため、声には出さなかった。この姿勢が江川をますます増長させることとなった。

江川はマスコミに対して、総理のことを「彼」と呼ぶことで、自分と総理が極めて親しい関係であるように装っていたが、国会議員になった瞬間から、ただの一回生という現実に気付いていなかった。

江川は通産省時代に文部省主管の科学技術庁の宇宙産業にかかわっていた。日本国の宇宙戦略が一時期他国に遅れた大きな原因の一つに、宇宙科学研究所（ＩＳＡＳ）、航空宇宙技術研究所（ＮＡＬ）、宇宙開発事業団（ＮＡＳＤＡ）という三つの宇宙関連事業団体の確執があった。二〇〇三年にこの三団体が統合され、独立行政法人宇宙航空研究開発機構（ＪＡＸＡ）となったが、二〇一〇年には再び宇宙科学研究所が独立している。

議員会館の応接室で中山秀夫は江川健一と面談していた。

「江川先生、ロケット本体の技術はともかく、人工衛星に関しては日本国の水準はかなり高いと言えます。これには民間企業や一部大学研究機関の努力が大きいのです。やはりその頂点に立つＪＡＸＡに残る官僚体質と大手一社独占の現状が打破されない限り、民間活力の発揮には至らないのが現状なんですよ」

中山は熱心に説明するそぶりを見せながら、江川の反応をうかがった。

「現在、世界で人工衛星の打ち上げ能力を有しているのは十ヵ国程度です。保有人工衛星の数はロシア、アメリカの圧倒的な数に次いで、日本。わが国は彼らの十分の一程度ではあるけれども、世界第三位の立場にあるのも事実でしょう」

二人は宇宙開発について熱心に言葉を重ねた。

「宇宙という世界は人に夢を与える」

中山は大きく手を広げた。

「日本人でもこれまで多くの宇宙飛行士が誕生している。そしてその度にマスコミも彼らを英雄のごとく賞賛している。知力、体力ともに兼ね備えたものでなければその地位に就くことができないのであるからそれは当然のことかも知れません。けれども、この有人宇宙飛行が、どれほど科学的に役に立つのかというと、未だはっきりとした成果があがっていない。それもまた現実です。

しかし、それでも夢がある以上、そこにはビジネスが生まれる。特に人工衛星の世界は地球観測衛星、科学衛星、通信衛星やGPS対応の航行衛星など実生活に直結したものから、軍事衛星、スパイ衛星のような国家間の謀略に用いられるものまで、その利用価値は極めて高く、人工衛星を活用しない事業は今では考えることができない状況なんですよ」

中山の「ビジネス」という一言に江川の心が揺らいだ。そもそも江川は本来宇宙産業に関しては文科省よりも経産省が行う方が効率的であると考えていた。なぜなら、実質的に人工衛星やロケット本体を作る企業は経産省と深く関わっており、しかも、多くのOBがそこに天下っていたからである。

「中でも宇宙産業で寡占状態にある松芝電機、通称MELCOには、役員を含むほとんどの分野に経産OBが配置されていますからね」

「さすがは江川先生、よく実態をご存じでいらっしゃいますね。先生の選挙区に松芝が多いことは大きな強みです。今後の先生の活躍次第では、大きな支援態勢ができるのではないでしょうか？　その手助けというか、お役に立つこともできると思うのですよ。まだ、先生以外は誰も考えていない宇宙開発という、莫大な資金が投入される分野で……」

江川の選挙区には松芝電機関連の中小企業が数多く存在していた。隣の選挙区には松芝電機本体工場があり、同社の労働組合から圧倒的な得票率を得て代議士を輩出していた。

中小企業対策は選挙区決定の段階で、利益誘導を含めた役人らしい様々な地域活性化案をぶち上げて当選を果たした。

ちょうどそのころ、宇宙産業はスペースシャトル熱が高まっており、飛行機のような形をした有人宇宙船が滑走路に帰還する、新たな宇宙開発に沸いていた。江川はいち早くこれに目を付けた。そこで江川は松芝電機の宇宙開発部門と積極的な関係を持ちながら地元に関連子会社の設立と、これに対する補助金の獲得に成功した。

一方で、松芝電機に対しても社内起業制度を導入させ、宇宙産業に関する社内ベンチャー及び、本格的起業に対する支援策にも力を入れた。これに応募し、後にスペーステクノロジー社を立ち上げたのが松本英明だった。

中山は江川という利用しやすいターゲットを見つけると、これをいかに上手く使うかを考えていた。江川の影の後援会ともいえる松芝電機は、中山がかつて詐欺事件を行った際にその内情は十分把握していた。松芝が家電もそれなりには強いものの、それ以上に原子力や宇宙開発に力を入れていることは、あまり知られていない。世の中の景気に流されない、基幹企業としての強さがあったからこそ、旧財閥系企業の中で数少ない電気機器企業として、地位を築き存続できたのだった。しかも、宇宙関連産業に関しては八割のシェアを持つのだ。

「江川先生、弊社は人工衛星技術に関してはＪＡＸＡからも一目置かれているのですが、松芝が圧力をかけている様子なんですよ。松芝の社内ベンチャーから起業した経緯があり、当初は温かく見守ってくれていたようなんですが、なにしろ、弊社の技術が高すぎて、最近は、吸収合併までチラつかせているんです。何とか、若くて優秀な起業家を救ってやって下さい。そうでないと、この能力は海外に流出してしまいますよ。もちろん、献金は十分にさせていただきます」

「まあ、献金はともかく、優れた頭脳や技術の海外流出は国益に関わりますからね。僕が官僚時代に憂慮していたことですよ」

自分自身を「官僚」と言ってのける厚顔さがこのタイプの議員の特徴である。しかし中山にとっては実に扱いやすい相手だった。江川の自尊心を傷つけることなく、優秀さを褒めながら、将来の総理総裁候補と煽《おだ》てておけば、その気になってくれるのだ。

「今の時代、憂国の士を探すことすら困難ですよ。江川先生のような若くて能力がある方を大事に育てるのも私たち団塊の世代の大事な仕事でもあるんです」

「わかりました。松芝にはそれとなく伝えておきましょう」

「ありがとうございます。今度の先生のパーティーにはうちの社長も連れて参ります。パー券も引き受けますから、いつでも言って下さい」


国会議員の後援会には様々な人種が集まる。純粋に議員本人を応援する者もあるが、何らかの利権や見返りを求める者が少なくない。

「先生、一緒に記念写真を撮らせてもらってよろしいですか？」

国会議員の名前を利用することにより自らの地位を高く見せようとする者も多い。国会議員と一緒に写真を撮ってこれをさも親しい関係にあるかのように吹聴するのだ。中山もまさにその一人だった。

彼は、当時の有名代議士と姓が同じというだけで、姻戚関係にあると周辺に言っていた。

「実は議員の中山は僕の従兄に当たってね。僕から彼に頼み事は一度もしたことないんだが、まあ、パー券くらいは面倒見てやってるんだよ。そのうち総理大臣にでもなったら、首相官邸を案内してもらおうかと思ってるんだがね」

　こういう場合、第三者がこれを聞いても、本人に確認することなどまずない。一緒に写した写真や議員本人の名刺を見て簡単に騙されることになるのだった。中山の手法はさらに手が込んでいた。

「やあ、先日のパーティーは盛会でしたな。実は当日、四菱物産の武田専務に連れて行かれましてね。先生のご活躍と高い理想に胸を打たれたんですよ」

　国会議員のパーティーに顔を出して名刺を交換すると、数日後には議員会館に手土産を持って訪問して、全ての秘書と名刺交換する。その際、パーティーで名刺交換した有力者の名前をさりげなく親しい知人であるかのように使うのだった。秘書に中山の名前を印象深く覚えさせると共に、ここでも有名代議士と姻戚である旨を語る。この効果は抜群であった。もちろんパーティー券など買ってもいない。受付が終わる宴たけなわの時間帯にこっそり忍び込む。

「まだ三回生だけど、白石という代議士は将来有望でね。僕は日頃から面倒をみてやっているんだ。国会事務所の金指という秘書に僕の事を聞けばすぐにわかるよ」

　ワンパターンながら、中山の手法は見事というしかなかった。

中山は江川の議員会館事務所を辞すと、その足で六本木にある投資顧問会社に向かった。

「よお社長、元気にしてるかい？」

扉を勢いよく開けると、部屋の奥のデスクにいた男が顔を上げた。

「相変わらず羽振りよさそうですね、中山さんは」

投資顧問会社と言っても社長以下三人で切り盛りをしている小さな会社だった。幾つかのベンチャーキャピタルと組んではいるが、そのほとんどは未公開株詐欺や架空投資詐欺が本業の会社である。このため、社名や本店所在地がすぐに変わる。中山が詐欺で捕まった時も共犯の関係にあった会社だが、中山は捜査機関に対してそれを完全に隠し通していた。

「前は、自分の会社で失敗したが、今度は他人の褌《ふんどし》だからどうにでもなるさ」

「そんなに美味しい会社なんですか？」

用心深く社長は尋ねた。

「取締役総務部長だからな。今は種蒔きの時期だが、すぐに芽が出てくるさ」

「しかし、刑期がまだ終わってないんじゃないですか？」

「ああ。あと半年だな。それまでにせいぜい肥《こや》しも撒いておくさ」

「中山さん。ところで今度の業界はどこなんですか？」

「ん？　そうだな。宇宙産業とでも言っておくかな」

「宇宙ですか？　そんな知識あるんですか？」

あきれたとばかりあんぐり口を開ける。

「そんなもんあるわきゃないだろう。金になればいいのさ」

中山は自分より一回り歳下の社長に対して極めて横柄に言った。

「しかし、中山さんもいろいろ頭が回りますね。それも取締役総務部長でしょう？」

「一流の人材派遣会社が紹介状を書いて下さったからな。まあ、頭使わなきゃ金にならないだろう。どれだけ相手より知恵を使うかが勝負だろうが」

「確かにそうなんですが、中山さんみたいに、なかなか新手の商売は思いつきませんよ」

「まともに働いて一〇億、二〇億の金が入る仕事なんてないだろう？　それが、ちょっと頭を使うだけで一、二年もすりゃ一生分の金が手に入るってことさ。そりゃ上納する分も考えてはいるがな、二度とヘマはしねえよ」

「八年の別荘暮らしは長いですからね。しかし、隠し金だってあったわけでしょ」

「当たり前じゃないか。今でも、ちょっと香港にでも行きゃ大金持ちだよ。今回稼いだら、日本にゃ帰ってこないつもりだがな」

「海外移住ってわけですか？　いいすね。どちらに行かれるんですか？」

ニヤニヤと歯を見せながら社長は聞いた。

「そうだな。白人と田舎は好きじゃねえから、タイ、フィリピン、韓国ってところかな」

「うらやましい限りですね」

投資顧問会社の社長は中山の詐欺生活を知っているだけに、半ば呆れながらも、本心から羨ましそうに言った。

「ところで、お前のところに、土地持ちであぶく銭持っている投資好きはいねえかな」

「まあ、いないことはありませんが、その宇宙話ですか」

若い社長は中山をからかうような口調で言った。

「おい。その気になりゃスペーステクノロジーは化けるかも知れねえんだよ。だから面白いんだ。与太話のネタじゃねえんだよ」

「そりゃ失礼しました」

そう言いながら中山はこの会社を本気で大化けさせる気など全くなかった。それでも願ってもいないカモがネギを背負ってやってくる様を想像すると社長自身も思わず笑いがこみ上げてきた。中山は社長のその姿を横目で見ながら、

「なるべく早い機会に会わせてくれや。それなりの礼はするからな」

札束を広げる手振りをする。

「わかりました。早速今日にでも連絡をしてみます」

社長は中山を部屋の外まで見送ると、恭しく頭を下げた。

金儲けの算段が済むと中山のフットワークは軽かった。中山は会社に戻り、すぐに社長室に入った。

「松本社長。現場の仕事は進んでいますか？」

「ああ、中山さん。仕事は順調なのですが、もう少し資金が必要なんです。これ以上株を増資するか分割して資金調達することはできますか？」

「それはできますが、利益を出すことはできるのですか？」

「今、着手している分が完成すれば、二〇億は確実です。すでに売り先も確保できています。当面、二億あればいいのですが」

「社長。一億、二億というその場しのぎの資金調達ではなく、株式上場を視野に置い

て、大掛かりな株式分割をしてみてはどうですか。未公開のうちに確実な株主を確保しておいて、公開する段階で株主に利益を与えてやればいいんです。将来を見る目がある投資家にとってこの会社は宝の山のようなものなんですから」

中山は自分の思い通りにことが進んでいるのを確信しながら、ここで一気に勝負に出てみようと思った。

「それは、どのくらいの規模で行うんですか？」

「そうですね。一気に千倍にしてしまいましょうか」

「千倍ですか？」

さすがに社長も驚いた。しかし、中山は平然と言った。

「さよう。まず、事業計画を作ってみましょう。最長十年先の会社の姿を作って、五年後の株式上場を目指す。それまでに会社規模は二倍程度にとどめておいて、売り上げを二十倍にするんです」

「五年で二十倍ですか？　そんなことできますか？」

社長の目に疑念が浮かぶと、すかさず中山は声を荒らげて言った。

「できますかじゃなくて、するんです。その姿勢を示すことが大事なんです。現在の売り上げは年七億です。二十倍でも一四〇億じゃないですか。現在開発している程度のものを七倍売れればいいだけでしょう？　人工衛星の需要はこれから伸びるばかりです。宇宙は夢も一緒に売ってあげなければならない。そのうちに人工衛星技術が身近な産業に転用されることだってあるでしょう」

熱弁をふるいながら松本の手を両手で包み込む。

「まず、ビジョンを示して、投資家に夢を与えてやるんですよ」

「投資家に夢を与える」。言葉は実に綺麗だが、裏を返せば「夢は叶うとは限らない」という意味が込められた詐欺師ならではの巧みな表現でもあった。中山は日頃から詐欺師仲間に対して「夢は夜見るもんだよ」と平気でうそぶいているのだった。

「そうですね。投資家は夢を買いたいんですよね。早速、具体的ビジョンの作成に取り掛かりましょう。総務部長もいいアイデアを出して下さい」

松本は高揚感の中で言った。

「私にはもうある程度できていますよ」

「ええっ？　もうできているんですか？」

「明日にでもお見せしましょう。といっても、あくまでも理想の姿です。これに一歩一歩近づいていけばいいなあという数字です」

詐欺師が投資家を騙すように、身内を丸めこんでしまう手法を、中山は刑務所の中でひたすら考えていた。その実践の場がこの会社だった。

早速中山は手書きの試算表を女性職員にデータ化させペーパーにし、向こう十年間の会社の成長を示したグラフまで付けた。試算表に記された数字にはなんの根拠もなかった。ペーパーの冒頭には、世界が宇宙産業を競うようになれば、素晴らしい社会が実現するかもしれないという内容の文章を置いた。その内容はどんな会社にでも通用するものだ。今後、宇宙開発が人類に残された最後の希望であるかのように、SF作家の文章を勝手に引用しながら投資を煽っていた。

「夢を与えるんです……！　ってところかな」

これを示された社長は狂喜した。中山がこれまで以上に金を集めてくれれば、このペーパーどおりの成長が可能だと妄信していた。

株式上場に必要な監査法人との契約や、株主のチェックなどの基本的な手順も社長は知らなかった。ただ、自分の理想とする製品を作って、売って、評価を得ることだけが技術者としての生き甲斐だった。

「そうですね。夢を現実にするのが科学者の仕事ですからね。では、株式増資と分割の試算表を作って下さい」

松本社長はいつの間にか経営者という基本観念を忘れた、夢見る科学技術者になっていた。

「金はなんとでもしますから、社長はいいモノを作って下さい」

そう言われると大スポンサーを得たかのような錯覚に陥っていた。

黒田は捜査第二課の理事官として本部に戻っていた吉田宏を訪ねた。吉田は黒田との情報室勤務が転機となり、刑事部内だけでなく、キャリアを含む庁内人脈を広げて、速いスピードで昇任、転勤を繰り返していた。

「お久しぶりです。相変わらずご活躍の様子ですね。情報室長のお仕事はいかがですか」

「毎日、目が回るようだよ」

「黒田さんにしかできない仕事ばかりですからね」

吉田は懐かしい笑顔を見せた。

「いや、一度、情報室が解散の憂き目に遭ったとき、僕は小笠原署長という逃げ道を作ってもらえたから、なんとか生き延びたんだな。まあ、その後調子に乗って大失敗やらかしているけどね」

かつての恋人である川口文子《あやこ》の顔を思い浮かべると、苦笑した。

「黒田さんらしくないなあ。僕はあの頃の自信に満ちた黒田さんに憧れたものですよ。周りからもよく言われましたよ。『真似はするな。しかし、しっかり盗め』って」

「何を言ってるんだ。あの頃は確かに怖いものが何もなかった。霊感商法やお布施詐欺をやってた宗教団体に一人で戦いを挑んでいたんだからね。怖い話だよ」

「今、彼らは内部に先鋭組織を作っているって話ですね」

「そう、内部分裂を恐れて監視組織を作っているうちに、思わぬ敵対団体ができてしまったからね。公安部でも武闘派の実態解明がほとんどできていないらしい。大丈夫なのかな。そのきっかけを作らせてしまった一因が僕にあるかと思うと、組織に申し訳ない」

宗教団体の最大の目的は信者の獲得である。また獲得した信者が離れないようにするのも重要な活動の一つだ。新たな宗教のほとんどが既存の宗教からの分派だった。宗教団体同士が血で血を洗う事案も国内で多く発生している。黒田はその現実を知っていたし、宗教が国内の政治的対立に直接かかわった現場も何度となく見ていた。

「捜査第一課に特殊班ができて、彼らを追っているようですよ。犯人不詳の連続殺人事件がこの半年で六件も起きていますからね」

「公安もすっかり手を引いているわけではないのだろうが。組織犯罪対策も基礎資料がないから動けないだろうし、外事三課の国際テロ対策班も一宗教団体をターゲットにはできないだろうからね。宗教戦争というのは怖いものだし、当事者は本気で正義をかざしているから、余計、始末が悪いんだ」

「しかし黒田さん。宗教戦争が国内で発生しているという報道はこれまでなされていませんよね」

吉田は宗教戦争という言葉をイスラム原理主義のような全く別世界のものと考えていただけに、これが実際に国内で行われているという意識に欠けていた。

「おそらく宗教問題は事件にしづらいこともあるだろうし、宗教は善良なものだと漠然と思っている捜査員も多い。宗教が人を傷つけたり、殺したりするのかってね」

吉田は黒田が宗教戦争というものを当たり前のように話す姿に驚きながらも、手元にある未解明事件資料に目を落とした。

「警視庁管内で半年に六件の特殊な殺人事件が発生し、いずれも被害者が研鑽教会という新興宗教団体の信者だと噂されています。研鑽教会そのものが捜査に全く協力をしていないため、真相は分かっていません……。まあ、それはそれとして、今日は何事ですか？」

吉田は黒田を促した。

「実は、最近の詐欺グループの動向を知りたいんだ。背後に反社会勢力が存在するような組織的詐欺グループがあるのではないかと思ってね」

「反社会勢力の介入ですか」

吉田の目が一瞬きらめいたのを黒田は見逃さなかった。

「振り込め詐欺や一回数千万の詐欺じゃない、スケールの大きな事件が起こっていると思うんだが、二課は何か摑んでいるだろう？」

吉田は困惑した表情を向けた。そして何かを隠そうとするような、それでいながら、黒田から何か探り出そうとする言葉遣いになった。

「これまで多くの詐欺事件が発生しておりますが、その黒幕まで辿り着いた事件は数少ないです。大物代議士や大物総会屋を逮捕しても、金の流れをすべて把握しきった事件などありません。いつも忸怩《じくじ》たる思いで捜査を終了しているのが実情です。しかし、できる限りの被害者支援をすることで、我々も納得しているんです」

神妙に言う。

「ほう。吉田の口からそんな話を聞くとは思わなかったな。しかし、捜査に着手する段階である程度の先読みはしてるんじゃないのかい？」

黒田はさりげなく突いてみた。

「それはそうですが、証拠がそこまで辿り着かないんです」

「すると巨悪は眠ったままというわけか……」

吉田は黒田の目をじっと見ていた。黒田は正面からこれを受け止めた。

「黒田さんは今何か事件を追ってるんですね。それも、大掛かりな？」

「いや、まだ事件なのかどうか全くわからない。情報は幾つか入ってくるんだが、その中に同一の団体や登場人物が現れるのが偶然なのかどうか、そこを知りたいんだ」

「反社会的勢力ですか？　それとも宗教団体？」

「ほう？　どちらも当たってるな。双方をつなぐものが何かあるのかい？」

吉田の口元が僅かに歪んだような気がした。──言いたいことを言えない──そんな吉田を黒田は気遣った。

黒田は捜査二課内に何かしらの箝口令《かんこうれい》がしかれていることを悟った。当然捜査第二課長直々の命令だろう。そうなると相当大きな事件に着手しているか、何らかの圧力が掛かっているかのどちらかであった。しかし、吉田が何かを伝えたがっていたことを考えると後者のような気がした。気がかりだった。反社会的勢力と宗教団体が裏で手をつなぎ、しかも大きな政治的圧力が掛かるとなると、黒田も軽々に部下を動かす訳にはいかない。

——圧力をかけているのは、大林に違いない。どこかで奴にブレーキを掛けさせる方法はないか。

黒田が頭を悩ませているとき、思わぬ一報が届いた。大林の長男が暴力沙汰を引き起こして地元警察に逮捕されたというものだった。

「あいつはまだ覚醒剤をやっているのだろうか」

しかし、広島県警本部長は大林と昵懇《じっこん》の仲だ。

「シャブは握りつぶされるな」

おそらく覚醒剤の予試験さえ行われないだろう。被害者に多少のケガがあっても、傷害罪ではなく暴行罪で処理されてしまうはずだ。釈放と同時に覚醒剤でパクってしまうか……。黒田は栗原を呼んだ。

「大林のところの馬鹿息子が付き合っているヤクザもんはどこだ」

「地元の龍神会《りゅうじんかい》です。今日、叩きでパクられたらしいですね。おおかた、シャブ喰ってたんでしょう」

「どうせ馬鹿息子は検事パイか前釈だろう」

「秘書の山本久則がもう動いているはずです。被害者との示談もすぐに成立するでしよう」

検事パイというのは、被疑者を逮捕から四十八時間以内に身柄を受け取った検事が、被疑者を証拠隠滅や逃走の虞《おそれ》がないと判断し、勾留する必要なしと認めた場合に、直ちに検事の判断で釈放されることをいう。一般の単純暴行事件などはこのパターンが多い。さらに、逮捕はしたものの、送致の必要がないと判断されると警察限りの処分として送致前に釈放されることがあり、これを送致前釈放といい、前釈と略して呼ばれている。

「栗原、あいつが最近、シャブをやっていないか当たりをとってみてくれ。もし、やってるようなら、うちが乗り込んで現行犯でパクる。先手必勝だ」

「しかし、組対を絡ませなければならないんじゃないですか？」

「もちろん。釈放と同時に『覚醒剤の使用容疑者を検察が見逃した』という内容のメール投書を警視庁宛に入れさせる。地元のネットカフェからメールを送るんだ」

黒田は閃いたとばかり、人指し指を立てると、

「警視庁本部宛に入れれば企画課が受理することになるだろう。そこで、企画課長から組対一課長に連絡を入れて共同捜査に入る。一ヵ月で内偵を終わらせ、柄を取る準備に入れ」

栗原の肩を軽く叩いて言った。

「了解。すぐに広島に飛びます」

「頼むぞ。おそらく大林のバックの龍神会が出てくるはずだ」


この頃黒田は、警視庁各部の代表課長会議に企画課長補佐の立場で出席し、会の議事録を作成する任に就いていた。それは二週間に一度、総監応接室で開催される、警視庁の最高幹部会議といってよかった。

会議が終わり、総監、副総監室に続く赤絨毯が途切れたあたりまで歩くと、武内公安総務課長が黒田に声を掛けてきた。

「黒田さん。今日もお疲れ様でした。古賀総監も黒田さんだけが頼りみたいで可哀想なんですが、やはり元が交通畑なだけに、各部長は深い話ができないようですね。代表課長会議で黒田さんが議事録をとるのを結構怖れている部長もいらっしゃるみたいですよ」

「刑事、公安、組対はそうでしょうね。うちの部屋は全てにリンクしていますからね。時折、組対部長からお呼びがかかることがありますよ」

「今日も副総監が黒田さんに突っ込んでいた、暴力団と宗教団体のつながりという点が気になりましてね」

　公安総務課長は自分のテリトリーにある一部宗教団体との関係の有無を知りたいようだった。黒田は公安部が要注意団体として視察対象としている宗教団体を知っていた。

「公総の視察対象団体にも含まれていると思いますが……」

「世界平和教ですか？」

「はい、しかし、そこと微妙に関係している『もう一つの団体』があるんです。しかも、かなり過激な団体です」

「それは、我々が未把握の団体なのですか？」

「いえ、団体は知っているはずです。ただ……」

　黒田は言葉を濁した。公安部とは一線を引いておこうと思っていた。

「ただ、なんでしょう？　もしかして、今、何か実際に捜査に着手していることがあるのですか？」

　公安総務課長はキャリアの中でも公安畑のエリートだけのことはある。武内は鋭く聞き返した。

「はい。しかし、これもまだ海のものとも山のものともわからない状況ですが、背後に大きな、極めて危険な臭いがする団体があるような気がするんです。僕がかつてオウムを知った時と同じ危うさを肌で感じ取っているんです」

正直に黒田は伝えた。

「オウムですか……」

公総課長は警視庁公安部を世に知らしめる契機となったあの事件と、今なお逃走を続ける容疑者の顔を思い浮かべた。黒田は知らせるべきかどうか瞬時迷ったものの、武内には伝えておくことにした。

「そのもう一つの団体ですが、日本研鑽教会です」

「なんですって？　研鑽教会？　そ、それは間違いないんですか？」

「彼らは二つの共通の敵を見いだしたんですね。奴らは」黒田は繰り返した。

「二つの共通の敵です」

「二つ？　研鑽教会と世界平和教が憎む相手と言えば、一つは代々木教として、もう一つは……もしかして……」

公総課長の額に汗が噴き出してきた。黒田は首を縦に振る。

「もう一つの敵とは警察ですね。それも、警視庁でしょう」

「何かやりそうだと……」息を呑む。

「まだそこまではわかりませんが、僕の本能というか妙な感覚が、これは危ないと伝えているんです。大ハズレかもしれません。ただ、今僕がこんな感覚を持っていることを誰かに伝えておきたいと思ったのは事実です」

公総課長は静かに頷いた。

お互いに次の言葉が出て来ない、僅かな沈黙があった。

黒田はかつて最も信頼できる直属の上司を失っていた。刺殺という惨い死を遂げたのは現職の吉沢公総課長で、それは許しがたい事件として黒田の奥底に横たわっていた。被疑者は未だに漠としたまま、捜査本部も右往左往していた。

武内公総課長は亡くなった吉沢に似た雰囲気があった。黒田がつい気を許してしまうのは、そんなノスタルジックな背景があるのだが、この課長を吉沢と同じ目にあわせるわけにはいかなかった。黒田は勤務を通じ、また、プライベートの時でも、ことあるごとに吉沢が狙われた背後関係を探っていたのだった。

第五章　汚れた神に祈る者

世界平和教は組織内で転機を迎えようとしていた。

教祖の健康状態もあったが、活動拠点をブラジルに移したため、資金調達に外国為替が大きく影響していた。さらにリーマンショックが起き、ユーロ圏の国家が経済破綻しそうになると、主たる活動場所の欧米諸国では、ドル、ユーロが値下がりし、頼れる通貨は円だけになっていた。必然的に、日本からの送金を期待する声は高まっていた。

「どうやら世界平和教は日本頼みになりつつあるようだね」

国際電話越しの声は時折かすれて聞こえる。黒田は受話器を耳に押し当てた。

「世界経済がこうなってしまった以上、円に頼るのは世界の趨勢《すうせい》かもしれないね。これだけの借金大国は類を見ないのに、貿易黒字と貯蓄残高が安心感を生んでいるのだろう」

「それだけ日本人が勤勉だということだよ」

イスラエル・モサドのエージェントであるクロアッハとの情報交換は、常にタイムリーな話題が多い。

「そう言えば、世界平和教の日本本部が関連企業の他、信徒に対して緊急の資金調達を命じたという情報が入ってきている。金額は一〇〇〇億円ということらしいよ」

「アメリカにも相当プレッシャーをかけてきているようだが、現在元気なのはニューヨークだけのようだ。なんといっても、日本の警視庁が徹底的に叩いたからな」

霊感商法で世間を騒がせ、警察からも徹底的にマークされた世界平和教は組織拡大にブレーキが掛かったままだった。

このような停滞に自分たちを追いやり、しかもマスコミに情報をリークまでする、彼らにとって目の上のたんこぶ的存在なのが警視庁公安部だ。

「世界平和教は一時期、警視庁内に協力者を作るべく、様々な接近、獲得工作を試みていたが、警視庁のガードが思いのほか堅く、全てが徒労となる一歩手前の段階まで来ているようだよ。奴らの中には『警視庁さえ静かにしていてくれれば……中でも公安部さえ動かなければ……』と、今でも幹部クラスが集まる度にその話題が出ているそうだ」

黒田は笑いながら世界平和教の動きを伝えた。

世界平和教は霊感商法という違法行為を行う団体として警察にマークされ、なおかつ組織解体のターゲットとして公安部内では攻撃準備が進められていた。

するとクロアッハが思わぬことを告げた。

「ジュン、それが今回は笑い話では済まない動きがあるようだよ。『警視庁に鉄槌を打ち込んでやろう』と本気になっている気配がある」

「なんだって？」

一瞬、黒田の背筋に冷たいものが走った。黒田はクロアッハに礼を言って受話器を置くと、しばしぼんやりと宙を見つめた。

世界平和教の過激グループは密かに計画を練り始めていた。

ちょうどその頃、警視庁にマークされていた日本研鑽教会の青年部も独自に対警察闘争を行おうとしていたのだった。

日本研鑽教会は仏教の日蓮宗から分派した宗教団体だった。現在の多くの新興宗教は日蓮宗から広まったものが多い。これは仏教の中でも極めて排他的で他の宗派を折伏《しゃくぶく》して改宗させることに信心の強さを見いだした、この宗派独特の教えがあったからである。この性格は日蓮の死後、その後継者となった十一人の弟子達がそれぞれの解釈をして独立したところに端を発していた。

研鑽教会を創始した教主・麻倉俊守《としもり》は日蓮宗に独自の理論を加えて、原理主義を論理的に発展させた。その息子・麻倉徹宗は、この原理主義を先鋭化することで、多くの若い信者を獲得していった。

黒田がこの教団の存在を知ったのは、たまたま夏休みに箱根に行った際、箱根湯本でも最大級のホテルをこの教団が三日にわたって借り切っていたからだった。

ホテルの入口付近は体格のいい青年が揃いの黒いスーツに身を包み、さながらＳＰを彷彿《ほうふつ》させる動作で明らかに警備にあたっていた。

「すみません。私は宗教に興味を持っているものなのですが、こちらの宗教の基本は仏教なのですか？」

黒田はパンフレットを探す素振りを見せながら、おずおずと尋ねた。

「はい。私どもは日蓮宗を基本としております」

「南無妙法蓮華経でよろしいのですね」

「ご興味がおありですか？」

「祖父が一代法華で、日蓮宗に改めました関係で、身延《みのぶ》山久遠《くおん》寺と千葉鴨川の誕生寺にお参りしたことがあります」

「誕生寺まで行かれたとは」

「私はその近くの鯛の浦に行くのが目的でしたが」

「――今日はお時間ありますか？」

青年は柔和な表情で黒田を見た。

「残念ながら旅行中です」

「そうですか。もしよろしかったら私どもの宗派の冊子がございます。お持ちになりませんか？」

「ありがとうございます。拝読させていただきます」

視線を背中に感じながら、黒田はその場から足早に離れた。

青年の態度は極めて礼儀正しく、強引な勧誘はなかったが、やはりそこには厳しい組織防衛の姿が見てとれた。黒田は休み明けから早速、教団の調査を独自で始めたのだった。

研鑽教会の強みは、優秀な若者や社会的に高い地位にいる信者が積極的な勧誘をすることだった。高学歴、高収入――世界的不況の中でもなお、この地位を確保している信者のリクルート力は大きかった。

「これは気を引き締めて当たらないと厄介なことになるかも知れないな」

強い意思と信心を持った若い世代が自衛隊、警察組織の中で静かに拡大していることは、まだ知るよしもなかった。

黒田はこの宗教団体の特性について考えた。

本部組織は管理、総務、宣教、組織、女性、男性、青年の各局に加え、特別部という組織内にいながらこれを公にしない、霞が関キャリア、法曹、航空会社、自衛隊、警察の在籍者で構成された部署に分かれていた。信者総数は公称五十万人とされていたが、実数はこれよりももう少し多いというから、他宗教団体が信者数を水増しして報告する傾向が多いことに比べると、秘密主義が表れていた。

後継者の麻倉徹宗は、日蓮の教えを分析しながら、そこにキリスト教、イスラム教の原理主義的な部分を教義に加えたことで、その教義は極めて先鋭的になっていった。しかし、現代の様々な矛盾の中で満たされない、少なからぬ志を持つ若者にとってはこの過激さが魅力だった。

「そう、まず研鑽教会は代々木教とぶつかったんだよな」

資料に目を通しながら黒田は呟いた。

政教分離を否定しない研鑽教会は、既に政治的に大きな影響力を持つ代々木教に対して痛烈な批判を繰り返した。代々木教が議員を擁立している全ての選挙区で、彼らの対立候補に対して積極的支援を行った。すると、代々木教は青年部を投入し、実力行使を伴う反撃に出た。研鑽教会は表面上、非暴力を主張して抵抗しながら、実は非公然部隊が代々木教の青年部の信者を徹底的に調査し、不慮の事故に見せかける手法で次々に攻撃していった。この攻撃が全国規模になってくると、代々木教は政治的権力を駆使して警察を動かすようになった。しかし、用意周到に実行された非公然部隊の攻撃は、被疑者の逮捕はもちろん、捜索差押を実施するために必要な証拠を全く残さないものだった。

「警察は研鑽教会を野放しにしておくつもりですか?」

代々木教の関係者が黒田に喰ってかかった時、黒田はすでに両者の衝突に関する情報を入手していた。この衝突の背後に政党同士の争いがあったのだ。

衆議院の選挙区選挙で代々木教は惨敗を喫《きっ》した。代々木教と連立を組む与党民政党も多くの議席を失い、もう一度選挙をすれば与野党逆転の政権交代も現実のものとなるまでに政局が流動化しはじめていた。こういう時代には原理主義が台頭してくるのが歴史的な繰り返しだった。

他方、世界平和教もまた与党民政党を支援するキリスト教原理主義団体だった。しかし、政権交代が現実化してくると、民政党一辺倒の支援でいいのかという声が内部で上がった。一方で、別働隊として持つ右翼団体が極右に突き進み始めていた。この極右グループと研鑽教会の非公然グループが反代々木教、反警察で認識が一致したのだった。「二つの共通の敵」である。

「政治が悪くなれば、この手先である警察も悪くなる」

世界平和教は当面の標的を警察に定めていた。一方で研鑽教会はさらに幅広く、現在の政治体制そのものを打破しようと意図していた。

黒田はこれまでの、代々木教、世界平和教、日本研鑽教会三者の対立と和解の歴史を頭の中で再確認しながら、これから起こりうるあらゆる可能性を想定していた。

「宗教団体の情報は共有しておいた方がいいな……」

黒田は呟いた。「今後これらの教団は様々な違法行為を引き起こすだろう。うちのメンバーたちにも彼らのバックグラウンドを教えておく必要があるな。知識があれば、より深い取り調べができる」

数日後、黒田は栗原を呼んで、深夜の情報室で宗教レクチャーを始めた。

「栗原。僕は以前から宗教、中でも原理主義やカルトと呼ばれる反社会的な宗教集団について情報を集積し、これを分析してきた」

「はい。情報室へ着任した際の講習で、代々木教や世界平和教の対立構造についてのご指導を受けました」

「そう、しかしそれはあくまでも基本中の基本であって、今後、これらの団体を捜査するに当っては、もう少し深く知っておく必要があると思っている」

「被疑者や関係者の調書を取る際に、実行行為の意思を固めた時点が重要なポイントになりますから、彼らの支えとなっている教義こそ、僕たちは知っておかねばなりませんね」

黒田は、聡明な栗原の答えを聞いて頰を緩ませた。

「栗原もだいぶ幹部の素養を備えてきたな」

「いえ、まだまだです」

栗原は照れながら首を振ったが、その顔はいかにも嬉しそうだった。

「今夜、捜査員はみな徹夜の作業だろうから、お前にまず三団体の概要を説明しておこう。代々木、研鑽、世界平和。もし、わからないところがあったら、すぐに言ってくれ。僕も捜査員全員に伝える責任があるからな」

「わかりました。よろしくお願いします」

栗原は居住まいを正して黒田の横に腰掛け、デスク上にある三台のパソコンを眺めた。

「この組織内で血の気の多い輩が増えていたことに宗教者は気づいていなかった」

黒田は日本研鑽教会の話から始めると言い、パソコンを操作しながら時系列表と相関図の画面を出した。

「宗教団体のような金と人が集まる組織を、反社会的集団の代表である広域暴力団が見逃すはずはない。あの代々木教ですら、内部抗争が起こった際には彼らを積極的に活用していた。特に関西地域においては、反社会的集団である、暴力団、在日不良外国人と代々木教が一体となって、様々な裏社会を築いていた。

これには警察もなかなか手を突っ込むことができない複雑な背景があった。彼らを味方につけて自らの地盤を固めようと、政治家も関わっていたからだ」

「政治家も……ですか」

「そう。なぜなら、彼らは国会で常にキャスティングボートを握る存在だったからね。立法府には行政に関する人事権があるだろう」

「なるほど……」

「研鑽教会の高学歴、高収入という体質が反社会的勢力の格好のターゲットになった。反社会勢力は、宗教施設建設に際しては住民反対運動を煽動しながら、一方では右翼団体の街宣をかけ、これを鎮圧する名目で斡旋に入るというマッチポンプを繰返していたんだ。これに危機感を抱いた教団の一部若手が、非公然団体を結成し、反撃に出た。特に関西地域では、暴力団同士の対立抗争ではないかと警察が疑うほど、激しくぶつかり合ったんだ。暴力団側も、まさか宗教団体が、自分たちを襲撃してくるとは思ってもいなかった。それも銃器を使って……」

「銃器も使ったんですか？」

栗原は思わず声を上げたが、黒田は平然と続けた。

「暴力団の若頭は組織が不明な団体に狙われていることを、地元の仲のいい警察官に相談した。警察と暴力団は、完全に敵対関係にない地域がある。特に関西のある地区では警察内部でも問題となるほど、暴力団とつながりを持った警察官が多数いたんだ。

警察官自身は当初、暴力団を監視し、支配下に置くつもりだったのだろうが、役者は暴力団の方が遥かに上回っていた。次第に警察官が暴力団の用心棒と化していってしまったのさ。酒、金、女、全てを暴力団に面倒見てもらう組織犯罪対策官の一グループまで現われた。筆頭は警視クラスだった。彼らは暴力団に対して様々な情報を提供する代わりに、時折、対立組織の情報をもらい、拳銃や覚醒剤を摘発していた。上から『優秀な捜査官』、なんて誉められたりして」

「腐りきっていますね」

栗原は正義感が人一倍強いだけに、身内の恥に対しては怒りをすぐに表に出した。

「暴力団員も容疑者不明の連続殺人事件の犯人に関して疑心暗鬼になっていたのは確かだった。当初、彼らも仲間が次々と殺害されたことで犯人捜しに躍起となっていたが、幹部が組員も知らない情婦の部屋で拳銃使用で殺害されたり、旅先のホテルの風呂で不自然な溺死体となったことで、逆に不安の色が濃くなっていた」

「室長はこんな情報をどうやって入手されたんですか？」

「ヤクザもんから直接聞いたんだよ」

「えっ？　直接ですか？」

黒田の面白さは暴力団であろうが平気で話を聞きにいくところにあった。暴力団側も組対部の警察官に対しては、

「なんやお前ら、ワシらのおかげで飯食うとンやろうが」

と平気で罵るが、警視庁公安部の警察官が行くと、

「公安が来てくれた」

という感覚になり、関東、関西を問わず、不思議と話をしてくれる幹部が多かった。

この暴力団には覚醒剤はもちろん、フロント企業からの上納などによる収益があったが、本業は賭博だ。収益の根幹は様々な博打収益と興行、港湾事業、みかじめ料がメインである。このため、多くの対立組織は存在していたが、それなりの棲み分けはできており、組員、それも幹部クラスの命を狙うような対立組織はないはずだった。そうなると、組が直接脅しをかけていたり、金をむしり取っている個人、団体がその相手方となる可能性が高かった。しかも、殺害された組員同士に複雑な絡みがあり、それは組内部に相当詳しい者でなければ解明できないほどだった。

「もし、このまま犯人が組を狙うとすれば、次のターゲットは若頭ってことになる。若頭だけは何としても守らなければ……」

組の幹部はこれを怖れていた。若頭は組本家の娘を娶《めと》り、しかもフロント企業を掌握する組の中枢人物だったからである。組の存亡に関わる問題だけに、幹部連中も恥も外聞もなく警察を頼るようになっていた。

「本庁の公安さんですか。またなんぞありましたか？」

黒田はオウム事件以降、さらには吉沢公総課長が殺害された時には特に頻繁に各地の暴力団本部事務所に顔を出していた。このため、組の幹部連中は黒田を「本庁の公安さん」と呼ぶようになっており、中には一緒に京都で食事をする大幹部までいるほどだった。

この暴力団と研鑽教会との接点は、教団設立時に遡《さかのぼ》った。

麻倉俊守が飛び出した日蓮宗の一宗派は当時、やはりこの宗派から分裂した代々木教と激しい抗争に突入していた。この宗派と代々木教の抗争に深く関わったのが、この暴力団だった。彼らは当初、関西地域における代々木教のバックに付き、様々な武闘闘争を支援しながら、代々木教を拡大させた。代々木教信者は、関西で共産主義に奔《はし》りかけた低所得者層を中心に一気に広まった。彼らは港湾労働者や日雇い等となり、組織の原動力にもなっていたのだ。

栗原は黒田の話を聞きながら「やはりこの人は自分よりも一回りも二回りも大きいし、発想が違う……」と感じていたが、今後、何とかその手法を真似たいと思った。

「研鑽教会の場合はこうだ。代々木教が元の教団から喧嘩別れして独立したのに対し、教主の麻倉俊守らほんの十数人を連れて宗派離脱をした。麻倉俊守は教団の人事部長だったが、代々木教と無意味な争いを続ける宗派に嫌気がさし、教団内の教育政治担当部長と共に直近の有志を募って離脱したんだよ。しかし、この二人を信頼する信徒は多く、それも財力を有する者が多かった。彼らは徐々に研鑽教会に加入していったが、この動きを知った代々木教は彼らの取り込みを図る。当初は宗教行為としての折伏による改宗を狙ったが、もともと理論武装ができあがっている研鑽教会のメンバーを獲得することはできなかった。このため、代々木教は麻倉俊守個人を葬ることを考え、暴力団の力を借りることになったんだ」

黒田はどこか懐かしそうな顔をして当時を振り返った。

「研鑽教会の麻倉は骨のある男でね。おまけに、研鑽教会の信者は代々木と違って金持ってるんだよ。代々木が五年かけて集める金を、奴らは一年足らずで集めてしまう。そりゃ、代々木は面白くないよな」

　暴力団はこれ以上宗教戦争に巻き込まれることは得策でないと考えた。しかも組長自身が「宗教者は坊主と同じで、坊主の首をとることは許さん」という指示を出したため、研鑽教会は暴力団からの直接攻撃を一旦免れた。ところが、研鑽教会の信者に富裕層が多いことを知った暴力団は、代々木教と研鑽教会、双方から金を巻き上げる策を立てた。名目は「組織防衛」、いわゆる用心棒だった。

「暴力団は研鑽教会が拡大し、財力にものを言わせて教会や支部を作る度に、もっと大きな金を研鑽教会から引っ張ろうとする欲にかられたんだ。住民運動、反対運動などを代々木教信者を唆して行うようになっていった」

　栗原は話に引き込まれていた。

「麻倉徹宗が実権を握るようになって初めて、彼は暴力団と代々木教の裏取引の存在を知ったんだ。そしてこれまで理不尽な要求を続け、浄財を巻き上げていた暴力団に対する報復を密かに行うことを決心した。当初は代々木教と暴力団の間を離反させる策を採ったが、代々木教がこの動きを察知するや、研鑽教会の幹部宅や信者の企業に対して右翼の街宣車や実弾が送られるという嫌がらせが続いた。危機感を持った麻倉徹宗は最後の手段として、非公然組織を使った『カルマ落とし』という名目の殺害行為に及んだんだね。半年間で十二人の暴力団員が謎の死を遂げた。僕はこの暴力団員の不可解な死に関する情報をマスコミ関係者から得ていたんだ」

「マスコミですか……」

栗原は黒田のマスコミ人脈をよく知っていた。新聞記者から週刊誌の編集長、テレビ局や通信社の論説委員クラスと、よく電話のやり取りをしていた。

「この出版社系雑誌記者は研鑽教会に入信した友人を心配して、僕に相談を持ちかけてきたんだ」

——研鑽教会という宗教団体をご存知ですか？　結構強引な信者獲得をしているようなのですが、僕の友人も入信したとたん、海外に行ったまま音信不通になっています。彼はエアーピストルの学生チャンピオンだった男なんですが、どうも噂では、研鑽教会の裏組織のようなところに入っているらしいんです。

取材をしてみると、暴力団関係者が次々と不審な死を遂げているというじゃないですか。それも、エアーピストルが凶器になっているとか……本当の話なんでしょうか？　新聞でもあまり報道されていませんよね——

黒田は三台のパソコンの左画面に黒田自身がメモした備忘録の写しを出して説明し

た。

「室長は備忘録をパソコンに取り込んでいるんですか？」

「備忘録はいつでも使えるようにしておかなければ意味がないだろう？　刑事とは違うんだ。情報は一つの事件が終わったから段ボールの中にしまうという性質のものじゃないだろう」

ここでも栗原は黒田の周到さを思い知らされた。

「宗教団体の非公然組織による各種工作は、イスラム原理主義にみられるように、神の意思であり、誰も犯罪という認識を持っていない。そのうえ、極左暴力主義団体の革命理論と違って、ただひたすら正義に基づく行為であるため、計画性、実効性、秘密性も極めて高度だったんだ。これに比べて暴力団サイドはこの非公然組織の存在すら知ることができない状態だったんだよ」

――研鑽教会にかかわったウチの連中が次々に死んでいくんでさ。公安さん、奴らが直接俺たちに手を出すとは考えにくい。どこかの組、もしくは海外の団体とつるんでるのかね――

「研鑽教会の非公然組織は極左暴力主義団体を真似てできあがったんだ」

「極左ですか?」

栗原は公安講習で極左暴力主義団体に関して徹底的に学ばされていただけに驚きの声をあげた。

「かつて学生運動が華やかなりし頃、多くの学生がマルクス・レーニン主義に傾倒し、その革命を妨げる最大の敵として警察、軍隊(自衛隊)を『国家の暴力装置』として闘いを挑んでいた。しかし、圧倒的な組織と武力を有する警察に完膚なきまで叩きのめされた彼らは、次第に非公然集団として地下に潜っていたんだね。

非公然部隊に入ると、革命闘争の相手方が時の権力者ではなく、同じ革命思想から論理的に異なる立場になったかつての同志に変わっていった。いわゆる「内ゲバ」と呼ばれるイデオロギー闘争だよ。内ゲバは組織内の結束こそ強くはしたが、全体としては組織力は疲弊、弱体化していった。

そして革命の夢が破れた一部の極左思想者のエネルギーは——宗教に向かったんだな」

研鑽教会はここに目を付けたのだ。

「僕はそのうち研鑽教会の本部を訪ねるようになったんだ」

「敵の本丸に直接ですか？」

栗原は驚いて黒田を見たが、黒田の横顔は澄まして見えた。

「刑事でも公安でもない企画課情報室というセクションの者の訪問に、初めは教団広報も対応を迷っていたが、話をするうちに僕が人畜無害な議会担当の警察官であると誤信したようだった。企画課には庁務担当という国会、都議会担当のセクションがあるだろう？　僕も何気なくその部署を臭わせていたんだけど。そこで最終的に情報を得ることができる存在になったのが、教主と日蓮宗時代からの刎頸《ふんけい》の友であった、秘書局長の須崎文也《すざきふみや》だったんだ」

「大物ですね」

「ありがたかったね。彼との出会いは……彼が僕の先生になっていったんだ」

――しかし、須崎秘書局長は警察の内部情報にご精通されていらっしゃいますね。

――いえいえ、私どもは国会、都議会の特定人脈をご支援させていただいている関係から、そちら様の情報も入ってくる程度ですよ。なんといっても天下の警視庁。私どもの信徒は直情型の真面目な人間が多いものですから、選挙違反でもして、先生方にご迷惑をかけては申し訳ないですからね。

黒田は、彼らの情報収集能力の高さに驚きながら、内部機密が漏洩している事実にはっとさせられたりしたものだった。

実質上のリーダーが麻倉徹宗になった頃から、研鑽教会は組織防衛を自前で行う体制づくりに積極的になった。原理主義を研ぎ澄ませた当然の帰結であった。

「徹宗が最初に行ったのは情報収集部隊を権力組織に潜入させることだったんだ」

「権力組織って、まさか警察ですか？」

「そう。うちにも相当数入り込んでいるはずだ」

「調べようはないんですか」

栗原はおびえたような顔をした。

「信教の自由は憲法で保障されているからな。普通のやり方じゃダメだ」

「しかし、なんとか解明したいものですね」

「それを僕も考えているところなんだよ。いろいろね……」

黒田はすでに手を打っているかのような言い方をした。

実際、彼らは実に巧妙に潜入してきていた。潜入先で折伏する必要はない。ただ強いリーダーシップを発揮する能力と人間的魅力を備えた者を積極的に潜入させたのである。

彼らがそれぞれの組織内で頭角を現すまでに、さほど時間は掛からなかった。警視庁に送り込んだ者の中には公安部の警部補になった男もいる。毎年、警視庁に送り込まれる五人の潜入者は、ある程度の地位に就くまでは相互に教会の信徒であることは知らないという秘密主義、中央集権主義のもとに置かれていた。徹宗は、警部まで登りつめた信者数人を組織内特殊グループである「特別部」のリーダーとして、教会でも、警察組織内でも部下にあたる者の実態把握と管理を行わせたのだった。

警視庁だけでもすでに五十人以上の教団員が潜入し、警察情報は少しずつではあったが教団に届くようになっていた。

しかし、それ以上に大きかったのは、敵の所在をたちどころに知ることができる調査部門の充実だった。総務部、警務部、刑事部、公安部、交通部に巧みに配置された教団員は、リーダーからの指示を最優先に、警察が保有するデータの分析、警察人事の管理、暴力団の実態把握、敵対宗教団体の動向把握を行い、これを教団に報告した。

この報告は教団内のデータベースに蓄積され分析されていったのである。

おそらく研鑽教会は、警察のどのセクションよりも警察が持つ情報を的確に分析できていた。

また、自衛隊に潜入した教団員もいた。

彼らは防衛大や幹部候補生として陸上、航空に潜入した。海上に入れなかったのは、長期航海などで緊急な連絡がつかないばかりか、いざという時に実効力がないと見られていたからだった。陸に潜った者の多くは特殊部隊に進んだ。空は戦闘機よりもヘリ部隊が多かった。また一部の信者は陸、空それぞれの調査隊に進み、情報本部や電波部などの国家機密に関する部署にも入り込んだ。この信者達も三佐まで進んだ者が警察同様管理者の立場となった。中でも陸上自衛隊員には使用する武器と使用法について詳細に報告させた。また航空自衛隊員には輸送用大型ヘリとジェットヘリの中で汎用性のある機種を将来的に教団で保有する目的で選定させ、さらにこれを操縦できるようになるよう指示していた。

研鑽教会は海外展開にも積極的だった。

特に中南米で信者の拡大が著しかった。アメリカではイーストエスタブリッシュメントと呼ばれる白人社会の中で、富裕層やハリウッドスターが広告塔となって信者を獲得していたのだ。

この教団に最初に目を付けたのがＣＩＡである。

当初、ＣＩＡは国家の中枢にも影響を及ぼすイーストエスタブリッシュメントが信者となっていることに興味を覚える程度だったが、調査を進めるうちに、中南米の麻薬カルテルの重鎮がこの宗教団体に入っていることを知って驚愕した。「なぜ彼らがこの宗教なのか？」「宗教を隠れ蓑にした犯罪組織ではないか？」ＣＩＡは独自の調査を進めるうちに、この団体が「危険な組織に変革する虞《おそれ》のあるカルト団体である」という結論に達した。

彼らが注目したのは、研鑽教会が傭兵派遣会社を経営していることを知ったからだった。それも、アメリカが国家予算を使ってこの会社と契約し、数百人もの傭兵をイラクやアフガニスタンといった戦闘地域のほか、コロンビア、ボリビア等の麻薬生産、集積地域に派遣していたのだ。しかも、この会社の傭兵の熟練度は極めて高く、現地の公館からもずば抜けた評価を得ていた。ある国では大使館の警備さえこの会社に全面委託していた。彼らは一様に「人望のある優秀な指揮官」だった。

ＣＩＡは外交ルートを通じて日本の警察庁にこの実態報告を求めた。

しかし、警察庁警備局はその存在すら知らなかった。即日、警備企画課長、公安課長の連名で各都道府県警に緊急電報で実態調査の指令が出た。しかし警視庁だけは別ルートを確保し、すでに調査を進めている部署が存在した。

情報室である。

黒田は本格的に研鑽教会の実態を調査するため、すでに情報室員を教団に送り込んでいた……。

黒田はそこまで話をすると栗原に尋ねた。

「日本研鑽教会の概要はこんなところだな。疑問点はあるかい？」

「いえ、大体のことはよくわかりました。しかし、室長がＣＩＡとの情報ルートまで持っていらっしゃるのには驚きました」

「そのうち機会があったら、お前もＦＢＩ研修に行ってくればいい」

「ＦＢＩ……行ってみたいですね。ところで話を研鑽教会に戻しますが、奴らの内情を知れば知るほど不気味な集団であることがわかります。傭兵を使って何をやらかすつもりなのか……」

「実は僕もそこが気になっているんだ」

黒田は栗原に説明をしながら、研鑽教会の裏の姿をどうやってあぶり出して行こうかと考えていた。

麻倉徹宗は三十代半ばながら長く伸ばした髪をオールバックにして、宗教家らしい独特の雰囲気を醸し出していた。しかも、頭脳明晰で若い信者や女性信者には圧倒的な人気を博していた。彼の指示は仏の指示、と信じる熱狂的な信者も着実に増えつつあった。

徹宗は教団幹部に語った。

「今や国難は、現在の政治そのものである。特に現政権は一方で邪教と手を結びながら他方では邪悪な団体と手を結んでいる」

「ここで我々が立ち上がらなければ、この国は滅び、多くの善良な民が道連れとなります」

「立ち上がるのはいいが、その第一の目標をどこに置くかだろう」

徹宗は尋ねた。

「中途半端なテロ行為は国民の反感を受けるとともに、警察からは格好の攻撃材料になる。我々の組織には多くの警察官がおり、その中には警察官僚も含まれています。警察の中にも現在の政治を憂う者は多いと思っています」

「しかし、警察が我々の味方をするとは思えない。特に警視庁公安部はオウム事件以来、ことごとく宗教の原理を信ずる者を悪と決めつけている。警視庁に鉄槌を下すことで世の中の目は変わるだろう」

「さようですね、徹宗様……」

麻倉徹宗は非公然組織責任者である花村寿和に対して警視庁本部の物理的弱点を詳細に調査するように指示を出した。

世界各国からの極秘データは直接徹宗の執務室に届く。その他の一般情報は国際部で集約分析されていた。徹宗のデスク脇に置かれた応接セットはイタリアの著名デザイナーの手によって作られたもので、黒カーフの肌触りが滑らかで、クッションの具合も心地よかった。このソファーに座るには組織のトップクラスの地位に就かなければならない。

花村は天にも昇る気持ちでソファーに身を沈めた。

「警視庁本部内を内部職員と一緒に見てこい」

「攻撃目標の選定ということでよろしいのですか」

花村は阿吽の呼吸で徹宗の意図を察したようだ。

「そうだ。最も効果的に警視庁を制圧する作戦を立てるのだ」

徹宗の「制圧」という言葉は花村の脳裏にずっしりと響いた。

「了解」

「お前は警視庁の本部のことをどこまで知っている？」

「はい。警視庁本部周辺は警視庁機動隊によって守られています。警察庁が入っている合同庁舎でさえ民間企業によって警備されているにもかかわらず、警視庁は自前の警備態勢をしいているのです。またその周辺に配置されている機動隊ですが、皇居外周の警備に二個大隊、国会、霞が関周辺の警備に一個大隊となっております」

「ほう、よく知っているな」

徹宗は感心した声で言った。

「はい。警察と防衛のディフェンスに関してはある程度調査済みです。このため、正面から警視庁を狙おうと思っても地理的に不可能に近いのです。しかも警視庁本部への入口は皇居の南に位置する桜田門交差点に面した正面玄関と法務省に面した副玄関の二ヵ所しかなく、一般道路からの入口にはダンプで突っ込んでも阻止される、頑丈な可動式の阻止鉄柱が備えられています」

「なるほど、よく分かった。建物内部はどうなんだ？」

「内部に入ってしまえば、ほとんどこちらのものという感じです。警視庁の中枢は警視庁本部十一階にあります。その階に警視総監をはじめとして副総監、総務部長、警務部長、人事第一課長という、管理部門のトップが揃っています。さらに、警備、公安、刑事、組織対策、交通、地域部の各部長には、皇居に面した建物の角に部屋が設けられています。皇居の宮中三殿に最も近い場所です。それぞれの部署のトップもそこに席を置きたいのでしょう」

花村はこれまでに調べ上げた警視庁本部庁舎の概要を伝えた。

「案外わかりやすい構造だな」

「総監室、副総監室を除いては、各部長室の配置はほぼ同じです」

「すると、皇居に向かったガラス張りの面から攻撃するのが最も効果的ということなんだな」

「そうなります」

「警備に就いている機動隊の待機場所はどこだ」

「一階正面玄関のすぐ脇です」

「すると、エレベーターを破壊すれば、簡単には上まで行くことはできないんだな」

「建物中央部にあるエレベーターと、副玄関奥にある貨物用のエレベーターを破壊すれば、あとは階段だけです」

花村はよく考えていた。

「警視庁航空隊のヘリ基地は木場だけか？」

「多摩地区用に立川にもありますが、近いのは木場です」

「警視庁ヘリには武器は搭載していないのだな」

「はい。ただし、ＳＡＴが新木場におりますので、これに乗ってくる可能性もあります」

翌々日、花村は警視庁本部に勤務する職員に案内されながら、屋上のヘリポートから地下三階の駐車場までじっくりと見て回った。

本部内のどこを歩いても、引き込み要員の警察職員が一緒にいれば、誰からも声を掛けられることがなかった。

「思っていた以上に緩いな」

「警視庁本部内に不審者が入り込むことなど、はなから考えておりません」

「防犯カメラもこれくらいの数しかないんだな」

ははん、と鼻を鳴らすと花村は小さく笑った。

現場調査の結果、花村は二つの攻撃目標を選定した。

その一つは屋上だった。

屋上には大型ヘリが着陸できるヘリポートがある。この屋上ヘリポートに実際にヘリが離着陸するのは稀であるが、毎月一度の訓練日には、航空隊を管轄する警視庁地域部幹部を搭乗させて実地訓練を行っていた。研鑽教会非公然組織の計算では、二機のヘリを五分以内にこのヘリポートに離着陸させることが大事だった。ヘリコプターの搭乗員は一機二十人。操縦士、予備操縦士を除き、二機で三十六人の訓練された特殊部隊員を投入する計算だった。

もう一つは地下である。

警視庁本部の北側に地下駐車場への入口があった。当然ここも機動隊員がチェックを行っているのだが、様々な業者が納品にやってくる。入口では入構証を見せるだけで比較的楽に地下一階に侵入できることがわかった。警視庁本部は地下三階までが駐車場になっている。地下一階よりも下に車両で行くには、センサーによって開くゲートを越えていかなければならなかったが、このゲートを開くためのＩＣカードは容易にコピーできた。また、地下一階から中庭方向に上がったところに警察車両用のガソリンスタンドが設置されている。

花村は誰にも怪しまれずに写真撮影をして、独自に警視庁本部内部図面を作成した。

「二段構えの作戦が必要です」

作戦はまず、ガソリンスタンドと地下駐車場、エレベーター管理室に爆薬を仕掛け、時間差で爆発させる。警備要員を階下に集中させ、その間にヘリコプターから特殊部隊を降下突入させる計画だった。

「爆弾設置は当日でなくてもいいわけだな」

「そのとおりです。予め仕掛けておいた方が察知されにくいと思います」

特殊部隊三十六人のうち六名を屋上に残して十人は内部階段から十一階を目指し、十人は十六階の警備部長、十四階の公安部長を拉致する。残りの十名は皇居側のガラス窓から突入して、十一階より下の階にある部長室を襲撃する――。

「総監、副総監の他に最低でも、総務、警備、公安、刑事の四部長は確実に確保したい」

「そうなると、国会、都議会が開催されていない、月曜の朝が確実です」

花村は即答する。

「別に命を取ろうというわけじゃない。この事実をマスコミが大きく報道してくれるだけでいい。そのためにはマスコミに対して直ちに広報する態勢も組んでおく必要がある。特にテレビ局にはな。朝のワイドショーが終わるまで全国中継されればいいだけだ」

徹宗は鷹揚に首を掻いた。

研鑽教会の目的は総監以下の幹部を十八階にある総合指揮所に監禁し、これを人質として首都圏の治安を麻痺させ、その情けない状況を世に知らせることにあった。クーデターを狙ったものでも、殺害目的でもない、ただ警視庁の威信を失墜させることだけが目的だった。

「訓練期間はどの位必要だ?」

「三ヵ月下さい」花村は低く頭を下げた。

「よかろう。訓練精度の最終チェックは私が行う」

非公然組織は、カリフォルニアにある特殊訓練基地に警視庁屋上のヘリポートから庁舎先端までの実物大模型を造り、攻撃訓練を開始した。この基地は教団が保有する傭兵訓練場であり、ジャンボ機が離着陸できる二千メートル級の滑走路まで完備した、壮大なものだった。

また教団は独自の監視と通信を兼ねた人工衛星を保有していた。

日本の新興企業が製作した衛星は安価で高性能だ。東京とワシントンＤＣ、コロンビア上空の三基と太平洋上に中継衛星の計四基を配し、画像は独自の解析技術を使用したデジタル波で教団本部に送る。

教団内には天才ハッカーと呼ばれていた技術者もおり、ふんだんに与えられた予算で様々な国の国家機関のデータベースへの侵入を行っては、データを盗んでいた。そのターゲットはＣＩＡ、ＦＢＩはもちろん、イギリスのＭＩ６にまで及ぶ。ハッカーの侵入に際して、これを認知した機関は犯人捜しに躍起になるが、この教団は通信に独自の人工衛星を使っているため、追跡が困難だった。

「ＣＩＡが教団の調査を警察庁に要請した模様です」

「ＣＩＡがどうして……」

徹宗は怪訝な顔をして担当者に尋ねた。

「どうやら、中南米での布教活動が気になっているようです」

「麻薬問題か？」

「おそらく、その線かと思います」

教団の資産は相変わらず潤沢だった。しかしある時、信者の拡大を目指して派遣した教団のコロンビア教会長が思わぬ話を持ち込んできた。

「教主。この地域を開拓するには、その集落の長を押さえていく必要があります。何といっても貧しいこの地で、生活の糧となっているのは麻薬なんです」

「それはアフガンやタイでも同じことだが、それに宗教が関わる必要はあるまい」

「麻薬と言っても、こちらはコカインが主です。コカインは幾つかの国家では麻薬扱いされていないんです。アメリカの一部の州でも禁止されていないところがあります」

「しかし、最終的に禁止地域に流入するから『麻薬』という扱いを受けるのだろう。そうでなければ、禁止の対象にはならないじゃないか。教会長は何を言いたいのかな？」

「輸出が禁止されていない地域へコカインを搬出する手助けをしてやりたいと思います。彼らだって、その根底にきちんとした宗教を持っていれば、いずれ新たな農業なりその他の産業を興すでしょう。それまで、いや、その手助けはすでに始めていますが、その過渡期を何とか助けてやりたいのです」

教団は独自の農業技術を持っていた。生ゴミから堆肥を作り、農地を開拓する手法や塩水を濾過して飲料水にし、残った塩をさらに精製して食用塩、工業用塩に変える手法、集雨蓄水の濾過手法など、いずれも非常に優れた技術だった。一時期はＪＩＣＡからも協力要請を受けたこともあった。あくまでも布教活動の一環とした活動であったため、連携を図ることはなかったが、ＯＤＡによる開墾後の土地開発には大きく貢献していた。

「北朝鮮、中国では農地開発、砂漠緑化に貢献しましたからね」

「最終目標はアフリカに広大な農地を創出することだ。それでどれだけ多くの人命や動物が助かることか」

教主の俊守は目を細めた。

「すでに中南米ではコーヒー栽培やトウモロコシだけでなく米の生産も大きく伸ばし、地域住民の生活向上に大きく寄与しています。一方で、農業に従事できない者や村を追われた者の中には、悪のシンジケートに入り、コカインや覚醒剤の密造、運搬に関わっている連中も多いのです」

コロンビア教会長は悲しい眼差しを向け、続けた。

「かつては畑を耕すよりも悪に手を染めた方が現金収入は格段に多かった。ですが、近年は危険を伴う悪事に手を染めても収入はわずかばかり。それでも、この道を抜け出すことができない者が多くいるのが現状です。彼らを救いだすのも我々の大事な仕事になるのではないでしょうか」

研鑽教会が布教目的に行った農業支援などの慈善事業は、最終的にこの悪のシンジケートに身を置いた者の救出に行き着いた。その先頭に立ったのが、元外交官の肩書きを持つ、初代コロンビア教会長だった。

「シンジケートが生産するコカインや覚醒剤を合法的に医療機関等に輸出する方法を考察し、私が持つ人脈に積極的に働きかけてみようと思います」

「やれるところまでやってみなさい」

麻倉俊守は微笑んだ。


教会長は繰り返しシンジケートの幹部と接触し、密造を止めるように説得したが、彼らは教会長を人質に取って身代金を狙うこともやぶさかでないと脅してきた。それでも教会長は真摯に布教を行った。

ある時、シンジケートの幹部が教会長に言った。

「教会長。あんたの気持ちはわかった。しかし、我々も飯を喰わなきゃならないんだ。そして、ここで働く連中にも、その家族にも喰わしてやらなきゃならねえ。それに、麻薬が悪いものであることは知ってるが、世の中にゃこれを欲しがっている奴だってたくさんいるんだよ。いわゆる需要と供給のバランスの問題だ。俺たちがこの仕事を止めれば、困る奴が世界中にいるって訳だ。そこをどうするかだな」

「あなたが、そういう認識なら、麻薬の生産を少しずつでも減らしていって、その間に新たな産業や農業に取り組むこともできるだろう」

「教会長はどんな手伝いをしてくれるんだい？」

「直接、我々が手伝いをできるのは、農地の開拓や、新しい作物を育てることだ」

「新しい作物か。それがどの位の収益を上げるかだな。少なくとも価格が折り合わなければこちらとしてもやる意味がない。おまけに、自然を破壊しちゃならねぇんだろ？」

「自然破壊ですか……」

「我々がやっているのはある意味、自然の摂理の中でのことだからな。こんな山の中でどんな作物を作るつもりだい？　そしてどうやってそれを運ぶんだい？」

「道は日本のＯＤＡを使って早急に整備させることができる。コカイン以上の収益を上げる作物はないが、コーヒーとブドウを併行して作付けすれば、ワイン工場を造ることだってできる。トマト畑でトマトジュースだってできる」

「ほう？　それができるまでにどの位の月日がかかるんだい？」

研鑽教会が行っている無農薬自然農法による缶コーヒーや各種ジュース類は世界中で定評があった。

「二年もあればできるだろう」

「それなら、その間に我々の商品を教会長達が運んでくれればありがたいんだが、共存共栄ってところでな」

「な、なんだって？　教会が運び屋をやるというのか？」

激しく首を振ったが、教会長が反論の糸口を見つける前にシンジケートの幹部はささやいた。

「運び屋なんて言い方するから妙な印象を持つんだ。輸送コストを下げる手助けをして欲しいと言ってるだけだ。教会長のところの缶ジュースの中に、うちの商品を入れて出してくれるだけでいいんだ。なにしろ、あのジュースは有名ブランドだからな。その代わり、土地の開墾や作物の植え付けなどを我々が助けてやろう。これをずっとやって貰う訳じゃない。違う金儲けができれば、それでいいんだ。それまでの間、教会長と俺の二人だけの秘密でいいじゃないか。信者も増えるぜ」

教会長は悩んだ。――新たな産業ができれば、宗教の力で苦しい生活をしている者を救うことができる。しばらくの間、その間だけ、自分一人が犠牲になってもいいのではないか？

教会長は、詐欺師が吐くような言葉に乗せられてしまった。

まず百ヘクタールの土地が開墾され、そこにトマトとブドウが植えられた。ジュース工場とワイン工場の工事も始まった。教団が全面的にバックアップし、政治家や外交官を使ってＯＤＡの投入も決定した。道路整備も順調に進んだ。布教活動が国家事業のように膨らみ、多くの信者の獲得もできていた。一年後、最初のトマトジュースが製品となって運び出された。

そして、その中にはコカインが詰まったものも含まれていた。

世界平和教のアメリカ総局長となっていた朴喜進《パクヒジン》は、教団の将来に不安を覚えていた。教祖の後継者争いが原因で、内部分裂の溝は深まるばかりだった。

「教祖はこの教団をどのようにしたいのだろうか……」

朴は教団のためにひたすら浄財を集め、優れた後継者を獲得、育成していた。

世界平和教には他の原理主義宗派同様に、情報部隊と非公然部隊が存在した。

これまでこの情報部隊や非公然部隊が活動したと思われる事件は世界中で何件か報告されていたが、その実態は全く摑めていなかった。

特に日本では国会議員を始めとして政財官が教団に深く食い込まれながら、その実態が明らかでなかったのは、警察の怠慢というよりも、宗教の恐怖というものを国民が体験していないところにあった。

「日本人は鷹揚なのか馬鹿なのか理解できない。よくあそこまで他人や他国を信用できるものだ。『昨日の敵は今日の友』を本気で信じている国民だからな」

朴は黒田と話をした時にそう伝えたが、黒田は「でも、日本を本気で葬ろうと思う国家は世界中どこにもありませんよ。国家の要職にあれば誰だってわかることです」と、巧くかわしたものだった。

その日本人が、オウム真理教事件によって、世の中には信じられないことを平気でやる宗教集団があることを知り、さらに九・一一事件によって原理主義宗教の恐ろしさを初めて知ったのだった。しかし、この頃には世界中の多くの原理主義者はイギリス、ドイツ、アメリカ等で武装闘争を繰り返しており、日本だけがスパイ対策同様に、ぬるま湯状態で悪しき宗教に浸かってしまっていたのだった。日本人独特の宗教観である八百万《やおよろず》の神信仰がその背景にあったのだが、オウム事件のような大事件が発生しても、宗教に対する警戒心はいつの間にか風化した。クリスマス、初詣、正月というクリスチャン、神道、仏教の宗教行事を一週間のうちにほとんどの国民が享受する風潮は今も変わりない。

ある時、朴は教祖から教団ナンバースリーの地位を指名された。大抜擢である。朴は急遽ワシントンＤＣのアメリカ総局から、教祖の活動拠点となっているブラジル・サンパウロに呼び戻された。

この配置に教祖の周辺幹部は猛反対したが、世界情勢を的確に摑み、しかも組織内で唯一、資金、人員ともに増加させることができた幹部であることを教祖はよく知っていた。これまで、非公然部隊の実態は指揮官を含む五人の幹部が詳細を知っているだけだった。幹部となった朴は教祖のみが持つ情報データのアクセス権限を受け取り、引き継ぎなしの総責任者となった。

サンパウロの教団本部にあるコンピュータールームに入った朴は、まず情報部隊と非公然部隊の組織構成を確認した。総勢二千人を超えていた。莫大な資金が投入されていることも明らかになった。さらに地域ごとのこれまでの活動を細かに見分していった。

韓国、北朝鮮、アメリカ、イギリス、フランス……情報のみならず、殺人を始めとする多くの事件を引き起こしていた。暗澹たる気持ちを抑えながら事務的にデータを確認していく。日本を見た。ふと黒田の陽気な笑い顔を思い出した。日本はアメリカに続く教団の浄財を獲得するドル箱地域だった。一瞬、朴の目が鋭くモニターに止まった。

「なんてことだ……」

ポツリと呟くとその詳細を確認して、次の項目をクリックした。

この十年間で、殺害行為五八件、傷害・暴行約二五〇〇件、拉致監禁一〇〇件、爆破事案二五件と、全世界で様々な脱法行為を行っていた。その中には組織防衛上やむを得ない案件も多かったが、一幹部の保身や証拠隠滅、感情的報復といった言語道断な行為も当たり前のように報告されていた。

「教祖はどこまで知っているのだろう」

朴がコンピュータールームを出たところに初代と共に創設に関わった、教団ナンバーツーの幹部が待っていた。

「この十年間のことについて私はほとんど報告を受けていない。おそらく教祖もそうだろう。しかし、おおよその想像はつく。君をここに呼んだのは私と教祖二人の判断だ。君は早急にこの部隊を統括し、指揮官を完全に押さえ込むんだ。そして、これから君にはこれまでと打って変わって擦り寄ってくる幹部が出てくるはずだ。中には金持参でね」

「あなたは、この部隊の狂気もご存じなんですね？」

「組織防衛上やむを得ない場合もあった。この組織を元の健全な組織に戻してほしいのだ。そして、真の神の国を創りたいのだよ」

「しかし、あまりに汚れすぎている……」

朴は抑えかけていた感情を思わず吐露した。

「人間は過ちを犯すものなのだ。それを悔い改めさせることも大事なことだ」

「それは、天に召されてのことですか？　それとも現世で……？」

「その判断もこれからは君自身が行えばいい。そういうポジションになったのだよ」

朴の頬を涙が伝った。

第六章　経済界を弄《もてあそ》ぶ男

東京駅丸の内中央口から皇居に向かって右に徒歩五分。株式会社日本化学は社員一万二千人を抱え、精密機械業界では三指に入るホールディングカンパニーだった。大手町にある三十五階建ての自社ビル二十階に社長室はあった。

社長の観音寺《かんのんじ》敏夫《としお》はデスクに置かれていたダイレクトメールを開いた。

〈経済人のための中国ツアー（中南海で政府要人と懇談～今こそビジネスチャンスを広げよう～）　主催　日中経済協力者会議事務局〉と題された案内状は、青島経済技術開発区工業団地視察を希望する企業の代表取締役宛てとなっている。

主催者代表には「劉永憲《りゅうえいけん》」の名前があり、大手新聞社が発行した『世界を動かす日本人』という書物が同封されていた。その書物の半ばに「日中友好を陰で支えた、知られざる人脈」という項目で「劉永憲」の名前と写真が記されていた。

「秘書室長を呼んでくれ」

観音寺敏夫は秘書用のインターフォンを押した。

「社長、お呼びでしょうか」

「ああ、このダイレクトメールをどう思うかね」

厚手の封筒を差し出した観音寺は怪訝な顔をした。

「失礼いたします」

秘書室長の太田は直披《ちょくひ》と赤く記された封筒を開け、文書の内容と大手新聞社が発行した書物の中身を確認した。

「金額はかなり高めですが、最大催行人員が三十人というところがミソなのでしょう」

「それよりも内容だ。簡単な市内観光も付いているが、北京、上海、香港の三ヵ所を回りながら、必ずその地の有力者との会食、会合がセッティングされている」

と言いながら、観音寺は目を丸くする。

「確かに。おまけに中南海は魅力ですね。それに副総理との面談まで用意されていますね。この『劉永憲』という名前は聞いたことがあるような気がしますが、天下の朝毎新聞社がここまで評価する人間なのですから、相当な大物なんでしょうね」

「案内状は、他にどんなところへ送られているのだろう」

「ちょっと周囲を当たってみましょうか？」

「そうだな。これはチャンスかも知れないからな。それから『劉永憲』という人物についても調査しておいてくれ」

秘書室長はデスクに戻ると日頃付き合いのある数社の役員秘書室に電話を入れた。するると、彼らも同様の案内を受け取っており、現在、参加の是非について検討中であるという。さらに「劉永憲」についての記事を掲載した大手新聞社の経済部記者に電話を入れた。

「どうも日本化学の太田です。ちょっとお伺いしたいことがありましてご連絡を差し上げたのですが……」

太田は本の奥付に目をやりながら、

「実は、御社が出版した『世界を動かす日本人』という書物の内容について少々お伺いしたいんです」と言った。

「数年前の本ですね。あれは文化部と経済部が合同で出した本ですが、どの部分でしょう？」

「〝日中友好を陰で支えた、知られざる人脈〟という箇所に出てくる『劉永憲』という人物のことなんですが」

「あれを書いた経済部の記者は出版社にヘッドハンティングされて、当社にはもういないんですが、劉は中国の客家《ハッカ》出身の大物で、資本金一兆円、世界四十五ヵ国に傘下企業を抱える華僑集団のトップだとかで、もの凄い人脈をもっているそうです。当時の与野党幹部も同行していたようで」

記者も中南海で党幹部と会食や記念撮影したそうです。その記者も中南海で党幹部と会食や記念撮影したそうです。

「そんな大物なんですか？」

「あの本自体が劉のこれまで光が当たらなかった部分を敢えて取り上げたような企画でしたから、当時は結構評判になったんですよ。彼は案外気さくな方らしいので、一度お会いになってもいいんじゃないですか？」

「そんなに簡単に会える方なんですか？」

メモを取る手を走らせながら太田は尋ねた。

「僕は直接は知らないんですが、当時は先方が好意的に取材協力をしてくれたらしいですよ」

書籍に書かれている劉永憲のプロフィールを太田は黙読する。――上海生まれの六十八歳。北京大学在学中に中国共産党幹部の養子となるも、ベトナム戦争に義勇軍として参加。戦争終了後帰国して大学を卒業後日本留学。日本の戦後の急速な経済発展に感銘を受け、中国大使館とは異なるルートの中日交流機関を設立し現在に至る……。

太田は早速社長へ報告に行った。

「社長、鉄鋼と自動車が参加予定だそうです。さらに化学系も一社検討中とのことです。また『劉永憲』氏については、なかなかの大物であるという評価です」

「中国一週間で一〇〇万は高いが、先行投資のつもりで参加してみるか」

観音寺は納得した表情だ。

「一社三名までということですから、実質十社までということになりますね」

「海外立地担当の常務と君が同行する形で話を進めてくれ」

このツアーは最大催行人員の三十人で挙行された。

秘書室長の太田らが北京空港に到着すると、大型貸切バスに乗り込んだ。初日は万里の長城、頤和園《いわえん》を回ってホテルで歓迎式典が行われた。そこでは中国共産党の副総理が挨拶を行い、全員と個々に記念写真を撮った。なにしろ、日本の製造業のトップクラスが参加しているのだ。中国側もそれぞれのセクションを代表する役人が出席した。太田は感激していた。翌日は天安門広場、故宮博物院、天壇公園という北京中心部の名所を駆け足で回った後、中国の政治の中心部である中南海でレセプションが行われた。約二時間のレセプション終了後、太田は中南海に隣接する后海《ホウハイ》の夜市に連れ出され、中国側の担当者と食事をとった。その後女性の接待を受けた。

翌日の午後、北京を離れて上海に向かう太田の顔は実ににこやかだった。上海でも書記、市長が出席した会がセットされており、会の終了後は貸切バスで上海の夜景を楽しんだ。四日目は狭い上海の街と郊外にある工場誘致地域を見学して、夕方前からようやく自由行動となった。夜は上海ならではの女性接待に興じた。五日目午後に香港に飛んだ一行はさすがに疲れも出ていたが、夜景と広州料理に満足していた。翌日は香港に隣接する深圳《シンセン》経済特別区を見学した後、最後の自由時間を楽しんだ。

「なかなか素晴らしいツアーでしたね」

太田は同行した常務に言った。

「金額が金額だけに、これが今後の中国進出にどれだけ効果が現れるか……というところだ。しかし、料理はどこもパッとしなかったな」

「先方とは早急に連絡を取って参ります。料理に関しては日本の中華料理が一番美味しいとも言われていますが、あれが本場の味だとすると、まさに噂どおりでした」

「うむ。それよりも中国対策班をすぐに立ち上げて、交渉を進めてくれ」

ツアーに参加した大手製造業十社のうち一社では、劉永憲を顧問として契約してはどうかと話題になっていた。

「彼を顧問にすれば、今後の展開が楽になるのではないか？」

秘書室長の太田からツアーのあらましを聞いた社長の観音寺は、専務の金原に言った。

「おそらく、今回のツアーに参加した各社ともそれを考えていると思います。先方の意向もあろうかと思いますが、社外顧問となりますと月額一〇〇万位の目安になろうかと思います」

専務は主に総務畑を歩んできた信頼の置ける男だった。

「その程度は最低限出すことになるだろうな。そこで、劉先生の背後関係はもう一度チェックしておいた方がいいな」

「背後関係と申しますと？」

「中国という国はトップが変わると全てが変わってしまうことがある。どのルートが強くて、敵はいないのか……共産主義国家だからな、突然寝首を掻かれるようなことになっては何もならないからな」

「しかし、その調査ができる機関がどこかにありますでしょうか？」

「機関か……」観音寺は首をひねった。

「経団連の国際経済本部あたりでは……」

「あそこに聞くと、うちが何をしようとしているのか、他社に知られてしまうじゃないか」

「系列の伊藤物商の中国担当では如何ですか」

「どこも中国とのパイプは明らかにしないのが原則だからな。そういえば、金原、警視庁の誰かと付き合いがあったんじゃなかったか？」

「元々は公安にいた方で、現在は総務部の警視になっている黒田さんです」

金原専務は答えた。

「総務部の警視なら優秀なんだろう。その人に確認をとってもらえないだろうか？」

「彼なら信頼できます」

「情報の中枢は警察に集まるものだ」

「ええ、これまで何度も黒田さんにはお世話になっておりますが、その際にいただいたアドバイスは非常に有益なものでした。多くの政治家もお世話になっているはずですよ」

黒田を久しぶりに思い出すと、専務の顔がほころんだ。

「面白い男だな。歳は？」

「四十を少し過ぎたころかと思います」

「キャリアではないんだな」

「ノンキャリなのですが、キャリアとの関係も深いようで、私も何人かのキャリアを紹介してもらいました」

「警察キャリアをか？」

「はい、警察はもちろん、総務、国土交通、厚生労働、経済産業と幅広い人脈を持っています」

それから専務の金原は、黒田の仕事振りを誇らし気に語った。

「おまえさんがそこまで惚れ込むのは珍しいな。うちの総務部長よりも可愛いんじゃないのか？」

「器が違うというか、なかなかの人物ですよ」

「では劉先生の件は聞いてもらえるか？」

「すぐにでも連絡してみましょう」

金原は自席に戻って黒田に電話を入れようとしたが、観音寺は社長室から直接電話を入れるように言った。黒田に興味を持った様子だった。

「日本化学の金原です」

「会社からの電話は珍しいですね、何事でしょう？」

受話器から明るい声が漏れた。

「つかぬことを伺いますが、中国関係なのです」

「中国進出でもなさるご予定なのですか？」

「今すぐにという話ではないのですが、一応考えております。この話を繋いでくれた方なんですが、安全な方なのかどうかがわかればと思い」

金原は慎重に言葉をつなぐ。

「仲介者ということは大使館経由ではないわけなのですね」

「元々は中国共産党の方なのですが、日本に留学経験もある方で、最近はもっぱら日中の企業を仲介する仕事をなさっていらっしゃいます」

「うーん、そういう仲介者は相当気をつけた方がいいですね」

黒田の声が一転、苦々しいものに変わる。慌てて金原は付け加えた。

「やり手らしいんですが。中国でも中南海に入ることができますし、大手新聞社が出版した本にも彼の名前は大物として出ているくらいですから」

「その方の名前と所属先を教えていただけますか？」

「お名前は劉永憲、日中経済協力者会議という団体の代表です」

「劉永憲ですか？」

あっと声が上がる。

「大手新聞社から出ている『世界を動かす日本人』という本に、日中友好を陰で支えた、知られざる人脈として、彼の名前が出ているのです」

「おそらくその劉永憲は詐欺師だと思いますよ」

モニターで二人の会話を聞いていた社長が思わず吹きだした。

「……失礼ですがどなたか傍にいらっしゃるのですか？」

黒田はすかさず尋ねた。

「申し訳ありません。実は社長室から直接電話をかけておりまして、ここにいるのは社長と私だけです」

「そうでしたか。自称『劉永憲』は、北海道生まれの紛れもない日本人です。『ベトナム戦争に義勇軍で参加した』なんてよく嘘を付いていますが、まだやってるんですね。華僑集団のカネを数千億円分運用しているとか、蔣介石とは親戚関係なんて言っていませんでしたか？　日本の政治家と暴力団双方にしっかり足場は築いているなんてね。奴は詐欺師ですよ。中国ツアーに参加されたのですか？　高かったでしょう？」

金原は言葉が出なかった。隣で二人の会話を聞いていた社長は、あんぐりと口を開いたままだ。

「後ほど劉永憲の顔写真をメールに添付しますから、確認してみて下さい。おそらく同一人物だと思います」

電話を切った金原は社長の顔を見た。まだ信じられないといった顔つきだった。

「…………」

観音寺はいら立たし気に部下を睨む。しばし二人とも押し黙ったままだった。

「しかし、そんな詐欺師がどうして堂々と何度も同じ手口を使うのでしょう」

金原が弱々しく声を上げると、

「それだけ我々が甘いということなんだろう。しかしこういう相手に対して我々は今後どうすればいいのか……まさか黒田氏にいちいち相談する訳にもいかんだろう」

深い嘆息が室内に響いた。

「確かに、中国やその他の共産圏、旧東欧諸国、さらには発展途上にある国々に対して、我々は殆ど無力に近いのではないかと思います。アメリカ支社にアメリカの企業がどのような対策を立てているのかを確認する必要がありますね」

「一警察官が詐欺師だと即答するような相手に、我が国の基幹産業経営者がころりと騙されるようでは、世界で通用する企業にはなれんな。とにかく、写真を見てから考えよう」

観音寺はそう言うと口を固く閉じてしまった。

金原が自席に戻ると、既に黒田からメールが届いていた。添付ファイルの「詐欺師・劉永憲」を開くと、まさに先日中国ツアーで同行していたあの男の顔が映し出された。

「社長、間違いありません。黒田さんから送られてきた劉の写真です」

「詐欺師だったとはな。危うく奴に顧問契約を申し入れるところだった」

うなだれる金原を横目に、観音寺はプリントアウトされた写真を見つめた。

「旅行費用は別として、我々はまだ明確な詐欺に遭ったわけではありませんが、中には騙されている会社もあるかも知れませんね。何しろ、経団連が音頭をとっている『青島経済技術開発区工業団地』が背景にあるわけですから」

「――黒田氏に詐欺の相談をしておいてくれ」

金原から連絡を受けた黒田は日本の経済界のトップが易々と騙されてしまう現状を改めて知ると、

「日本の企業には危機管理能力がないのだろうか？　一言相談してくれるだけで、無駄も被害にも遭わずに済むものを……」

と呟いた。総合商社まで自前で保有する企業体ですら、危機管理となると、これに精通した部門さえ持っていないのだ。利益優先で走るあまり、自分の足元のチェックもできない日本の企業体質に暗澹たる気持ちだった。

＊＊＊

黒田の足は夜の赤坂に向かっていた。

一人で酒を飲むのも嫌いではなかったが、たまには生演奏を聴きながら好きな酒を楽しみたい時があった。赤坂といっても溜池山王に近いビルの五階にその店はあった。以前は渋谷の神泉駅近くにあったライブバーが前年の夏に赤坂に移転していたのだった。

「あら黒田さんお久しぶり。お一人？」

黒田が扉を開けて顔を覗かせると、ママが相変わらずの明るい声で笑顔を見せて言った。店内は渋谷のカウンター席だけだった頃よりも、ソファー席が増えた分だけキャパは増したが、それでも十五人で満席になる広さだった。ソファー席には二組の客が入っていた。黒田は半ば指定席になっているカウンター席の一番入口側に座った。

「ビール下さい」

冷えたグラスに注がれたビールを一気に喉に注ぎ込むと、疲れてこり固まった体がほぐれていく。

「クーッ」

思わず黒田の口から出る一言を、ママが笑いながら受けとめる。

「今日もお忙しかったみたいね」

「この瞬間のために仕事をしているみたい。オヤジの域に入ってきたなあ」

「何言ってるの。まだ若いでしょ」

確かにママよりは少し若かったが、黒田も四十を越えていた。

間もなく午後九時。最初のライブが始まる時間だった。この店に来たのは二人のお目当てがあったからだ。一人はサックス奏者、もう一人がバイオリニストだった。

その日はバイオリンとキーボードとギターという組み合わせだった。黒田はネットで当日の出演者を確認していた。バイオリニストの女性は黒田のというよりも誰の目にも美形に映る、目鼻立ちのはっきりした、笑顔が実にチャーミングな子だった。彼女はまたウィーン国立音楽大学で学んだという確かな演奏技術をもっていた。キーボードもまだ若いハンサムな若者だった。ギターだけが黒田より少し年上の、癒し系の兄貴分といった感じだ。

カウンター席には何度か見かけたことがある女の子が一人でワインを飲んでいた。いつも横顔しか見たことがなく、二十代半ばだろうか、清楚な女性だった。

やがてライブが始まった。この頃には黒田の飲み物はブッカーズのソーダ割りに変わっていた。

バイオリンの音色が心地よく染み入る。酒以上に気持ちを和らげてくれた。サックスはエネルギーで、バイオリンは優しさだ。

黒田は目を瞑り、グラスを口に運びながらバーボンの味わいとバイオリンの音色に浸っていた。

三十分間の一回目のライブが終わると、バイオリニストが黒田に挨拶にきた。

「ご無沙汰しております」

「今日もつぐみちゃんのバイオリンに酔ってますよ」

「ありがとうございます。ゆっくりなさって下さいね」

バイオリニストの名前は「つぐみ」といった。彼女の笑顔もいいが、声の響きも心地よかった。テーブル席にも挨拶を終えたつぐみが、黒田のところに戻ってくると、

「私の親友を紹介してよろしいですか？」

思いがけない提案だった。

「もちろん」

するとつぐみは、カウンター席に座っている清楚な女性に声を掛けた。

「遥香《はるか》、こっちにおいでよ。紹介する」

その爽やかな女の子はニッコリ笑ってカウンター席を立つと、ワイングラスを手にして黒田の隣に座った。二人の真ん中後方につぐみが立って紹介を始めた。

「こちらは黒田さん。おまわりさんの偉い人」

「偉くはないよ」

「でも、この前まで署長さんだったんでしょ」

「署長といっても、警視庁で一番小さい小笠原警察だからね。署員は四十人足らずだ

よ」

　つぐみを見ながら言った。

「でも、署長は署長」

　一応警戒心は取り除いてもらった方がよいと思い、黒田は遥香と呼ばれた子に挨拶をした。

「彼女は草野《くさの》遥香さん。小学校の同級生」

「はじめまして」

　つぐみが音大を出てヨーロッパ留学をしていることを考えれば、二十代後半のはずだったが、正面から見る草野遥香は色白で、愛嬌のある目元と薄く小さな唇が、年齢よりも彼女を若く見せていた。

「やはり音楽をやっていらっしゃるんですか？」

　黒田が草野に尋ねると、彼女は顔の前で手を横に振りながら、顔も左右に振って、笑いながら答えた。

「私、音楽はまったくダメなんです。つぐみは天才的だったけど」

「カラオケは超上手いくせに」

　つぐみが後ろで言った。

「でも小学生からの親友なんでしょ？」

「学校が一緒だったのは小学校だけです。つぐみは中学から桐朋に入っちゃったし、お嬢様だから」

つぐみが木場の大手材木商の娘であることは以前にママから聞いていた。

「音楽の世界はそうなんだろうね。特にバイオリンとなると、小さい頃から有名な先生に師事するわけでしょう？」

「私は末の娘だったから、祖父の好きなことをさせられただけです。お勉強はあまり得意でもなかったから」

つぐみが笑いながら言った。すると草野も、

「私だって勉強は苦手だったよ」

「でも、大学院まで行ったじゃない。遥香は」

「あれは仕方なかったんだもん。最初は高卒で美容専門学校に行ったんだから」

「黒田さん。遥香はね、美容師の資格も持っているんだけど、看護師さんでもあるの」

「うん」とまだ幼さの残る表情で遥香は頷く。

「黒田さんが飲んでるお酒は何という種類なんですか？」

遥香がグラスを指して聞いた。

「ああ、これ？　ブッカーズという名前のバーボンです」

「いい香りですね」

「そうだね。僕もこの香りに惹かれて飲んでるんだけど、あまり女性に勧めるお酒じゃないから」

黒田がグラスを揺らすと、氷が爽やかな音を立てる。

「どうしてですか？」

「うん。度数がね。これ六七度あるんだよ」

「そんなに？　黒田さんお酒強いんですね」

遥香は感心している様子だ。

「決して強いわけじゃないけど、好きだね。お酒はなんでも」

「いいなあ。お酒強い人」

小さな口元の両端の皺《しわ》が上向きにあがった、孫悟空のような口が可愛く見えた。

「ちょっとごめんなさい。あとはお二人でごゆっくり」

つぐみが気を利かせたつもりか、遥香の肩をポンと叩いて店の奥に入っていった。

黒田は草野に興味を持った。美容専門学校から看護系の大学院まで行ったという特異な経歴もそうだったが、お気に入りのつぐみと二十数年来の友人という点が妙な安堵感を与えていた。

「僕は何度か草野さんをここでお見かけしてましたよ。いつもカウンターで飲んでたよね」

「実は私も、黒田さんのこと知ってました。一度、つぐみに聞いたことがあるんですよ。黒田さんのこと」

遥香がにっこり微笑む。

「へえ。いつ頃?」

「黒田さんがつぐみを写メしてた時」

「ああ、あの時ね。まだ持ってるよその時の写メ」

「やっぱり、つぐみのファンなんだなと思って見てました。つぐみ、美人だからなあ」

「うん、彼女はとても素敵なバイオリニストだ。ところで、つぐみちゃんは何て言ってました? 僕のこと」

「警察の偉い人だって。でも話すと気さくだって。あと、サックスのなっちゃんのファンだって」

「その時の気分によってサックスかバイオリンかに分かれるんだよね」

なっちゃんはこの店のサックスプレイヤーで、美人のつぐみとは趣が異なる可愛さが溢れる子だった。

「こちらにはよくいらっしゃるんですか？」

「そうでもないな。月に一度か二度だね。ライブが好きだから、いろんなところにその時の気分で行ってるんだよ」

黒田はライブの店が好きだった。オペラの勉強を兼ねて神田岩本町のオペラサロンや、銀座コリドー街にあるGSの店にも顔を出していた。

「私はつぐみの時しか来ないけど、それでも黒田さんは今日で四回目かな？」

「最近はバイオリンの癒しを身体が求めているみたいだね」

「黒田さんのお仕事のこと聞いてもいいですか？」

「うーん。仕事の内容は話せないよ」

「署長さんをやったことがある人が、そのあとどんな仕事があるのかな……と思っただけです」

遥香は興味津々に身を乗り出してきた。やはり警察の仕事は非日常であるだけに、誰しも興味を持つのは仕方なかった。

「警察っていろんな仕事があるからね。交番、パトカー、白バイ、刑事、機動隊、SPだってみんな警察官でしょ」

「黒田さんは刑事やったことあるんですか？」

「似たようなことはやってたよ」

「犯人を逮捕したことあります？」

「あるよ」

「かっこいい」

黒田はやや気はずかしく思ったが、これが一般の人たちの警察観なのだろうと笑顔を向けた。

「黒田さん。警察手帳って持ってるんですか？」

「それはいつでも」

「今も？」

「見たい？」

黒田は遥香の無邪気な姿を可愛らしく思いながら、おどけてみせた。遥香の顔をのぞき込んで尋ねると、即答が返ってきた。

「見たい」

黒田は内ポケットから手帳を取り出し、二つ折りの手帳を広げて見せた。

「触ってもいいですか？」

警察手帳と言っても、現在のものはメモをする記事用紙は付いておらず、旭日章と写真付きの身分証明証が付いているだけだが、未だに呼称は「手帳」である。

「黒田さんって警視さんなんだ。どうして手帳にヒモがついているんですか？」

「盗まれないようにだね。悪用されると困るでしょう？」

「盗られちゃう人、いるんですか」

「年に何人かね。大騒ぎになるけどね」

遥香の興奮した声を聞きつけて、つぐみが奥からカウンターの中に顔を出した。

「何盛り上がってるの？」

「ほら。警察手帳」

「ええっ。見たい！」

「声が大きいよ。知らないお客さんだっているんだから」

黒田は興奮気味な二人を制して言った。

結局、次のステージが始まるまで、つぐみは遥香とともに黒田との話に熱中していた。つぐみとこれほど話をしたのは初めてだった。

二度目のステージが午後十一時に終わると、つぐみと遥香は連れだって帰っていった。

二人をカウンターで座ったまま見送ると、ママがカウンター越しに言った。

「黒田さん。幸せそうな顔をしてたわよ」

「うん、他のお客さんには悪かったけど、美女二人をほとんど独占してたしね。つぐみちゃんの最後の曲、情熱大陸のテーマだっけ？　よかったなあ、僕も情熱が湧いてくるようだった」

「あら、つぐみちゃんに？　それとも遥香ちゃんに？」

悪戯《いたずら》っぽく笑って問いかけたママの言葉で二人の姿を思い出すと、黒田は心の渇きが癒されるような気がした。

「確かに二人ともタイプは違うけれど、癒されるよね。つぐみちゃんは次回いつだっけ」

「来週もございましてよ」

カレンダーを見ながら、ママがウィンクをする。

「さて、じゃあ僕も来週また来るかな」

「特等席を取っておきますわよ」

黒田は会計を済ませた。すっかりリフレッシュしていた。

第七章　共通の敵《ターゲット》

オウム真理教事件以後、警察庁も積極的に反社会性の強い宗教団体をピックアップしていたが、とうていその全てを把握できるものではなかった。

元々黒田は内調と公安総務課勤務当時から宗教に対する興味が強く、中でも新興宗教の範疇に入る団体に対しては社団法人の新日本宗教連絡協議会と連絡を取りながら実態把握を進めていた。

この日も黒田の在室を見透かしたかのように国際電話が鳴った。モサドのクロアッハだった。とりとめのない世間話に花が咲く。

「最近の警視庁幹部には大物が少なくなったね」

「まあ、この傾向はうちだけではなく、日本国内全てに言えることなのかも知れないね。政治、経済、暴力団の中でも昔のような大物はいないよ。宗教界はどうだろう?」

「そうだね。新たな宗教を創る動きは確かに減ってきたようだね。しかし、組織内にはいい人材が育っているみたいだ」

「それは教祖の一族以外で……ということかい?」

黒田は無神論者であり、これまでFBIの同僚やイスラエル・モサドのクロアッハと話をしていても、こと宗教に話題が及ぶと、決まって嫌味を言っていた。

「ジュン、どうして君は神の存在を認めないんだ?」

「神というのは人を殺しすぎるからね」

「それは神が望んだことではない。神の意思を伝えようとする者が誤っただけだ」

「しかし、それが収束することが永遠にないというのなら、神などいない方がいいじゃないか?　余計な神がいるお陰で、勢力争いをしなければならない。馬鹿げた話だ」

「無神論者という立場がわからないではないが、それは一方で文化的な人間ではないという烙印を押されてしまうよ」

「文化的な人間か。確かに君のように紀元前からの文化を持っている民族から言われれば、少しは我慢するが、もしこれをアメリカ人に言われたら、僕はすぐに反論するだろうね。『あなたの国の文化はなんだ？　ミッキーマウスだけかい？』って言ってしまうだろう」

「だんだん過激になってくるな」

「白人国家に行って人種差別を受ける度に、キリスト教の信者面をした連中に『君たちの神は白人だったのか？』と問いたくなる」

「するとユダヤ教は違うのかな？」

「君たちだってクリスチャンから迫害を受けてきた民族だろう？　もし、この世の中から戦争というものがなくなったら、僕は神を信じてもいいと思っている。僕が生きているうちに……だけどね」

クロアッハは何も言わなかった。――ユダヤ教の宗教的な服装で歩かない限り、君は人種差別を受けたりしないだろうからな。

人種差別というものは受けた者にしかわからない。ユダヤ人が「ジュー」と蔑《さげす》まれ、その居住区を「ゲットー」と区別される世界は特にアメリカ全土で顕著である。しかし、ユダヤ人は誇りを持っている。それは歴史的にユダヤ人は神に選ばれし民という、選民思想に基づいているからである。

「……それもまた神の意思ということなのだろう。絶対的な真実はごまかしの真実を駆逐するものなのだよ」

「するとごまかしの真実どうしの闘いは永遠に続くという訳なんだな」

しばらく沈黙が流れた。おもむろにクロアッハが口を開いた。

「ジュンは何に心の安寧を見出しているんだい」

「心の安寧なんてありませんよ。少なくともこの仕事をしている以上はね」

「君には愛する人がいないのかい？」

どきりとした。確かに文子の事件以来、精神的な潤いが全くないと言ってもいいような生活だった。酒好きではあるだけに、酒で気分を紛らわすことは絶対にしたくない性格だった。

黒田の心の動きを見透かすかのようにクロアッハは言った。

「僕はジュンが優秀な警察官であることは認めるよ。しかし、優れた人間であるかどうかは別の話だ。今の君に付いていく部下はどれだけいるんだい」

「人の内心はわからないね。少なくとも仕事上では『付いていく』『付いてこさせる』ということを考えたことはないよ。仕事は自分でするものだ。影響力の有無は別として『黙って俺に付いてこい』というようなナンセンスな意識を僕は元々持ち合わせていないからね」

そう答えると、クロアッハは言い過ぎたと思ったのか、話題を変えた。

「そういえば研鑽教会を知っているよね」

「代々木教と一時期、衝突していた団体でしょう？」

「相互に誹謗中傷を繰り返した挙句、流血沙汰を起こしていた」

「研鑽教会は特殊部隊を持っているようだからね」

「その特殊部隊が、最近さらに過激になってきているのを知っているかい？」

黒田はこの数年、研鑽教会が大人しくなって、海外活動に重点を置いているという情報しか得ていなかった。

「海外活動が盛んなんでしょう？　南米あたりが拠点になりつつあるという話は知っているけど」

「彼らは戦闘地域に傭兵を送る会社をアメリカで組織しているよ」

「イラク、アフガンにも派遣しているようだね」

「その特殊部隊が今、新たなターゲットを探しているとしたらどうする」

「新たなターゲット？　宗教関係以外ということかい？」

「彼らは仏教上の原理主義者のようなものだからね」

「ははは、面白いたとえだね。しかし、彼らの宗教を国立戒壇とするわけにはいかない」

そう答えながら、黒田は得体の知れない不気味さを感じていた。

——研鑽教会の実態をもっと精査しておく必要があるな。

黒田はデスク上のパソコンを開いて研鑽教会のデータを再確認しながら、まだまだ表面上の情報しか入力されていないファイルを眺め、深く反省した。時計を確認して、時差を計算すると久しぶりに世界平和教アメリカ総局長の朴喜進に電話を入れてみた。

「はい、ジュン。珍しいね」

「日本の宗教団体のことについてお伺いしたいと思いまして」

「ジュンが知らないことを私が知っているかな」

「朴さんの知らないことがあるとは思いませんよ」

黒田は正直に言ったつもりだったが、今日の朴からはこれまでの彼らしい明るさとは違った雰囲気を感じた。

「いや……私もちょっと組織内の立場が変わってしまってね。そのことも併せて一度落ち着いて君とゆっくり話をしたいんだ」

「朴さんが日本にいらっしゃることはあるのですか？」

「韓国にならすぐにでも行くことはできるけどね」

「それなら、僕が韓国に参りますよ。仁川空港にも一度行ってみたいと思っていたところですから」

「それなら早いほうがいいな。来週にでも都合はつくかい？」

「もちろんです」

黒田は朴の立場がどう変わったのかが最も気になるところだった。

朴がアメリカ総局長になっていることはクロアッハからの情報で聞いてはいたが、それ以上の地位に上がったのか、それともどこかに飛ばされてしまったのか、把握できていなかった。国内の宗教団体について尋ねた直後に話題を変えたところに妙な胸騒ぎを覚えたが、会ってみなければわからないと自分に言い聞かせながら、海外出張の準備を始めた。

仁川空港は今や世界一美しい空港と言われている。アジアのハブ空港としての地位を確立し、この結果、欧米の財界人や有力政治家は日本を経由することなく中国、韓国との交流を図ることになった。これは日本経済にも大きな影響を及ぼすこととなり、結果的に日本も羽田空港をハブ化することにより、仁川空港への対応策を行ったが、時はすでに遅かった。それでも、日本の優位性が中国、韓国に対して保たれているのは、日本の工業技術、その中でも原材料を生産する能力が極めて高いからだった。

黒田は初めて目にする仁川空港の広さとガラス屋根の美しさに目を奪われた。仁川空港の清潔さは、ちょうどディズニーランドのそれを思わせる。清掃スタッフが衛生環境に始終、目を光らせているのだった。また、仁川空港はレストランや最新鋭のコンピューター環境も整ったインテリジェントビルでもあった。空港内に設置されている国内外への離着陸案内板に目をやると、トランジットの便利さは日本国内のいかなる国際空港をも上回っているのが分かる。

「韓国は本気で東洋のハブを狙っているんだな」

黒田は呟きながら、仁川空港から高速鉄道でソウル市街に入った。日系のホテルにチェックインし朴の携帯電話に連絡を入れると、彼はホテルに迎えにきた。

「久しぶりだなジュン。いい面構えになったな。今はエージェントリーダーかな?」

サングラスをかけた朴は白い歯を見せた。

「お久しぶりです。マイナーリーグのプレイングマネージャーというところですね」

「マネージャーなら素晴らしいじゃないか」

朴は嬉しそうに笑いながら、黒田を国会議事堂近くにある教団オフィスに案内した。

「ここが一番安心して話ができる」

朴の部屋の入口には「マネージャー」の案内札がついていた。

「マネージャーになられたんですか？」

「教祖ファミリーを別にすると、運営のトップになってしまった」

「それは素晴らしい。僕なんかと会っていてよろしいんですか？」

「逆に会っておかなければならない存在だよ。ジュン」

朴は黒田を革張りのソファーに座らせると、向かい合わせに座りながら横を向いたまま言った。朴の言葉と仕草にはどこか落ち着きがなかった。

「教団のトップともなると、様々なところからのプレッシャーもあるんでしょうね」

「百万人を超える信者を抱えているわけだ。当然ながら様々な要望も多いからね」

朴は肩をすくめる。

「地域によって政治体制も国民の資質も歴史も違いますからね。教祖の言葉一つ伝えるにしても画一的な信仰活動は難しいのでしょうね」

「ピューリタンがアメリカで多くの先住民を殺さざるを得なかったのも、結果的に神を受け入れることができない相手だったからだ」

朴の言葉には力がない。

「すると、同様のことがあなたの宗教に起こっているということなのですか？」

黒田の質問は核心を突いていた。

「残念ながらそうだ。しかし、私は今、それを懸命に制御している。内部の先鋭部隊を懸命に説き伏せながら、正しい道に進めようとしているのだよ。過去の過ちを何度も繰り返してはならないからね」

朴はそう言うと、目を伏せた。

「過去の過ちですか……」

黒田は朴の苦しみの最大の点がそこにあることに気付いた。「先鋭部隊」の存在はかねてから噂としては聞いていたが、これまでどれだけの非合法な行為を行っていたのか、想像するだけでも背筋が凍えた。

——おそらく朴は知らなければ幸せだっただろう、教団の汚れた過去を知ってしまったに違いない。自分を「会っておかなければならない存在」と言ったのは、何らかの不法行為が日本国内でも行われていて、それを警察の力を借りてでも阻止、もしくは断罪させなければならないと感じているからなのだろうか……。

あえぐように朴は言った。

「オウムも、最初からあんな狂気の宗教ではなかったはずだ。唆した誰かがいたはずだ。最初に彼らを唆したのは誰だったか？　結果的に警察と社会によって抹殺された教団でも、初期の教祖の考えを信じる者は地下に深く潜行してもなお、その教えを信じている。教えは絶えることがないのだよ。それが宗教というものだ」

「オウムとあなた方は全く違うでしょう？　それとも、あなた方を唆す存在でもあったのですか？」

朴はなかなか黒田と目を合わせようとしなかった。黒田の顔色を窺っている様子だったが、微妙に視線を外していた。

「教団本体は教祖の教えに従って誤った方向には進んでいない。しかし、教祖が高齢になり、後継者問題が浮上してくるようになると、一部の者が突出した行動に出ることがある。そこで宗派が分かれ、また新しい宗教団体が生まれる。内部分裂の原因が後継者問題にあるケースは実に多い」

「あなた方の宗教は、教祖がご生存されていますからね。それも、一代で世界的な教団になり、政治的にも大きな影響力を持つようになっている。世襲は、後継者がよほど優れていない限り難しいものです」

朴は言った。

「君の国の代々木教がいい例だ。教団のトップが世襲を決めた段階で内部分裂が始まる。後を継ぐ者がそれほど優秀な者であれば問題はないのだが、宗教を私してはならないんだよ」

なるほど、黒田は神妙に相槌を打ちながら本題を切り出すタイミングを計っていた。研鑽教会の先鋭部隊について、朴の口から語らせたかった。

「あなたの言うことはもっともなことだと思います。どんな企業だって創業家を守りたいという意志が全社員にあったとしても、後継者としての能力を伴わない者をまでトップに据えてしまうと、大きな組織になればなるほど組織維持が困難になる。それと同じようなものなのでしょう。

ところで、いま、代々木教の名前が出ましたが、彼らの中にも先鋭部隊がいるようです。あなたの知る限り、先鋭部隊を持つ宗教団体はどの位あるものなのですか？」

朴がようやく黒田と目を合わせた。その目は実に寂しそうな、しかし、穏やかな目だった。

「それを知ってどうしようというんだい？　ジュンは」

「不法行為を起こさなければそれで構いません。しかし、実態は知っておかなければならないと思っています。朴さんには一番安心して聞くことができると思って相談したのです。確かに現在は微妙な立場になられているとは思いますが」

「確かに『餅は餅屋』と、君の国では言うようだからね。まず、モスレムは全ての団体で非公然部隊を持っている。これは原理主義が『ジハード』をはき違えているからだ。『死を以て貴し』という誤った理念が原因だ」

語り始めた朴の目の奥が妖しく光る。

「次にキリスト教ではバチカンを始めとして幾つかの団体にそれがある。バチカンそのものはスイスの傭兵に守られているが、コンクラーベが常に映画の主題になるように、権力闘争は凄まじいからね。バチカンと考えを異にするクリスチャンもそうだ。我々のような原理主義に近い教団もしかり。ユダヤ教はモサドを持っている。日本国内では代々木教と研鑽教会が強いな。特に後者は教団ぐるみでプロを養成しているだけあって、注意した方がいいだろう。南米ではコカインや覚醒剤を扱いながら、我々の教団と闘っているよ。なかなか手強い団体だ」

「やはり研鑽教会はそこまでやっているのですね。ＣＩＡが目をつけるはずです。実は僕が一番知りたかったのが研鑽教会の実態だったのです」

「さすがにジュンだな。いいところに目を付けている。しかし、向こうの方が君たちのことをよく知っているはずだよ。百人規模で警視庁に潜入している。しかもトップは警視クラスだからな。全てのセクションにいると思って間違いない。優秀なメンバーを送り込んでいる。代々木教が幹部を獲得するのとは違って、共産党のように深く潜入しているのだよ」

黒田の顔がうっすらと紅潮した。まさか百人規模とは——それは黒田が予想していた倍以上の数字だった。

「そうですか……朴さんはそのメンバーの一部をご存じなんですね？」

朴は頷く。

「彼らはうちの教団にも潜入している。というより、一部の地域では共同作戦を展開しているようだ」

黒田は驚いて尋ねた。冷や汗が背中を伝う。

「キリスト教原理主義と日蓮宗の原理主義が手を結ぶということがあるのですか？」

「共通の敵ができたときは、目を瞑って手を結ぶのだよ。モサドとハマスのようにね」

「……敵にはしたくないものですね」

朴はぐっと唇を引いた。しばらくどちらも声を上げなかった。やがて朴が口を開くと、

「それはもう手遅れかもしれない」と静かに答えた。

「なんですって!?」

黒田は思いもよらぬことを耳にして、我が耳を疑った。朴は黒田に教え諭すように続ける。

「私が知っている範囲では、彼らの敵は警察、しかも日本警察の警視庁だよ。その理由は明らかだ。オウム事件以来、日本警察はカルト叩きの最強勢力となってしまった。カルトが何かという基本概念もないままにね。でも、日本ではテロは起きないとは思うよ。テロリストにとって日本は世界中で最も安心して潜伏できる場所だからね。

しかしながら、警視庁、特に公安部は世界中の宗教団体を敵に回してしまったのだよ。世界で日本ほど多くの宗教団体がある国は少ない。八百万の神々がいるわりに、信仰というものに対する敬意が薄い。だから平気で他の宗教団体を視察、監視することができるんだ。我々の団体も同じだろう?」

黒田は言葉を返すことができなかった。

日本警察が初めて宗教団体の違法行為とされた「イエスの方舟事件」で、摘発に失敗して以来、宗教は捜査のタブーだった時代が続いた。しかし、オウム捜査ではこれまでの鬱憤を全て晴らすかのような徹底した公安捜査が行われた。オウムに荷担した団体、個人は徹底的にあぶり出され、社会から排除されていた。その後、多くの宗教団体が危険団体という可能性を理由に視察、監視されていたのだった。

「警察を敵に回すといいますが、警察相手に戦争を始めるわけではないでしょう？」

朴の真意を知りたかった。

「別に戦争をしようなどとは思っていない。ただ、警察、なかでも警視庁の沽券《こけん》を地に落として溜飲を下げる程度だ」

「警視庁を地に落とす……ですか……。しかし、もし、我々がこれを事前に阻止してしまったら、彼らは全く立つ瀬がなくなってしまうのではないですか？　朴さん。どうしてそこまで僕に教えて下さるのですか？」

黒田は朴に感謝をしながらも、新たな疑問が湧いていた。すると朴はまたしても信じられないことを漏らした。

「ジュン。実は君にというより、日本警察に心からお詫びをしなければならないことがあるんだ。君のかつての上司だった、そして君が心から尊敬していた、あの吉沢警視正を殺害したのが、我々の当時の非公然部隊であることがわかったのだ」

言葉を失った。

朴の顔を見つめながら、黒田は茫然自失の状態になっていた。

「私が教団の先鋭部隊の行動記録を確認していた時にこれがわかったんだ」

「理由は……吉沢さんを殺さなければならなかった理由は何だったんですか」

黒田は怒りよりも、どう対処すべきか迷う自分に言葉が震えていた。

「理由は二つあった。一つは彼が大阪の公安第一課長当時に検挙したスパイ事件で、国外追放となった男が教団の非公然部隊のリーダーの息子だった。彼は強制送還後、組織によって命を奪われた。これに対する当時のリーダーの個人的逆恨みだった。もう一つは、彼が警察庁警備局理事官だった頃、教祖の来日を阻止し、当時、教祖を歓迎しようとしていた多くの国会議員に対して恥をかかせたという点だ」

「それは、警察庁の立場としては当然すべき行為だったたじゃないか!」

珍しく声を荒らげ、朴に対して糾問《きゅうもん》する姿勢になっていた。

「確かに、ジュンのいうとおりだ。私としてもこの事件に関してほおかぶりするつもりはない。証拠と共に被疑者を差し出すこともやぶさかではないと思っている。しかし、これは当時の非公然部隊のトップが勝手にやったことで、教祖は全くあずかり知らないことだったのだ。そこを理解してもらいたい」

朴は正面から黒田を見据えていた。

「オウムも当初そう言っていたよ。サリン事件はすべて化学担当のあの男がやったことだ、奴を差し出すから教祖には手を出さないで手打ちにしてくれとね」

「オウムと我々は全く違う」

「そうかな。オウムは確かにサリン事件という無差別テロを行ったが、一警察官を狙うようなことはしなかった」激しい口調だった。

「長官狙撃事件はどうなんだ？」

「あれをオウムと断定した公安部が不思議だとしかいいようがない」

「君はあれはオウムの仕業ではないと……？」

「僕はあなた方に近い組織の犯行……便乗犯かと思っています」

「それよりも、吉沢さんの殺害に関しては、近々に証拠資料を提供しよう。ただし、これはあくまでも組織的な犯行ではなく、個人の逆恨みだと思ってくれ。そうでなければ私が、いくらジュンが相手だといっても、明かしたりはしない」

「わかりました。証拠を精査して立件します。この点に関しては深く感謝いたします」

「ついでに私が把握している研鑽教会信者の警察職員を教えてあげよう」

「ありがとうございます。早急に対処します」

「こんな話をした後だが、食事を付き合ってくれるかい」

「喜んで」

黒田は立ち上がると朴の手を握って言った。

「ニューヨークの魚市場であなたに声を掛けてもらってよかった」

「私は妙な勘が働くのだよ。『この男は面白い』ってね。そうするといてもたってもいられなくなってしまうんだ」

朴が案内してくれた隠れ家のような店は、韓国上流家庭料理の店だったが、素材は厳選されており、肉、海鮮はもとより、野菜がどれも甘く美味しかった。

「ところでジュン、新しい恋人は見つかったのかい?」

「まだそこまで回復していませんよ」

黒田はグラスの酒を一気に飲み干した。

「君のように神も信じない男は、心が穏やかになるような女性を傍に置いた方がいいな。君も、相手も幸せな気持ちになれるだろう。そして、いい仕事ができる」

「見つかるといいですけどね」

「いや、もう見つけているよ」

「そんなことがわかるのですか？」目を丸くする。

すると、黒田の反応を楽しんでいるかのように、朴は言った。

「勘が働くと言ったろう。どんなに忙しくても疲れていても、きっと君を笑顔で迎えてくれるような女性だ」

「そんな女性、会ったことあったかなあ。すると、僕はその子と付き合うわけですか？」

黒田はこの数ヵ月で話をした女性を思い出しながら尋ねた。

「それは君次第だ。気付かないまま終わってしまうかも知れない」

「どちらとも取れる、宗教的な意見だなあ」

「ははは、これは宗教ではないよ」

朴は黒田でさえ惚れ惚れとするような穏やかな笑顔で答えた。その姿はまさに聖職者の姿に見えた。

二日間の韓国出張から帰国して情報室に戻った黒田は、部下の内田仁《うちだひとし》を呼んだ。彼は現在遊軍キャップとして黒田同様、情報室内の全ての案件に携わっていた。

「急ぎの捜査をしてもらいたいんだ。研鑽教会のデータを洗い直して、教会内の主要人物を全てチェックしてくれ」

「奴らは最近どうも強引な勧誘でトラブルを起こしているみたいですね」

「ああ、妙な動きをしている」

「警視庁内に潜入している可能性はないのですか」

「警視を筆頭に百人規模、主要課に配属されているようだ」

「すると、データベースのチェックもされている可能性がありますね」

「幸い、今までこの部屋では宗教団体のチェックを大してしていなかったが、今後は足跡を残さないようにしなければならないな。情報室員全員に周知徹底させておく必要がある」

「宗教団体のデータは公安部独自のデータシステムにあるだけですよね」

「いや、捜査二課と生活安全部にもある。ただし、生安にあるのはすでに消滅した団体だが、残党の動向を探るときには役に立つから、一応参考になるよ」

「なるほど、詐欺師は手を替え、品を替えですからね。きのう壺を売っていた男が翌日は足裏診断をやって、法華経が突然、般若心経を読んでいますからね」

内田はすかさず答えた。

「相当、勉強したな」

「室長の後を追いかけているだけです。どの資料を見ても室長の名前が出てきましたよ」

「初代宗教担当だから仕方ない。当時は人がいなくてデータベースの基本部分も作っていたからね」

黒田は当時の大変な作業を思い出して、渋い顔をした。

「そう言えば、小笠原から佐藤慎一警部補が異動されるようですね。公安部の初代ハイテク捜査官だった方でしょう？」

「そう。内っちゃんも、彼からいろいろ技を習うといいよ」

「楽しみにしています。室長、最近、西荻の『スプーン』には行かれていないんですか？」

楽しそうに質問をしてくる。

「以前に比べるとかなり足が遠のいてしまったけど、月に一度は行ってるな。髪を切りに行った帰りに寄ってるよ」

「散髪ですか。室長は床屋派ですか？　美容院派ですか？」

「一度、美容に行くと理容は行けなくなるね。仰向けで洗髪してもらうのがいいね」

「西荻にある美容院なんですか?」

「三鷹なんだ」

いちいち感心するように頷きながら、内田は笑った。

「へえ、こだわりがあるんですね。でも、あの『スプーン』にはまた行きたいです。警察学校に行く帰りに、とは思っているのですが学校帰りは連れがいるので寄りづらくて」

「なるべく広めたくない店だからな」

気の効いた小料理屋で、黒田のお気に入りの一軒だ。

「しかし、室長は謎ですからね。住まいも誰も知らないですしね」

「申し訳ないと思っているけれど、組織防衛だ。仕方ない」

「室長ご自身もご不便なんでしょうね。全てご自分でなさらなければならないんですから」

「ああ。彼女を作ることもできないよ」

黒田が笑いながら言うと、内田は余計なことを言ってしまったと思ったのか言葉を途切れさせた。

「また行きつけの店ができたら、ここを離れた後にでも連れて行って下さい」

「理事官ポストはそんなに長くやるところじゃないからね。しかし、その次はもっと大変だ。管内居住が義務づけられているわけだろう。僕の性格からは実に厳しい条件だよ。単身生活に慣れているぶん、管内で晩飯の材料を買い物する姿はあまり見せたくないからな」

「署長が地元スーパーで買い物って、見たことないですよね」

「かつて、県警本部長になって家族と一緒に赴任した方が、自転車に野菜を積んで乗っているのを警護課の職員に見つかって、苦情を言われたっていう笑い話を聞いたことがあったな。でも、それを奥様が申し訳なさそうに言うものだから、気の毒になったよ。奥様は病弱だったんだ」

「あすの室長の姿みたいですね」

警視庁の署長、副署長は原則として勤務する警察署管内の居住が義務づけられている。

そしてその多くが単身赴任になっているのが実情で、これは全国の都道府県警本部長も同様である。一、二年周期で転勤を繰り返すため、家族を伴って移動するのは負担が大きい。子供の学業に支障がでないとも限らなかった。

「まあ、馬鹿話はこれくらいにして、研鑽教会の件は早急に頼むぞ」

すると内田は黒田のこの一言を心待ちにしていたかのように目を輝かせて答えた。

「了解。実はあそこにタマ候補がいるんです。もともと理科大の同級だった男なんですが、歯科医に転身して入信したんです。彼は格闘技の世界でも有名になった男で、何でも教団内でも格闘技の指南役をやっているそうなんです」

「それは面白いな。あの教団の先鋭部隊というのがどうも気になる存在なんだ。その点が最重要課題でもある。頼んだぞ」

内田は黒田から週に一回は声を掛けられ、黒田の執務室に入るのが楽しみだった。黒田は得体の知れない独特の雰囲気を持っている。警察官の匂いが全くしないのだ。クールで生活感がなく、服装は常にアイビールックで、スマートなのだが、どこかに影がある。ふと距離を感じさせる時があるかと思えば、子供のように天真爛漫な姿を見せることもある。不思議な魅力を湛えた存在だった。

その黒田が警部補の中では自分を一番可愛がってくれているような気がして、それがまた嬉しいのだ。この人のためなら何でもしてしまいそうな自分が、自分でも怖く思うところがある。

黒田自身、かつてそんな上司に出会った話をしてくれた。黒田が、いつものクールな会話の中で「あの人が『殺せ』と言ったら、僕は間違いなく、何の疑問も持たず、何の躊躇もなく殺しただろうね」と、実にさりげなく言った時は、さすがに背筋が凍る思いがしたものだった。その上司は亡くなった吉沢だった。全国警備警察の中で「全国吉沢会」というファンクラブのような会があったと未だに伝説が残る人物だ。どうやら黒田はその幹事役のような存在だったらしい。

「吉沢さんはキャリアでありながら、自分の視点を僕の高さまで下げて話をしてくれた。今の僕はあの方との出会いがあってから変わったんだよ」

黒田はよく吉沢の思い出を語った。

黒田はキャリアではないし、全国に対する影響力などありはしない。しかし、内田にとっては「自分を見いだしてくれた恩人」に違いなかった。

翌日、内田は同級生の歯科医、岡部《おかべ》知広《ともひろ》を訪ねた。

「儲かってそうだな」

「インプラントと歯科矯正がメインだからな。特殊技術だよ」

「従業員は何人いるんだ？」

「ドクター四人と技工士、衛生士、受付合わせて十五人。大した規模じゃないよ」

「今時、それだけの職員を雇うだけでも大したもんだよ」

「まあ、時代の先取りが上手くいっただけだ。ところで今日はなんだい？　また宗教の話かい？」

岡部のいいところは、自分が信仰をもつ宗教に他人を勧誘しないところだ。本来なら折伏こそが彼が信仰する研鑽教会の最も重要な活動なのだが、彼の場合は、入信した者をさらに向上させるのが役目と考えているらしく、折伏に使うエネルギーは他のことに使うことを喜びとしていた。

彼は歯科医でありながら多彩な趣味を持ち、格闘技はもちろん、自動車レースは国際A級ライセンスを取得し、国内でも入賞実績があった。また声楽は音大で本格的に勉強したプロも舌を巻くテノールで、趣味にしておくのは実に勿体ないほどのレパートリーもあった。

彼が使う格闘技は台湾のライタイと呼ばれるカンフーの一種で、中国皇帝側近の護身武術である。日本国分会を任され、世界大会での優勝経験も多い、その道でも著名な存在だった。

「ちょっと妙な話を聞いたもので。岡部と教主一家の関係を教えてくれないか」

内田は探るような目付きだ。

「教主とその息子の次期教主も僕の患者の一人であり、息子は武道の弟子でもある。息子の嫁さんは声楽仲間という、一族と深い関わりを持っている」

「なるほど」

「教団設立当時から教主を支えてきた者の中には、僕を疎ましく思っている連中もいるようだ」

「思ったより複雑な状況なんだな」

「それはともかく、ここ数年、息子が異常なほど格闘技に興味を持っているんだ。自衛隊の特殊部隊や警察官、さらには海外でも退役軍人をかき集めている。僕が直接指導する者もいるが、アマチュアとしては結構レベルが高いな」

「現役の兵士が信者なのかい？」

内田は思わず身を乗り出した。

「僕のかつての生徒で、中東の王室で格闘技を指導している男がいるのだが、彼からも同様の情報が届いているよ。なんでも、イラクやアフガニスタンで傭兵として働いている者に、研鑽教会信者が多いという話だ。教主の息子もこれを認めていて、アメリカのサンフランシスコ郊外にジャンボジェットが離着陸できる訓練施設を持っていて、そこから正義の戦士を送り出していると言っていた」

「日蓮宗にもジハードがあるのかい？」

「麻倉徹宗はもともと東大の経済出だ。現在の経済戦争の中心は中東のオイルマネーだと考えて、これに環境問題が絡み、今後の世界経済を左右することになるだろうと言っているよ」

「新興宗教も奥が深いんだな。最近は東大卒がやたら目につくよ。オウムの時もそうだったがな。そして、結果的に先鋭化してしまう傾向もあるんだ。そこに一抹の不安を感じるから、警察も無視できない」

内田ははっきりと述べた。

「君の言うことは理解できるよ。僕も武術家として、誤った方向に進まないように願うとともに、軌道修正してやらなければならないときには身体を張るつもりでいるよ」

「頼もしいな。しかし、麻倉徹宗が武術にのめり込んだ原因は何だったんだ？」

「代々木教とのバトルで死者が出たことが始まりだ。その時、日本警察は何もしてくれなかった、というよりも警察は代々木教に支配されているかのような動き方をした。それからニューヨークで世界平和教と争い、中南米で麻薬グループと闘って……多くの指導者が殺害された」

「そんなことがあったのか」

「決して過去の話じゃない。現在進行形の話だよ。特に麻薬カルテルを組む奴らは、我々の教えを悪魔のように吹聴し、自分たちの利権を守ろうとしている。リアルタイムで様々な現地情報が入ってくる。それもインターネットなんかを通さずにね」

「ネットを通さず？」

「うちの教団は独自衛星を四基持っているからね。エシュロンやＣＩＡのフィルターには全く引っ掛からない通信手段だよ」

「凄い組織なんだな」

思わず本音が漏れた。内田にとってそれは想像を超えていた。

「少なくとも、日本警察よりは遥かに進んでいるだろう。金のかけかたが違うよ。人件費なき世界の強みでもあるかな」

「おまけに税金もないからな」

内田はそう嫌味を言うのが精一杯だった。

「義務がないのは法律が定めているのだから仕方がない。納税を拒絶しているわけじゃないからな。我々は違った形でこれを世界中に還元しているよ。訳のわからない税金の使い方とは全く違うよ。君の職場にも税金泥棒みたいな奴がたくさんいるだろう？」

「ああ。四人に一人は税金泥棒だ」内田は思わず苦笑していた。

「宗教団体は税金を払っていないがごとくいわれるが、信者のほとんどは善良な納税者であり、そのうえお布施まで支払って、自らの救いを求めているのだよ。我々はまず信者に救いを与え、そしてその残余でその他の人々が幸福を享受できるようにしている。僕のように宗教専従でない者は大したことは言えないが、専従の方々で贅沢な暮らしをしている人はいないよ」

「……そ、そうか」

なかなか反駁することができず、顔を赤らめている内田に岡部は容赦ない。

「君はまだ宗教論争が出来るほど学問としての宗教を学んでいない。もう少し基本を学ぶことだな。ところで、今日の本題は教団内の武闘派の件だったろう？」

「よろしく頼む」内田は素直に頭を下げた。

「その武闘派なんだが、どうやら世界平和教との共同歩調をとっているふしがあるんだ」

「やはり、噂は本当だったか……」

内田は情報の裏付けの一端が取れたことを密かに喜んだ。

「そんな噂が耳に入っていたのか？」

それまで余裕の表情を浮かべていた岡部の顔色が変わった。

「そこが気になったんだよ。実はその共闘関係になった武闘派の共通の敵が警視庁らしい」

内田は踏み込んで聞いた。この内容に彼がどの程度の反応を示してくるか……一つの賭けだ。

「考えられなくもない話だが、警察を敵に回して何をしようというのだろう。特にうちとしては代々木教との争いがようやく落ち着いてきたところだ。代々木教と警視庁は一体という認識を持っている者がうちの幹部の中に多いのは事実だが、かといって警視庁を襲撃するわけでもあるまい」

「そう、そこがわからない。我々としても『敵』とされたからには、徹底した殲滅作戦を秘密裏に履行しなければならないからな」

「公安の出番というところなんだな」

「そういうことになるだろう」

緊張した空気を破るように、岡部が聞いた。

「内田、君の今のポジションはどういう立場なんだい。情報室は公安とは違うようだが」

「一言で言えば、情報の集約センターだな」

「情報にもいろいろあるだろう、インテリジェンスなのかインフォメーションなのか」

「インテリジェンスだな。同時に捜査も行う」

なるほど、と頷くと岡部は、

「するとあらゆる情報を集めて事件化するところなのか？　ＦＢＩとＣＩＡを一体化させたような形か？」と尋ねる。

「詳しいんだな」

内田は彼の口からそんな言葉が出て来ようとは思ってもみなかった。

「昔から『００７』はよく観てたからな。マンガの『ゴルゴ13』は全巻持っている。どこまでが本当でどこからが虚偽なのか全く判断はできないが、日本にも内調なんかがあるんだろう？」

「そうだな。しかし、内調の最大の弱点は捜査能力がないところだ。情報を集めるだけの組織は、その対処能力に欠ける。これはうちの室長の受け売りだけどな」

「室長はいわゆるキャリアなのか？」

「いや、ノンキャリの警視だ」

「ノンキャリ警視じゃ大したことないな。警察トップはさほど期待していない組織なんじゃないのか？　この辺りの署長だって警視正だぜ」

岡部は遠慮がない。

「まあ、階級社会だから一般的にはそう見えるかも知れないが、力はあるな。室長は長官、総監とサシで話ができるからな。それに予算も半端じゃない。と言っても所詮は予算の範囲内だが、シーリング枠で十分に使っている」

内田は胸を張る。

「そんな警視が実際にいるのか。小説の世界のようだが」

「事実は小説よりも奇なりというところだ」

「面白そうだな。君はその上司に惚れてるわけか」

口をすぼめて岡部は内田を見つめる。

「ああ、好きだな。このひとのためなら……と本気で思うよ」

「羨ましい話だ」

「お前だって教主に対してはそうだろう？」

意外だという表情で内田が聞くと、

「ああ。しかし、僕は世襲というものに疑問を持っていてね。だから徳川家康って奴が歴史上最も嫌いな奴なんだ」岡部は口元に笑みを浮かべた。

「ほう？　面白いことを言うな。どうして徳川家康なんだ？　天皇家はどうなんだ？」

「天皇家は国家の基軸だ。徳川はただのボディーガードに過ぎない。それが武士だったろう？　それが天下を取ると、第一に考えたのが『お家の大事』だ。天下、国民は徳川家を守るための道具として社会機構を創った。そして二百五十年間の江戸時代が続いたわけだ」

「なるほどな。世襲制度の弊害が嫌なわけだな。すると、今のおまえは教団の行く末に疑問を持っているというのか？」

「そうだな、いくら優秀だと言っても、弊害は免れないからな……」

岡部は言葉を選びながら言った。

「むずかしいものだな。もし、今後、組織の中で妙な動きがあれば教えてもらいたいんだが……」

「いいだろう。教主も考えを改めるいい機会になるかも知れない」

岡部との面会を終えた内田はデスクに戻ると、研鑽教会のデータファイルを呼び出した。

内田は軽い興奮を覚えていた。直接宗教に触れたような気がしたのである。

黒田はこれを十年以上やってきているわけだ。黒田自身も独自のルートで研鑽教会を調査しているはずだった。この案件を内田は黒田と競ってみたいと思った。

内田が険しい表情で研鑽教会の基礎資料を読み込んでいるところに、黒田がやってきた。

「内っちゃん、何か気になることはあったのかな」

「教団の世襲化に疑問を持つ幹部がいるのではないかと思って、対比表を作ってみようかと思っています」

「ほう……」

黒田は内田の発想のセンスのよさに感心した。

「宗教団体の分裂にはほとんど後継者争いが背景にあるからな。あそこの後継者は東大出の優秀な息子だろう？　批判者がいるという話は聞いたことがなかったが……実際にあるのか？」

「話を聞いたかぎりでは、皆無ではないというところです」

「わかった。報告を上げてくれ」

黒田はよほどの内容でない限りA４サイズ一枚で報告するように指導していた。文書能力の向上もその目的の一つであったが、黒田自身がより早く目を通しやすくするためでもあった。黒田の文書の読み方は異常なほど早く、かつ正確だった。


「室長。研鑽教会に関するレポートです」

黒田は報告書を受け取ると、一瞬で目をとおして内田に言った。

「これは重要な内容だな。奴らは何をやろうとしているんだろう。世界平和教の動きと一致するな。しかし、内部矛盾も出てきているとなると……狙い目はそこなんだが、内っちゃんは、これをどうやっつけるつもりなんだい」

「昨日会った歯科医の岡部知広は、徹宗の武道の師匠でもあるわけで、武闘派の連中の動きも注意すればわかるようです。慎重に情報収集したいと思っていますが……」

「整理してみよう。どうも、今回うちが狙っている一連の詐欺事件の背後には、ここに登場する三つの宗教団体と、それを巧みに利用している組織の存在が見え隠れするんだ。そして、これに全て関わっている政治家が大林義弘ということになる」

——詐欺の連鎖。

内田は何度も頷いた。詐欺事件という捜査の本筋を反芻しているのだろう、と黒田の目には映った。

「その岡部という同級生は多芸なんだよね？」

「歯科医でありながら自動車レーサー、格闘家、声楽家で、どれも一流です」

「その中で、政財界との繋がりがないのか、それとなく聞いてみてくれないかな。どのジャンルも政治家、財界人が好むところだからね。そこから、何か接点が見つかるかも知れない」

内田は目から鱗の状態だった。このマルチな発想こそが黒田だった。

「今回は先方にも、こちらが急を要しているという意識を与えて構わないと思う。先方だって、これを組織改革の契機にしたいと考えているわけだからね」

なるほど……内田は目を輝かせていた。

＊＊＊

黒田は研鑽教会内の協力者と会う前に久しぶりにクロアッハに連絡を入れた。

「君がこの時間に僕のところに連絡をしてくるというのは、マンハッタンで一緒に酒を飲もうという話じゃなさそうだね」

残念そうな声色でクロアッハはおどけた。

「できればそういう会話をしたいところなんだが。この案件が片付いたらグリニッジビレッジで美味い酒を飲みたいものだ」

「あの街も変わってしまったよ。僕は最近ハーレムの方が好きになってね」

「あそこもジュリアーニ以来、様変わりしたようだが？」

「ハーレムは精神が変わってないね。多くのアメリカ音楽が生まれた街らしい魂が残っているよ。息遣いとでもいうかな」

「わかるような気がするね。しかし、君も昔はグランドセントラル駅からハーレムラインに乗ってスカースデールに帰る時、『その駅だけは降りたくない』と言ってなかったっけ？」

懐しい話を黒田が持ち出すと、クロアッハは声を上げて笑った。

「それは若気の至りというものだ。こんなに温かい街はゲットー以上だよ」

「変われば変わるものだ」

今度は黒田がおどける。

「成長したと言ってくれ。ところで」クロアッハは低い声で聞いた。「酒の誘いじゃないということは、また日本で大事件でも起きているのかな」

「そう……宗教関係でちょっと教えてもらいたいことがあるんだ」

「君から宗教の話とは珍しいな。場所はどこだい？」

「中南米だ。コロンビア周辺と言った方がいいかな。世界平和教と日本の研鑽教会という団体の動きを知りたいんだ」

黒田は率直に尋ねた。

「それについては、既にCIAから日本警察に情報が伝わっていると思うんだが」

「何となくはな。先週末、ソウルで世界平和教の朴喜進と会った」

黒田は反応を窺うように言った。

「なに？　奴はいつ出国したんだ？　奴の動向はCIAが確認しているはずなんだが」

「どこ経由で帰国したのかは聞いていない。しかし、その前は間違いなくニューヨークにいたはずだ」

「朴は今、アメリカ総局長兼教団ナンバースリーの地位だ。絶大なる権力を持っている。特にブラジル、ボリビア、コロンビア等の北部南アメリカではね」

さすがに耳が早いクロアッハだ。

黒田は一呼吸置くと、

「その絶大な権力者から、とんでもない懺悔を受けたよ」と告白した。

「懺悔？　ジュンはいつから神父になった？」

クロアッハは冗談交じりに言ったが、決して声は笑っていない。

「君は、かつての僕の上司だった吉沢を覚えているかい？」

「彼のことは世界中のエージェントは皆知っている。日本の実質的なエージェントのトップが殺されたんだからな」

「……殺ったのは、世界平和教の裏部隊だった」

抑えた声で、黒田ははっきりと伝えた。

「何だって!?　ど、どういうことだ」

さすがのクロアッハも驚きを隠さなかった。

「あの教団も、一部は腐っていたということだ。教団の意思ではなく、一部の人間の個人的な恨みを晴らすために、裏部隊が使われたようだ」

「裏部隊……ところで犯人は特定できるのかい？」

「証拠資料が間もなく届くはずだ」待ち遠しい資料だ。

「あの事件が片付くだけでも大きな成果だが、世界平和教も世代交代の危機が訪れているんだな」

　ああ、と黒田はつぶやき、

「新興宗教団体はどこも世襲が問題になっている。権力と金を握ってしまうと、これを手放すのが惜しくなるんだな。日本の多くの政治家と同じだ。政治を私するのと同様に宗教を私するようになっていく」溜め息交じりに続けた。

「しかし、それを求める国民や信者の存在があるのだから仕方ないだろう」

「国民も信者も、その程度なのさ。少し冷静に考えれば、それが正しい選択なのかどうかは容易に判断できる」

　つい、批難の口調が強まる。

「しかし、その中に入ってしまうと周りが見えなくなってしまう。おそらく教主は誰も純粋なのだろう。その純粋さにつけ込む輩が勝手に権力闘争を行うようになる。宗教も政治も同じだよ」

　黒田はクロアッハの言うことがよく理解できた。日本の民主主義はまだ発展途上なのである。日本の教育レベルは高いと言われるが、レベルが高いのは義務教育の中でも最低限の初等教育中盤までの話だ。それ以降のものとなると、むしろ後れをとっている部分も多い。つまり、日本の教育水準は決して高くないのだ。とくに、教育の前段にある基本的な人間教育をおろそかにしてきた弊害が、今日の若い親達の社会常識の欠落という形で表われていると思っていた。それを思うと、黒田はふと厭世的な気分になるのだった。

「まあ、日本という国家に宗教理念を持ち込むことが難しいのはわかっている。しかし、倫理観の根底に哲学ではなく宗教を持ち込むことは、僕個人の感覚としてなかなか受け入れられないいんだ」

「無宗教のジュンにもそういう感覚が残っていることを知って嬉しいよ」

「国家観というものはそんなものなのかも知れない。僕は愛国心というよりも、自分を育ててくれた本質というものに固執したい。そこに国家が存在しようとしまいと関係はないのだが、この世に生を受けたよりどころが欲しいのだろうと思う」

強い実感をこめて黒田は言った。

「それが愛国心というものだ。自分の国を思わずして、世界も地球も語ることはできないだろう。いいんだよ。無理に突っ張る必要もない。ジュンが、自分が生まれた日本という国を大事に思っていることを、世の中の誰ひとりとして非難する者はいないよ」

クロアッハの言葉が心の奥底まで届いた。これまで自己矛盾を繰り返していた国家と自分との位置というものを、何とはなくではあったが、理解できるところまできたと思えた。

「クロアッハ。僕はこれまで、何にとらわれて生きていたのかわからなくなっていたよ。国家なしに自分という存在を語ることはできない。たとえ宗教というものが、普遍的なものであっても、個は最低でも国家に属しているということだからね」

自分に言い聞かせるように語る。

「宗教が国家にかかわる必要はないんだ。それを勘違いしているのが先鋭的な原理主義だろう。宗教団体が国家を相手に闘うなんていう発想が誤りなのに、それを指導できるリーダーも、これを理解できる教育環境もないところに大きな問題があるんだ」

外国でコミュニティーを形成する中国人、韓国人はその社会で母国語を大事にするのだが、海外に渡った日本人は、これが三世世代になると、ほとんど「日本語」を忘れてしまうのだった。この背景には国家意識に関わる教育の違いがあり、その基本に宗教という存在があるのも否定はできなかった。

——アメリカ人といってもあれほどの多民族国家になってしまうと、結局はイーストエスタブリッシュメントの白人世界が一手に力を持つ。そこに世界の問題の根幹があるのではないか。

そんな問題意識が黒田の世界観を支配していた。

「国家が宗教を管理することはおかしいが、敵対してくる宗教を排除することはなんら違法じゃないし、どこからも非難されるものではない」

クロアッハは、そうだな、と相槌を打つと、

「政教分離された国家ならば当然の帰結だな。ところで、本題から逸れてしまったが先ほど君が言った世界平和教と研鑽教会だが、どうも不審な動きがあるようだ」と言って核心的な話題に入った。

「不審というと？」

「両者とも南米で信者拡大を図っていることは君も知ってのとおりだが、そこで、双方とも麻薬のカルテルとかかわってしまったようだ。特に、研鑽教会は薬の運搬に関与している可能性が高い」

「運び屋になっているというのか？」

考えられる話だった。

「そうだ」

しかし、南米、特にコロンビアの山間部からブラジル国境地帯に拡がる麻薬生産拠点については、日本警察はもちろん、世界中の情報機関をもってしても実態は杳《よう》とし

て知られていなかった。

「今、あの場所に最も詳しいのはどこだろう？」

「難しい質問だな。ＣＩＡでさえ詳細は掴めていないようだ。麻薬カルテルに潜入しているエージェントからの情報待ちだな」

「やはり、モサドはそこにも人材投入をしているんだな」

黒田は唸った。

「モサドの人間を入れているわけじゃないが、間接的なエージェントということで理解して欲しい」

「そのエージェントに対する情報関心の伝達はどうしているんだ？」

情報関心というのは情報組織が特定のエージェントを通して知りたい内容を指す。

「こちらから指示を出すことはほとんどないが、カルテルの幹部になると、命の洗濯に月に一度は山から降りてくる。そこで接触するんだ」

「そうか、エージェントは幹部クラスに育っているんだな。すると相当な期間を掛けた累進育成を図ってきているわけだ」

黒田はモサドの凄みを感じて言った。

「さすがだな」

「諜報の長い歴史の中で培《つちか》った手法がある。一朝一夕で築いたものじゃないよ」

ユダヤ社会の歴史を垣間見るようなクロアッハの言葉に、黒田は諜報活動に関してはわずか百年そこそこしかない歴史と、東西冷戦以降にあっても、なおお粗末な諜報態勢の日本を恥じる思いがしていた。

「次回の接触で、先ほどの案件について是非調査しておいて欲しいんだ」

「わかった。僕も関心ある内容だ」

黒田は自らの力では何もすることができない悔しさを、別ルートからの情報収集に向けて消化しようと考えた。研鑽教会の動きを知ることこそが一連の詐欺事件を一気に片付けるキーポイントであることを黒田は本能的に感じ取っていた。

——何としても研鑽教会を攻めなければならない。よし、もう一度あそこの秘書局長に探りを入れるか。

このキーポイントさえ入手できれば、その他の断片情報を組み合わせることで、宗教団体を裏で動かすバックグラウンドがおぼろげにでもわかってくるはずだった。

黒田が部下にも日頃から言っている「幅広い常識と深い良識」があれば、僅かな糸口であっても、何らかの共通項を見出すキーワードを探ることができる。これを見逃すかキャッチするかは情報マンとしてのセンス次第だった。

パソコンのモニターに研鑽教会の秘書局長である須崎文也のプロフィールが映し出されていた。それを今一度黙読すると、黒田は受話器を取った。

「須崎秘書局長、実は我々が歓迎しがたいニュースが飛び込んで参りましたので、お電話いたしました」

「警察が歓迎しがたいというと、我々の教団関係者の間で、何か違法行為が行われたということですか？」

須崎は黒田の真意を確かめるように言った。

「まだ、情報の段階です。しかし、あなた方が警察を敵としてお考えならば、私たちもそれなりの対応を取らなければならない。私にとっても寝耳に水の話でしたので、須崎さんだけには予めの通告をしておこうと思ったのです」

努めて冷静に続ける。

「黒田さん。ちょっと待って下さい。教祖以下、警察を敵だと考えている者は、当教団にはおりませんよ。何かの間違いではありませんか？」

すかさず黒田は厳しい声で問い詰めた。

「そうですか？　それならば、コロンビアの教会長と、カリフォルニアの軍事訓練施設で行われている戦闘訓練とについて説明して下さい」

「…………」

須崎秘書局長の言葉が止まった。黒田は確信めいたものを感じたが、彼も嘘をつくような人物ではなかった。黒田は口を開いてくれるのを待った。十数秒間の沈黙の後、

「ご子息の行動を我々も注視しているのですが、すべてが伝わってきているわけではないのが現状です。教主も最近心を痛めているのです。教団の若いリーダー達が過激になってきているとね」

実に申し訳なさそうに、声を落として語った。教主である麻倉俊守とその息子である徹宗の間にどのくらいの溝ができているのだろうか。黒田は電話越しではあったが、教主のお側用人である秘書局長の言葉の裏を探った。

「徹宗の秘書担当は局長の部下ではないのですか？」

「私の息子です」

秘書局長の息子は局長の自慢の息子でもあった。やはり東京大学の法学部を卒業して国策銀行に入行した後、秘書業に転じ、一時期は大物政治家の秘書となっていたこともあったはずだ。

「ご子息はいつから教団に？」

須崎は淡々と答えた。

「政党最大派閥の秘書会長当時に、徹宗様と偶然出会ったようです。もちろん、今でも政党派閥とは深い繋がりを持っていますが」

政界最大派閥のトップは大林義弘だった。また大林か――黒田は新たな障害が現れたことに気付いた。

「局長。近々に、できるだけ早い時期にお会いできませんか？」

「わかりました」

須崎秘書局長も、不安を感じていたに違いない。慎重に言葉を選びながら話しているのは明らかだった。しかも自分の息子が誤った道に進もうとしていることを、漠然と感じているふしが、言葉と言葉の間の僅かな息遣いや会話の語尾からにじみ出ていた。

翌々日の夜、落ち合う約束をした頃には、昼間から続いていた雨がさらに激しさを増していた。新宿副都心の高層ホテルの地下一階にある喫茶店の一番奥の席に二人はいた。

「黒田さん、彼らはいったい何を考えているのでしょう」

「布教活動を行うのに警察が邪魔だとなると、活動そのものに違法性があることが考えられます。あなたの教団は警察内にも意図的に信者を潜入させている。その理由がまずわからないのですよ」

「それは潜入などというものではありません。警察という崇高な職業を教団として評価しているからに他ありません」

とってつけたような理由を並べる須崎に、黒田はきっぱりと言った。

「今さら僕にそんな嘘は通用しませんよ。僕は今まであなたを信頼していたが、どうもこの数年、少しずつスタンスが変わってきたことは認識していましたよ。確かに宗教を理由として採用しないのは憲法違反ですが、配置転換は簡単ですよ。なんなら、人事第二課の管理官から順番に異動してもらいましょうか？」

「そこまでご存じだったのですね」

須崎は正面から黒田を見ると大きく息を吸って答えた。黒田は攻めのタイミングを逃すことなく言った。

「あなた方が天敵だった代々木教対策として警視庁に信者を投入したことはやむを得ない状況だったでしょう。我々としてもそれぞれの団体の均衡を保たせる意味で、言葉は悪いが毒をもって毒を制すつもりで、見て見ぬふりをしていたところもありました。しかし、警視庁内で人事権を持った信者が、組織内で身内を主要ポストに就けるための露骨な人事異動を行ったり、さらには別働隊とはいえ、同じ教団構成員が警察と敵対するということになれば、こちらとしても考えがある」

「申し訳ない。あなたを騙すつもりなど毛頭ないのです。ただ、今、われわれ教主に近い幹部がご長男である徹宗様から煙たがられていることは事実なのです。そしてご長男を擁護する若手グループがどういうわけか先鋭的になってきているのです。私の息子も同様です。金と権力が集中する組織を作ってしまった我々にも責任がある。しかし、ご長男があのように変わってしまわれるとは誰も思わなかったのです」

須崎の表情はうつろだ。

「それには、何か大きな問題が教主とご長男の間にあったからなのでしょう？」

須崎は黒田から視線を外さなかった。

「黒田さん。あなたはご存じなのですか？　その理由を……」

「親子間の断絶が起こる際の相場はだいたい知れています。当然、局長もその理由がわかっており、教主に非があるからこそ、ご長男には何も言えないのでしょう」

黒田はかまを掛けてみた。すると須崎の目がわずかに泳いだ。いかなる事情があるのか、須崎からいつもの落ち着きが消えていた。須崎は一度目を瞑ると、そのまま頭を垂れた。黒田はその反応をじっと見つめていた。それは収賄の被疑者が覚悟を決める姿によく似ていた。こんな時は被疑者の一挙手一投足を逃さず見ておくものである。頭を上げ、目を開けて視線がぶつかった瞬間の眼光が強い方が勝つのだ。黒田は目を離さなかった。

須崎は一度咳払いをするとゆっくりと頭を上げた。目を閉じたままではあったが、瞼に軽い痙攣《けいれん》が起こっているのが見てとれた。

勝負の瞬間が迫ってきている。黒田は相手に悟られないように静かに腹式呼吸を行って、その瞬間が来るのを待った。

須崎がゆっくりと目を開いた。それは落ち着きを取り戻した宗教者の姿のようにも見えたが、黒田の視線と交わった時、その冷静さは微塵に吹っ飛んだ。黒田の目には気迫が漲っていた。

「く、黒田さん……」

黒田は何も語らない。相手の目をじっと見ているだけだった。須崎は思わず黒田の視線から逃れるように首を振ってまた目を瞑ると、自分に何かを言い聞かせるように何度か頷いた。そして再び黒田と目を合わせた。しかし、その時の黒田の視線は意外なほど柔和だった。一瞬の戸惑いが須崎を襲ったが、すでに決心は固まっている様子だった。

「……あなたは恐ろしい人ですね」

小さい声で須崎は吐き出すように言った。

「僕が……ですか？　そんな感情は犯罪者にしか持たれないと自負していたつもりですが」

「犯罪者ですか……案外そうなのかも知れませんね。宗教者を気取っていても、多くの信者を迷わせ、欺いているのかも知れません」

須崎は噛み締めるように、ポツリポツリと言った。その視点は定まらない。

「欺く……？」

「信者は従順な子羊なのです。宗教者の言葉には迷いもなく従う。これを知った上で、宗教者は信者を厳しい道に誘ってしまう」

「それは宗教者としては辛いことなのでしょうね。それも、あなたの場合決して本意ではないことでしょうから」

秘書局長の須崎はうっすらと目に涙を浮かべていた。彼と教主は教団を立ち上げる以前からの盟友だった。

「ご長男である徹宗様はご自分の生誕の秘密を知ってから、教主との関係がおかしくなってしまったのです。ご長男の実の母親は前の婦人部長です。それもご長男が教団内で最も忌み嫌っていた存在だったのです」

「すると国際局長をやっているご次男は腹違いの子なのですか？」

「夫人との間にしばらく子供ができなかった教主が、当時、婦人部の取りまとめに尽力されていた女性と関係を持った際にできたのが、徹宗様です。徹宗様は母親同様、極めて頭脳明晰な方です。お母様の父親は東大医学部の教授、お母様も東大助教授だった。その血を引いたのですね」

「そうでしたか」

黒田が頭の中で麻倉一族の家系図を引き直していると、須崎の表情は更に険しくなった。

「私の息子と徹宗様は兄弟でもあるんです」

「な、なんですって？」

あまりに唐突な言葉に、思わず黒田は我が耳を疑った。

「教主は私の妻に手を出されたのですよ」

黒田は唖然としていた。それと同時に、須崎が抱えてきた言葉にできないほどの悲しみに対して、同情とともに言いようのない嫌悪感を覚えていた。須崎はその黒田の気持ちを見透かしたかのように言った。

「黒田さんは私を軽蔑されたことでしょう。しかし当時は我々にとって、そんなこともやむを得ない時代だったのですよ。まるでゲバルト学生たちの革命闘争のような雰囲気でしたからね。宗教団体の中で裏切り者として徹底的にマークされ、迫害を受け続けた同志の繋がりは、時として異常な人間関係を作ってしまうのです」

黒田は公安講習で学問として学んだ、極左暴力集団内の異様な異性関係のことを思い出した。

「背景はともかく、麻倉徹宗は今何をしようとしているのですか？　宗教活動ではないのですか？　母親は違うといっても父親の教義を継承する意志はないのですか？」

「いえ、教義に関して争うご意志はありません。ただし、敵対するものは徹底して排除しようという、折伏の理念が極めて強くなっていらっしゃるのは明らかです。まるでイスラム原理主義が軍事組織を持っているようなものです。事実、世界の危険地域に傭兵を派遣するほどの軍事組織が教団内に存在し、いくつかの地域ではこれが教団の使命として活動するようになっているのです。当初は自衛のためだったものが、いつの間にか能動的なものになっている。私の息子はそこに共感してしまったようなのです」

須崎は不安を隠せない様子だった。

「なるほど。激しい宗教戦争が起こる可能性もあるわけですね。そしてその資金調達のためには手段も選ばなくなってしまった」

黒田は容赦なく追及した。

「始まりは、中南米の麻薬組織との闘いだったものが、いつの間にか手を結ぶようになってしまった。一方で政治的影響力を示すために悪しき政治家とも手を組んで、よからぬ企みに加担してしまったようです」

「よからぬ企みですか……それは反社会勢力との繋がりも含めて……と考えていいわけですね」

「そのようです。結果的にそのような者であっても宗教の力で改心させようと思っているようですが、あらゆる交渉において相手の方が一枚も二枚も上手なのです」

須崎は素直に語る。

「それはそうでしょう。純粋培養のお坊ちゃまを口先八丁でたぶらかし、唆すことに関して、最近の経済ヤクザの右に出る者はいませんよ。すると、国内外で、次期教主や局長のご子息を含めた次世代グループが、海外の麻薬カルテルや日本国内の反社会勢力の餌食になっている可能性が強いわけですね」

研鑽教会の汚れた実態を黒田は徹底的に明かしてやりたいと思った。

「そう思われて結構です」

「よく正直に話して下さいましたね。感謝致します」

「私もつい先ほどまで迷っていたのです。黒田さんの目を見るまではね」

自嘲的な薄笑いを口元に浮かべながら須崎は言った。黒田はこのタイミングで、彼が疑問に思っていたもう一つの質問を投げかけた。

「ところで、世界平和教との関係はいつ頃からあったのですか」

「そのことまでもご存じでしたか……」

須崎は、いったん言葉を止めて、ゆっくりと話を続けた。

「実は教主の国籍は朝鮮なんですよ」

「ええっ？」

これには黒田も度肝を抜かれた。おそらく、研鑽教会を視察している公安部もこの情報は知らないに違いなかった。

「文部科学省、正式には文化庁なのですが、そこに届け出ている麻倉俊守という教主の名前は闇ルートを通じて手に入れた日本名です」

「すると、ご両親やご家族はどうなさったのですか？」

黒田は頭をフル回転させ、真実に迫っていった。

「ご両親は帰還事業に参加されて北朝鮮に帰られたと聞いています。お兄様、お姉様は日本に残ったのですが、それが教主の人生を少し変えてしまったようでした。要はお二人から金の無心にあったのです。最後には脅しのような真似までされましてね。教主も相当悩まれたようでしたが、裏の手を借りて絶縁されたようです」

「それはもしかして、葬り去ったということなのですか？」

ぞっとした。

「詳しくは聞いていません。相応の金銭を支払って会わないようにしたとしか……。教主は関西地区で徐々にステータスを上げていた時期でしたから、私もやむを得ない措置だったと思っていますよ」

須崎の顔から表情が消え、恐ろしい言葉だけが二人の間に残された。

「措置……ですか。局長は教主の本当の名前をご存じなのですか？」

「知っていますよ。裏組織の者が元々教主の知人だったようで、彼が教主の名前を呼ぶときは古い名前でしたからね」

「その裏社会の者は教主が宗教を興されてもなお付き合いがあるのですか？」

そういう繋がりがあったのか——黒田は汗をぬぐう。

「はい。彼もその道では有名な存在になっています。国会議員の先生方や、関西財界人、代々木教。どんなところにもネットワークを持っていますよ」

「なるほど。教主が与党の重鎮である大林と繋がっている理由がわかりましたよ。関西財界人から代々木教までを一手に捌くことができる国会議員は大林を措いて他にありませんからね」

「それはご想像にお任せしますよ」

須崎は視線を下げた。

「すると、麻倉徹宗は当然ながらそちらとのパイプを持っているわけですね」

政治と宗教の関係はできるだけ正確に知っておきたかった。

「最初は『利用してやる』くらいの軽い感覚だったのでしょう。特に中南米における麻薬カルテルとの交渉に際しては、彼らの力なしには成立しなかった交渉ですからね」

「父親の人脈をちょっと使おうとしたわけなんでしょうね。それがいつの間にか抜き差しならない状況まで進んでしまい、結果的に新たな、先鋭的な発想を生み出してしまった、か」

黒田はふと明るい表情をみせた。

「だいぶ全体の状況が見えてきました」

「さすが、もう全貌が浮かんだのですか？　私はここまで理解が及ぶのに何年かかったことやら……。やはり、中にいると全体が見えなくなってしまうのでしょうね」

「いえ、局長が私にここまでお話し下さった背景には、教団を、さらにはご子息方をなんとか救い出したいというご意志があってのことと思っています。私もそのお気持ちに沿えるような作戦を立てて行かなければなりませんね」

「ありがとうございます。そのお言葉だけで嬉しいです。なんとか彼らに宗教本来の活動と仏の意思を気付かせてやりたいのです」

黒田は須崎と別れると、関係者からの追尾を十分に注意し、点検活動を繰り返しながら夜の闇に溶け込んでいった。

＊＊＊

都会の真ん中にありながら、奇跡のように緑溢れる空間を保つ皇居。その中でも四方を深い樹木が囲う唯一の場所が、乾門《いぬい》周辺の皇居と北の丸公園の間だ。

東京国立近代美術館にあるレストランから見える皇居東御苑の緑を、黒田の心身が求めていた。このレストランは都内で黒田が好む場所の一つだった。テラス席に座って大きく深呼吸をすると、ウェイトレスにシャンパンを注文した。

正面が皇居、右手が北の丸公園という環境に加え、目の前の内堀通りは千代田区内でも交通量が比較的少ない幹線の環状道路である。ここから皇居を挟んだ反対側には警視庁本部がある桜田門があり、その前を走るのは同じ内堀通りだったが、こちらは通称桜田通りの国道一号線を兼ね、しかも甲州街道と呼ばれる国道二〇号線、通称青山通りと呼ばれる国道二四六号線、さらには六本木通りという幹線に繋がっているため、都内でも極端に交通量が多い場所だ。

黒田が次の一手を考える時は、だいたいこの場所が多かった。ここで頭に浮かんだ案をさらに具体化していくには、もう一杯のワインが必要だった。緑にそよぐたおやかな風を頬に受けながら、ボルドーのしっかりとした赤ワインを味わっていると、自然と頭が冴えてくる。春はこの緑がピンクの桜に変わる。

どの案件を誰に任せるのか。他部署を如何に効果的に使えばよいか。まるで柿田川の湧水のように澄み切ったイメージが湧き上がってきた。黒田は常に持ち歩いている備忘録を取り出すと、細かな文字で箇条書きに記していった。

デスクに戻ると朴喜進から連絡が入った。午後七時を過ぎていた。

「例の件の証拠資料を渡す準備ができた。これを正式な証拠として明らかにするには、新宿の教団本部を捜索しなければならないが、そこには指示文書と結果報告書が残っている。吉沢氏の最期が克明に記されているよ」

「ありがとうございます。これだけはどうしても僕自身の手で片付けたかったのです」

そう言うと、熱い思いがこみ上げてきた。黒田の手は震えた。

「私もそう思っていたよ。私も組織の膿《うみ》を出し切りたいんだよ」

「それから、研鑽教会との関係なのですが……」

「その関係も資料化している。明日早朝、羽田空港で会えないかな。チャーター機でそちらに飛んだあと、関空からニューヨークに戻るつもりだ」

朴は聞いた。

「何時に落ち合いましょう？」

その夜、黒田は静かな興奮を覚えた。家に一人で帰る気にはなれなかった。黒田は一旦本庁舎の地下一階にあるシャワー室で汗を流すと、自室のロッカーに常時用意しているクリーニング済みのブレザーに着替えて赤坂に足を向けた。今日はつぐみが弾くバイオリンの音色を聴いて気持ちを落ち着かせたかった。

ビル五階のドアを開けると、まだ客は誰もおらず、ギター担当のジョージさんとママが並んでカウンターに座っていた。ジョージさんはいつものスコッチをショットグラスで飲みながら、ちょうどチューニングが終わったところのようだった。

「あら黒田さん。先週いらっしゃるかと思ってました。遥香ちゃんも楽しみにしてたみたいだったけど」

「遥香ちゃん？　ああ、つぐみちゃんのお友達のね」

「彼女、黒田さんのファンになってしまったみたいよ」

「ファンねぇ。ありがたいような、せつないような……だよね」

「あら、どうして？　いいじゃないですか、若い子のファンなんだから。おまけに可愛いし」

ママはカウンター席を離れてカウンターの内側に入ると、何も言わずにビールをグラスに注いで黒田に差し出した。黒田はすでに指定席のようになっている、カウンター席の一番出入口側に腰を降ろしていた。

「お食事まだなんでしょう？　美味しい唐揚げありますよ」

「ありがとう。嬉しいなあ、この阿吽の呼吸」

中型グラス半分ほどを一気にあける。爽快なホップが咽《のど》を潤した。快感だった。

「この一瞬のために仕事をしているようなものだね」

「あら、ブッカーズはどうなんですか？」

「あれはしみじみと幸福を感じる時に飲むんだよ」

「若い子を隣にして？」

ママが悪戯っぽい笑みを浮かべて言った。

「また、そこに話を戻す……だから、せつないんでしょう。おじさんはおじさんなりの恋がしたいんだよ」

「黒田さんは生活感がないから、若く見られるしね。仕事を全く連想させないし。いいんじゃない？　若い子も」

「それは三十代の話だよ」黒田は肩をすくめる。

「あら、そう？　まあ、黒田さんはお堅いお仕事ですからね。年齢的なギャップは周りがうるさいかも知れないわね。おまけに大幹部ですから」

「何が大幹部ですか。ただの淋しい独り者ですよ」

黒田がいつもの自嘲気味な笑いを口元に浮かべた時、店のドアが開いて、賑やかな笑い声が飛び込んできた。黒田はその声につられて顔を向けると、つぐみと遥香がじゃれ合いながら入ってきた。そして黒田の顔を認めると、

「ほら、私の勝ち！」

普段、上品なつぐみが子供のようにはしゃいでいた。その後ろで、遥香が黒田に向かってぺこりと頭を下げた。

ママがカウンターから体を乗り出して二人を眺めて言った。

「どうしちゃったのつぐみちゃん。珍しい」

「ああ、ごめんなさい。よかった、他にお客様がいなくて」

「僕はどうでもいいような言い方じゃない」

黒田が笑顔を向けて言うと、つぐみは興奮しながら、

「違うの、違うの。今日、黒田さんがお店にいらっしゃるかどうか、遥香と賭けていたんですよ。遥香ったらね……」

「やめてよ。つぐみ」

遥香がバイオリンを背負ったつぐみの口を塞ごうと、後ろから手を回した。

「何を学生みたいなことやってるの、二人とも」

ママがさすがに呆れた声を出した。

「ごめんなさい。だって……」

うなだれたつぐみのあまりの可愛さに、黒田は癒される思いがした。その後ろで前回とは全く違ったしおらしさを見せる遥香もまた、黒田を幸せな気持ちで満たした
——やっぱり来てよかった。

つぐみはバイオリンケースを下ろすと、誰もいないソファー席に座り、黒田の表情を窺いながら言った。

「……遥香ね、黒田さんのこと好きなんだって」

「やめてよ、つぐみ」

「いいじゃない。もう言っちゃったんだから。ねえ、黒田さん、迷惑？」

黒田も今まで見たことがないようなつぐみの豹変ぶりに驚いていた。この子は天真爛漫に育っているのだなと冷静に思いつつ、その横で顔を赤らめる遥香の姿が、事の成りゆきから、気になり始めていた。

「迷惑だなんて。むしろ光栄だよ」

「やったね、遥香！」

「そんなんじゃありません！」

黒田は自然と遥香を庇《かば》うような気持ちになって、自分の隣の席に遥香を勧めると、つぐみに、

「はい、つぐみちゃん。そこはお客の席だよ」

冗談交じりではあるが、諭すように言った。これにママも同調すると、ようやくつぐみは我に返ったようだった。普段のつぐみに戻って恥じ入ったように、

「どうもすいません」

立ち上がって深々と頭を下げた。遥香は細い指の小さな両手を、形のいい膝の上にちょこんと載せてカウンター席に座っていた。ふと黒田は文子に初めて逢った時の事を思い出していた。

——もしかしたら、案外この子と……。

「若いうちはさ、思わず背伸びしたくなったり、友達との妙な競争心から、心にも無い行動に出てしまうものだよ。でもそれが、いい思い出になることは極めて少ないね」

「いいえ、黒田さんを尊敬しているだけです」

黒田はつぐみに続いて遥香に対しても珍しく説教口調になっている自分に気付いて、なんとかその場を切り抜けようと、

「でも、素直に嬉しいよ」

「私も、です」

恥じらいいっぱいの顔で頭を下げた。

「さて、飲むかな」

黒田が席を戻してカウンター内のママを見ると、ママは澄ました顔で、

「ブッカーズタイムですか？」

黒田の心の変化を見透かしたような目で言った。そのうち、客が次々に入ってきたため、つぐみもミニライブの準備を始め、身内同士のような会話も途切れた。

つぐみが奏でるバイオリンの音色は素晴らしかった。クラシックからポピュラーまでスローテンポからアップテンポへと四曲をギターと共にトークを交えながら三十分のステージが終わると、いつの間にか満席になっていた店内から大きな拍手が起こった。次のライブまで四十五分。つぐみ目当ての客の間を回りながらコミュニケーションを図る。

隣席の遥香を見るとやはりまだ感動がさめやらない表情で、うっとりと赤ワインを口に運んでいた。彼女はふと黒田の視線に気付くとしっとりと落ち着いた微笑みを返した。

「やっぱり、つぐみは素敵」

「凄い腕前だ。新国立劇場でも弾いているんだからね」

「彼女が出ているオペラに行かれたことはあるんですか？」

「残念ながらこの店だけなんだ」

　おもむろに遥香が黒田の目をのぞき込んで聞いた。

「黒田さん今夜はどうされるんですか？」

「次のステージを聴いたら、今日は羽田だよ」

　黒田は正面を向いたままだ。

「羽田って空港ですか？」

「ああ、明日の早朝に着く便で大事なお客さんが来るんだよ」

「警察の大事なお客さんというと、凄いＶＩＰなんでしょうね」

「そうだね。極秘来日なんだけど、何かあったら大変な存在だ」

「今夜は空港に泊まり込むんですか？」

「第二ターミナルにあるホテルだけどね」

「夜の空港って最高のデートスポットですよね。いいなあ」

「男一人で、しかも翌朝が仕事となると、そんな気分にはなれないな。おまけに飛行機がうるさそうじゃない？」

「でも、好きな人と一緒だったらいいんですよ。綺麗なライトを見ているだけで」

思わず遥香を誘いたい衝動に駆られた。そんな黒田の気持ちを知らない遥香は、黒田の横顔を見て言った。

「携帯のアドレスと番号を教えて下さい」

黒田は一瞬戸惑ったが、

「赤外線通信できる？」

黒田と遥香の二人の携帯がまるでキスをするように接し合った。黒田は遥香の存在をはっきりと意識していた。

遥香から最初のメールが届いたのは、黒田が浜松町からモノレールに乗った時だった。

――初メールをドキドキしながら打っています。今日はお会いできて本当に嬉しかったです。そして、こうしてメールを送ることができるようになったことが何よりの幸せです。

ほとんどラブレターのようなメールを黒田は二度読み返した。すぐに返信しようかとも思ったが、自分自身の気持ちをもう一度確かめてからにしようと思った。遥香とは一回り以上年齢が離れている。黒田の周りにはそれくらいの年齢差で結婚している者もいた。中でも最も親しい弁護士は十八歳年下の当時女子大生を再婚相手に選んでいたことを考えると、十分に許容範囲であることはわかっていた。それでもなお躊躇するのは黒田の心の中に未だにトラウマとして残る文子との生活があったからだった。

朴喜進が乗ったチャーター機が到着したのは、翌朝の六時半だった。白のチノパンにライトブルーのサマーセーターを着たその姿は、男性用ファッション誌から抜け出したように相変わらずダンディーだった。

「ハイ、ジュン」

「おはようございます。トランジットまでの時間はどれくらいあるのですか？」

「それが慌ただしくてね。一時間もないんだよ。荷物はこれだけだからいいんだけどね」

アルミ製のアタッシェケースを目の高さまで掲げ、朴は笑いながら言った。

「国内線は第一、第二どちらですか」

「ＡＮＡだから第二ターミナルだね」

二人は国際線ターミナルから無料のシャトルバスに乗り、第二ターミナルに向かった。

途中、二人とも自然な動作で尾行や監視を確認するための点検作業を何度も行って身の安全を図っていた。バスの最後部席で、朴はさりげなくアタッシェケースから厚さ五センチほどのＡ４サイズのファイルケースを取り出した。

「この中に例の証拠物件の謄本《とうほん》がある。原本は新宿にある日本本部の本部長室の金庫の中にあるはずだ」

「ありがとうございます。しかし朴さん。これはあなたにとって極めて危険な行為ではないのですか？」

「組織への裏切りに見えるかい？　彼らこそ組織を裏切っていたのだ。今、このチームは全て私の指揮下に入っているし、百パーセント私の指示に従う体制になっている。過去の行為は不問とはせず、自浄できるものはそうしてきたが、そうできない部分は、ジュン、君のような正義を行う機関に引き渡しているんだ」

「機関……ですか……」

「個人だって機関となる場合もあるだろう？　ＣＩＡやＭＩ６だってそうじゃないか」

「そうですね。朴さんほどの方になると、どこにでも信頼できる方がいらっしゃるんでしょうね」

黒田には朴が本気で組織の浄化を図っていることが窺い知れた。

「内容は見てのとおりだ。実行犯と指示者は異なっているが、指示者は虚偽の報告をして上司を欺いている。実行犯は確かに道具ではあるが刑事責任を否定できるわけではない。これまでも同様の行為を行っているからな」

朴は冷静だ。

黒田はこのような資料が残っていること自体に驚きを覚えたが、これが宗教という組織の中の統制なのだろうと思った。実行行為者と教唆者の個人情報も添付されていた。あとはいかに適正手続きをもってこの証拠を押収するかに掛かっている。

「わかりました。朴さんの意志をありがたく受け止めるとともに、この輩を何とか法で裁きたいと思います。ところで朴さん。研鑽教会ですが、どうやら本気で警視庁と闘う様子です。まだ詳細はわかりませんが、彼らが訓練を行っている、カリフォルニアの訓練センターの様子を人工衛星で確認する予定です」

少しでも朴から情報を得たいと黒田は思っていた。

「なるほど。日本警察を敵に回すとは何をか言わんやだが、本気で喧嘩するとはなかなか考えにくい。そこまで馬鹿ではないと思うんだが、背後で彼らを唆している輩がいるのではないかと思う。もしくは脅されている可能性もあるしね」

「確かに警視庁本部に実弾を撃ち込むようなことはしないとは思いますが、どのような作戦であれ未然に、もしくは一網打尽にしなければならない案件です」

朴はウィンクをした。

「そうだな。ジュンの手腕をじっくり拝見させてもらうよ」

「ありがとうございます」

ふと、朴が笑みを浮かべた。

「今日、最初に出会った時に感じたことなんだが、何か心境か環境に変化でもあったのかい？」

「いえ、何もありませんが、どうしてですか？」

細められた朴の目は優し気だった。

「君に最初に出会った頃の、なんというのか落ち着きが戻ってきたような感じがしたのさ。彼女でもできたのかな……と思ってね。激しい闘志が柔らかなベールに包まれてるようだ。こんな時はいい仕事ができるものだよ」

黒田は資料を手にすると、そのまま警視庁本部に向かった。

「さて、誰に一番に報告するかだな」

黒田はそのまま総務部長室に入った。

「ご無沙汰しております」

「おう、黒ちゃんの件は宮本総監だけでなく、北村さんからも申し送られているからな。報告は直接総監に伝えても構わないんだよ。なにせ、ここは事務方で現場にはあまりに疎いからな」

「お気遣いありがとうございます。ただ、本日はどうしても直属の上司の耳に入れておく必要を認めましたので、アポなしで伺いました」

総務部長は警視庁の部長の中では筆頭である。階級は警視監だ。

「予算以外の話なんだな」

黒田は背筋を伸ばすと、落ち着いた声で言った。

「実は吉沢元公安総務課長の刺殺犯が特定できました」

「何!?　独自で捜査していたのか？」

総務部長の目に明らかに驚愕の色が見てとれた。同時に横目で総監が在室していることを在席ランプで確認していた。

「独自捜査というよりも、協力者からの通報です」

「証拠はあるのか？」

黒田は資料ファイルを差し出した。

「現時点では間接証拠というところですが、強制捜査を行えば証拠が出て来ると思われます。被疑者は世界平和教の裏組織メンバーです」

「世界平和教……未だに不法行為を行っているのか……」

総務部長は警備畑というわけではなかったが、警備局警備企画課第一理事官を経験しており、警備対象の概要は知っていた。

「企画課長には伝えたのか？」

「いえ、ご不在でしたので、総務部長からご連絡いただければ……と思った次第です」

「なるほど。すぐに電話しよう。すぐに総監室にも連絡を入れた方がいいな」

総務部長は聞いた。

「はい。ただ、この捜査本部には刑事部、公安部の双方が入り込んでいます。現場の捜査員の立場も考えてやらなければなりませんし、単発でこの事件だけを狙うのは困難かと思います」

「すでに腹案を持っているんだな」

「吉沢さんの事件は私自身も本気でやりたい気持ちがありますし、なにより、彼らの違法行為を一網打尽にしなければ、さらに大きな事件が起きる可能性があります」

黒田の言葉は総務部長の顔色を変えた。

「さらに大きな事件？　なんだそれは」

「実は、国内に研鑽教会という宗教団体があります」

「そういえば総監室で何度か名前がでていたな」

「その研鑽教会には非公然部隊がありまして、これが世界平和教の闇組織と一部手を組んでいるふしがあります。そして彼らの共通の敵とされているのが、どうやら警視庁のようなんです」

「共通の敵？　その非公然部隊はどの程度の力量があるんだ？」

黒田はよどみなく説明する。

「既に世界中の戦闘地域で傭兵として実戦活動を行っております。イラク、アフガニスタン、コロンビア、ニカラグアなど、まさにスペシャルコマンド部隊と言っていいくらいの力です。日本でも、自衛隊の中央即応集団特殊部隊出身者が含まれております」

「その連中が警視庁に戦争でも仕掛けるというのか？」

「そこまでは判明しておりませんが、何かしらの行動に出る可能性は否定できません」

総務部長の額にうっすらと汗がにじんだ。

「確か、研鑽教会の信者が警視庁に潜入しているという話もあったが、それは本当なのか？　人数は？」

「おそらく百人規模だと思います。どの程度あぶり出すことができるかですね」

黒田は思案顔で言った。

「それは公安部がやるのか」

「いえ、うちでやります」

「そんなところまで情報室はやっているのか？」

「はい。うちはメンバーに恵まれすぎています」

黒田は誇らしかった。

総務部長は企画課長の携帯電話に連絡を入れて事案の概要を伝えると、自らホットラインを総監に繋いだ。

「黒ちゃん。すぐに行こう」

総監室は総務部と同じ本部庁舎の十一階だが、総監、副総監と東京都公安委員の部屋に続く廊下はガラス扉で仕切られており、その中は赤絨毯になっている。

ガラス扉の内側に立っているSPの脇を通り抜け、二人は総監室に向かった。

「めずらしいな。総務部長が同行してくるというのも」

「はい。今回の報告は私では判断が付きにくい事案でございまして……」

古賀総監は総務部長の緊張した面持ちから、ただならぬ空気を感じてはいたが、穏やかな口調と素振りで言った。二人に応接ソファーを勧め、自らも自席を立った。

「さてと、黒ちゃんから話を聞いた方がいいのかな」

総監は総務部長にいったん顔を向けながら、黒田を見て言った。総務部長は即座にこれに同意した。

「吉沢元公安総務課長殺害事件の被疑者と背後関係が判明しました」

一呼吸置いて、黒田はストレートに言った。

さすがの総監も驚きのあまり次の言葉が出なかった。その空気を察して黒田は続けた。

「被疑者は世界平和教の裏組織メンバーです。その目的も個人的な怨念ということです」

「信じられない……世界平和教か。黒ちゃんの情報ルートの一つだったな。そうすると、この捜査を情報室で行いたいということなのかな？　吉沢の仇討ちというところか？」

「はい。その気持ちがないわけではありませんが、それよりももっと厄介な問題があるのです。世界平和教と研鑽教会の裏部隊同士が連携しているようなのです。しかも、彼らの共通の敵は警視庁だということです」

「何？　研鑽教会だって？　キリスト教と日蓮宗が手を結んだというのか？」

古賀総監はあまりのことに、ソファーから身を乗り出した。

「原理主義同士の究極の敵が一致したということです。彼らは南米でも棲み分けを図りながら、一方で麻薬カルテルとも手を組んでいます」

「なるほど」

総監も懸命に相関関係を整理している様子だった。

「さらに申し上げると、今回、私が宮本前総監の命を受けて捜査を進めていた詐欺容疑事件にも、この双方がかかわっている可能性が高いのです」

「なんということだ」

総監は一瞬さじを投げたくなったかのように天井を仰いだが、すぐに腕組みをして黒田の顔を見た。黒田も険しい表情を崩さず続けて言った。

「そして、この双方を唆している組織を背後に垣間見ることができるのです」

「それは、反社会勢力なのか？」

「仰せのとおりです。悪名高い大河内三兄弟の長男、守が組長を務める龍神会かと思われます」

「すると組織捜査が必要ということなのだな」

「はい」

総監は直ちに武内公総課長を呼んで、黒田に改めて経緯を説明させた。

公総課長の武内は最悪の状況を考えた。どのポジションにどういう連中が入り込んでいるのか……これこそ、公安部がこれまで見落としていた最大の汚点の一つとも言えた。組織内に敵の潜入を許してしまったミス——どれだけの情報が流出しているのか皆目見当が付かなかった。

「黒田さん。その名簿は直接私に届けていただいてよろしいですか？」

「そういたします。警視クラスにも相当数がいるかと思います」

「情報の流出が確認できれば、正式に処分できますからね」

古賀総監はすでに処分後のこと、とくに、「信教の自由を侵害した」と提訴された場合の会見内容まで考え始めていた。

「それにしても、よくこの資料を出したものですね」

武内は黒田が朴から受け取った資料を食い入るように見ながら言った。

「組織保護が第一なのでしょう。宗教は最初はみな純粋なところから始まります。警察官だってそうなのでしょうが、どうしてもそれから逸脱してしまう輩がでてしまいます。トップに立つ者の責任もあるでしょうし、個人の資質にも問題はあるでしょう。しかし、やはり、組織をどう守り、育てるかという熱意が全体に必要なのだと思います」

黒田の言葉に総監が頷きながら、ふと笑顔を見せた。

「年頭訓辞みたいな台詞だな。黒ちゃんはもう達観してしまったような感じだ。まだ若いんだから、もっと自由な発想でいいぞ」

「すいません。ただ、この数日で宗教関係者のトップクラスと続けざまに話をしていると、どうも厭世的になってしまいまして……」

黒田は苦々しく言うと、唇を結んだ。

「そんなことじゃ女にモテんぞ」

総監が珍しく大笑いをして言った。これには総務部長も公総課長も思わず我が意を得たりと手を叩いて笑った。黒田は一瞬むっとしたが、すぐに遥香の顔を思い浮かべた。

第八章　手綱を握る男

デスクに戻ると、黒田は情報室員全体をすぐに集めて指示を出した。

「研鑽教会の姿勢が皆さんの情報活動のおかげでおおむね把握できた。これからは詐欺事件の解決という最終目標に向かって一つ一つの事案を迅速に処理していってもらいたい。まずは研鑽教会と世界平和教の連合部隊を徹底的に叩く」

そう言うと黒田は栗原の顔を探した。

「栗原、どうだ大林義弘周辺の動きは」

「やはり地元は山本公設秘書に任せています。一方で、東京後援会長の弁護士との会合が続いています」

「あの、悪徳弁護士の廣島昌和だな」

黒田が大河内組長率いる右翼団体を調べていたとき、その関係者として名前が上がったのが廣島昌和だった。

「はい。会合の後、廣島は必ず龍神会の東京事務所に顔を出し、さらに六本木五丁目にある、不思議なビルに入っていくのですが、そこで誰に会っているのかが全く不明なんです」

「不思議なビル？　何だそれは」

黒田は眉を寄せた。

「三つのビルがどこかで繋がっていて、入口が全てオートロックになっているビルなんです。登記を見ても三筆なのですが、麻布警察も実態がわからないそうです。おまけに監視カメラがやたら多く付いていて、視察拠点を設定しようにも、全部を同時に監視することが極めて難しいのです」

栗原は手をこまねいているようだった。

「麻布が全く把握していないというのも変な話だな。そういう場所はブラックの世界ですぐに知れ渡るはずなんだが……」

「建物の存在は把握しているのですが、巡回連絡を完全に拒否しているそうなんです。署の公安もお手上げ状態のようです」

「公安がダメなら組対はどうなんだ」

「組対も自分たちの関係者は入っていないと言い張っています」

「それで未把握なのか？」

「登記簿を見る限り、マル暴関係者の名前は出ていないそうです」

どういうことだろうか、と黒田はしばし考え込んでから、栗原に聞いた。

「お前は、その登記関係者を全部調べたんだな？」

「はい。しかし、個人になかなか到達できないんです」

そう平然と言ってのける栗原に黒田は物足りなさを感じた。

「税務署は調べたのか？」

「いえ……税務署ですか？」

「当然だ。土地建物ならば固定資産税がかかっているはずだろう」

「しかし税務署は教えてくれませんよ」

黒田は語気を強めて、

「お前、何年この仕事をやっているんだ。税務署に『教えて下さい』といって教えてくれるはずがないだろう。このビルに関する犯罪容疑、それも脱税や新規事業の実態を知らせてやって情報を取るのが仕事だろうが」そう言って栗原の目を見た。

栗原は珍しく強い口調で畳みかけてくる黒田の姿勢に驚きながら、自分の不明に冷や汗をかき始めていた。すると黒田は、一転、目を細めてモニターを指した。

「これを見てみろ」

いつのまにか黒田は自分のパソコンを操作しており、三列に並んだ画面の一番右側に栗原が追っていたビルの映像を映し出している。

「あっ、このビルです」

「奴は主にどの出入口から入っているんだ？」

「この六本木通り側の、この入口です。室長、どうしてこのビルをご存じなんですか？」

栗原はきょとんとしている。

「これは有名なビルだよ。現在、ここを実質的に所有管理しているのは、元日本総合管理連盟会長の藤川雄之介《ふじかわゆうのすけ》。戦後から様々な疑獄事件に必ず名前が挙がるが、決して捕まったことがない、伝説の男。政財界の大物黒幕が亡くなった今では、唯一、その名残を残している男だ」

「藤川雄之介ですか？　これを公安は知らないのですか？」

栗原は警察大学校の講義で耳にしたことがある男の存在をようやく思い出してい

た。

「いや、公安の中でもほんの一部だけが知っており、接点も持っていたはずだ」

「持っていた……ですか？」

「公安も最近は体力が落ちてきているからな」

黒田は全てがこぢんまりと纏《まと》まってきた頭脳集団に少しながら危機感を感じていた。

「公安部の力が落ちているのですか？」

「情報担当者があまりにがんじがらめに縛られ過ぎているからな。できの悪い管理官、係長クラスにね」

「しかし、公安は未だに成績優秀者じゃなければ講習にも行けませんよ」

「お勉強だけじゃないんだよ。幅広い常識と深い良識、そしてなお営業能力がなければ情報マンにはなれない。今、公安部で『情報マン』と呼べるのはほんの一握りしかいないのが現状だ。まあ、いいメンバーをうちが引き抜いてしまったとも言えるが、自分たちで育てようという努力が幹部に見受けられないんだな。そこが悲しいところだ」

黒田は歯痒《はがゆ》い思いだった。

「では、私がここに引き取られたことは喜ばなければならないことですね」

「お前が次を育てるんだ。それが警部に課せられた唯一の仕事だ」

「唯一ですか？」

「他に何がある？」

栗原は改めて黒田の考えの深さを知った気がした。

パソコンのモニターを横目で見ながら、黒田は続ける。

「藤川雄之介の名前が出てきたことで、今、我々がやっている一連の詐欺事件や宗教関係者の繋がりが推測できる」

「本当ですか!?」

「お前は、明後日の全体会議までに藤川雄之介をとことん調べておけ。相関図システムを使うだけで百人以上の関係が出てくるはずだ。それを現在の帳場ごとに振り分けてみてくれ。面白い結果が出てきそうだ。お前が、このビルにアタリをつけてくれたことが大きいんだよ」

警察用語で「帳場」とは捜査本部のことだ。情報室は今回の詐欺事件ごとに複数の捜査本部を設けていた。

嬉々とした顔で室長室を出て行くと、栗原はすぐにデータ処理室に飛び込んだ。その後ろ姿を見届けると黒田は静かに目を閉じて、深く息を吐いた。

――藤川雄之介……ついにお出ましか。


次に、黒田は内田を呼んだ。

「実は今、警視庁内の研鑽教会員を全て洗い出そうと思っている」

「そんな情報が入るのですか」

内田は「研鑽教会」と聞いて、はっとした。

「おそらく、数日の内に入手できると思う。これを全てチェックしてもらいたい。家族も何もかも丸裸にして、最終的には人事的に処理したいと思っている。何しろ警視クラスもいるんだ」

黒田はさらに続ける。

「中でも本部勤務員であれば、その者の卓上の電話を全て傍受する必要もある。架電先もね。それから家族を含む全ての携帯電話、コンピューターメール等もチェックしてもらいたい」

その姿勢は徹底していた。

「そこまでやるのですか？」

「極左の連中はやっているよ。ＣＩＡ並みにね」

「そうですね。我々はまだ甘いのかも知れません」内田も頷く。

「デュープロセスの観点から見れば法治国家である以上やってはならない手法かも知れないが、公安がこれをやらなくなったのなら仕方ない。うちでやるしかないな。しかし、あくまでも手続きだけは踏んでおく必要がある」

「すると、令状請求も大変ですね」

「今回の令状請求に関しては全て僕が責任を持って企画課長印を預かる。早いうちに全ての携帯電話会社の法務室と連絡を取っておくように」

黒田は常に先を読む。

「法務室でよろしいんですか？」

「時折、超法規的措置を取らざるを得ない時があるが、その判断ができるのは法務室しかないんだ」

「なるほど。よその会社のことまでよくご存じですね」

黒田は「それが仕事だよ」とさらりと答えた。

その夜、午後十時過ぎに研鑽教会の須崎秘書局長から連絡が入った。公衆電話からの着信がいったんワンコールで切れ、十秒後に再び電話が鳴った。

「お約束の品を準備できました」

「ありがとうございました。アクセス権限等で将来的に局長にご迷惑は掛りませんか？」

「そこが宗教団体のいいところで、信用主義なんですね。確かに人事に関するアクセス権限は設定されていますが、これを記録するシステムは導入しなかったのです」

「珍しいことですね。宗教戦争の可能性も多いのに」

「はい。ある程度のステージに上がるまでには徹底した身体検査が行われますから、それ以降は大丈夫なのです」

「徹底した身体検査」という言葉に黒田は一瞬ひやりとした。内田に早急に伝えてやる必要があると思った。

「私たちはランクが上がれば上がるほど厳しくアクセス記録が管理されますが、これは日頃のチェックが逆にやりにくいからなんでしょうね」

須崎は答える。

「下の者に機密は持たせませんから、その判断は確かに難しいでしょう」

「ご用意いただいた資料ですが、これから受領に参ってよろしいでしょうか？」

率直に黒田は尋ねた。

「これから……ですか？」

「室長のお手元に置くのは少しでも短い方がよろしいかと思います」

「心遣いありがとう。では、東京駅の八重洲中央口改札ですれ違いましょうか？」

須崎は言った。

「では三十分後に参ります。改札の内側にある公衆電話から局長の携帯電話にワンコールして切ります」

「わかりました。では」

黒田はジャケットを手に取ると、足早に部屋を出ていった。


須崎秘書局長から資料を受け取る際の手はずは数年前から一緒だ。

黒田は八重洲中央口の改札口の中にいた。須崎は外から黒田の存在を確認すると、そこで相互に最後の点検作業を終えた。黒田は須崎の背後をもう一度確認すると、おもむろに改札口に向かった。二つ並んだ改札をすれ違う際に、小さなＵＳＢ記録媒体を受け渡すのだ。改札の外から入ってくる秘書局長が、改札機の切符取り口から切符を取るふりをして――うまく受け取れた。これが最も安全な授受方法だった。その際、須崎はスーツの上着も着ず、当然ながら手ぶらである。発信器や小型盗聴器を装着される危険を避けるためでもあった。黒田もこれを確認しなければ接触をしなかった。

デスクに戻った黒田は仮想ディスクが設定されたＵＳＢに十六桁の暗証番号と十桁のパスワードを打ってデータを開いた。

「まさか……」

黒田の表情は凍りついた。

情報室のある企画課の管理官に信者がいたのだった。さらに人事第一課、人事第二課、公安総務課、警備第一課の管理官の中にもいた。警部はさらに多く主要ポストに広がっていた。——合計百七人。黒田の想像を上回っていた。情報室の存在が相手方に知られていることは明らかだった。

人事第一課、人事第二課の人事担当者の中にも信者が入っていた。

黒田はこの教団の個人情報データと警視庁人事データを突き合わせてみたが、見事に全て一致した。中には数週間前に着任した者の所属まで合致していた。

「警視庁の人事データ書き換えよりも正確かもしれないな」

唖然としながらも、黒田は思わず苦笑した。直ちに黒田は企画課長の携帯電話に連絡を入れた。明朝、それも朝一番で対策を協議する必要があったからだ。


午前七時の情報室にコーヒーの香りが満ちた。

「課長。情報室の実態が研鑽教会に知られているとなると、彼らのターゲットが公安部から情報室になる可能性もありますね」

「しかし、ショックだな。企画課にもいたのか……」

Ａ４五枚にプリントアウトされた資料を眺め、企画課長は何度も繰り返し氏名を確認しながら言った。

「私も愕然としました。想像以上です。人事記録を見てもいずれも優秀な人材ばかりで驚いています」

「うちの管理官もよくやってくれていたな。彼も警察を敵視していたのだろうか」

「おそらく教団を取るか警察を取るかという決断を迫られた場合には、教団を取るのだろうと思います」

「それが宗教の世界だろうな。さて、困ったものだ。黒ちゃんはこれを誰にやらせるつもりなんだい？」

「はい。内田に指示するつもりです」

「適任だな」

「当面は本部勤務員の警部補以上三十五人を徹底してチェックし、主要人物には遊軍から行動確認要員を出します」

「徹底的にやるつもりなんだろうな」

黒田は闘志をあらわにして、

「根こそぎにしてやります。捜査の着手はやや遅れることになりますが、獅子身中の虫だけは完全に駆除したいと思っています」と誓うと上司の目を見た。


黒田は八時半になると、遊軍キャップの内田仁を自室に呼んだ。

「内っちゃん、警視庁内に潜入している研鑽教会信者のリストだ」

内田は資料を手に取ると一人一人を指で示し、じっくり目を通しながら言った。

「しかし、よくこのような資料が入手できたものですね。室長の力量は計り知れません。私も現在、研鑽教会の幹部をチェックしながら作業をかけている最中ですが、このような情報を取ってくることができるようになるまで、何年かかることやら……」

内田は溜息をつく。

「そんなことは時間が解決してくれるものだよ。それよりも、このリストの中から、要注意人物を早急に拾い出してもらいたいんだ」黒田は促した。

「何人か知った顔がいますが、どれも優秀な奴ですよ。頭も良ければ腰も低くて、フットワークも軽い。今、思えば宗教者ならば当然のことなのでしょうが……」

さらに内田は名簿の中に同期生や友人の名前を見つけると、名前と期別を確認しながら肩を落とした。

「溜息をついても仕方ない。もうやるしかないんだ」

ようやく内田は姿勢を正した。ふと、報告すべき件があることを思い出した。

「室長。研鑽教会が保有する人工衛星の関係で妙な噂が出ているようです」

「なんだ、その妙なとは」

「研鑽教会に人工衛星を納めた会社『スペーステクノロジー社』がどうやらパンクしたらしいのですが、大掛かりな投資詐欺をやった可能性があるんです。その役員に、かつて四、五〇億の被害を出した大詐欺事件の『帝国ブリックス事件』の本犯だった中山秀夫が入っていた時期があるんです」

中山秀夫……黒田は記憶を辿った。

「すると未公開株詐欺でもやったのか？」

「公開予定のない株を宇宙開発をちらつかせて一流の『夢』に見せかけ、売り捌いたようです。被害総額が五〇〇億を超えるんじゃないかという話なんです。おまけに、国会議員に加えて、藤川雄之介の名前が挙がっているんです」

「藤川雄之介が？　どういうことなんだ？」

「中山が保有していた株を藤川雄之介が持っていて、会社に買い取らせたというんです」

――また一つ繋がった。

「前科もんに未公開株を持たせる社長がアホなんじゃないか？　そんな奴を株主にして株式の公開なんてできるわけがないだろう」呆れてものも言えなかった。

「それはそうなんですが、中山は大手人材派遣会社からエグゼクティブ登録をされていたらしいんですよ」

「それはいつごろの話なんだ？」

「三年前と言われています」

「そうか。時期的に符合するな。研鑽教会が武装化していった時期と……」

「そうなんです。それで私も気になって……」

黒田は内田のこのセンスを評価していた。

「研鑽教会はその会社に人工衛星の代金を支払っているのか？」

「それが、経理担当者が不明なので全くわからないということです」

「スペーステクノロジー社はどこの所轄だ？」

「丸の内ですが、なにか？」

「気になるな。悪いが、内っちゃん、その件も併せて調べてみてくれ。会社の登記を全て上げてきてくれ」

黒田は散らばっていた点が結び付いていく様《さま》に高揚した。


スタッフミーティングの席で黒田は言った。

「今後の捜査での最終交渉は僕自身が直接行います。皆さんはあくまでも立ち会いという形で、それぞれの捜査対象者に引き合わせて下さい」

「それには何か理由があるのですか？」

「おそらく、様々な政治的圧力やいわれなき誹謗中傷が行われる可能性が高いのです。その窓口は一つにしておく必要があります。今回の敵は案外大きいようです。皆さんは今後の情報室を支えていかれる方々です。今、無用な傷を負う必要はないのです。一方で、捜査第二課にはある程度の情報を提供して、合同捜査を行うことも念頭に入れております。中でも贈収賄にかかる部分では捜二の方が一日《いちじつ》の長があることが明らかです。したがって、余計な対策に時間をかけるよりも、現場はどんどん先に進んでもらいたいのです」

スタッフたちは黒田の強い決意の滲《にじ》んだ顔をしばらく見つめていた。黒田はいつまでも自分がトップに居るわけではないという現実を彼らに気付かせたかった。

「すると今回の事件全てに関して、相手方からのスケープゴートには室長が一人でなるということなのですか？　それは危険が大きすぎるように思うのです。我々も捜査員のはしくれです。責任は自分自身も持つつもりです」

「管理官のおっしゃることはよくわかります。僕自身、皆さんもご存じのように、これまで国会で名指しされるようなこともしでかしております。しかし、決してこれは褒められることではありません。『自分ひとりで背負っていく』というとヤクザもんの世界の綺麗事のように思われますが、そうばかりではないのです。皆さん方まで、必要以上に名前を晒《さら》す必要はない。ただ、その際の逃げ方、組織の対応というものを実際に見て、今後の対応策を各々で考えて頂きたいのです」

皆それぞれに頷き、身辺に思いを馳せている様子だった。確かに黒田は腹が据わっていた。独身で、失う家族もなかった。

「わかりました。室長の仰せの通りにいたします。明日の情報室のためにも、しっかり学ばせていただきます」

黒田は満面の笑みを浮かべて一礼すると、部屋を出て行った。スタッフたちの目にはその後ろ姿が大きく映っていた。

＊＊＊

葉昭子に関する捜査で、彼女自身が外交特権享受者であることがマレーシア政府を通じて正式に証明された。彼女に対する強制捜査は極めて困難だった。だからといってこのまま彼女を中心とする詐欺グループを野放しにしておくことはできない。

黒田は、彼女の日本への出入国記録から彼女の携帯電話の通話記録まで可能なかぎり詳細に調べさせた。また、葉昭子の側近的な立場にある、防衛大学校出身の宮越についても入念な所在確認と行動確認が行われた。この捜査は当初黒田が思った以上に登場人物が多かった。相関図を作らせ、さらに具体的な詐欺行為が行われた都市銀行の丸の内支店の防犯カメラの撮影データを令状によって押収した。

また、宮越の口座開設時期と出入金の状況を確認すると、五年前に突然五億円分のドル建て小切手で当座預金と普通預金の口座がそれぞれ開設されていた。

その後、二ヵ月以内に五億円の日本円の小切手が他銀行の本店名義で三通持ち込まれ、二〇億円の口座となったが、その後の出し入れは全くない。宮越の紹介で九人の口座が開設され、それぞれ、五〇〇〇万円から一億円が振り込まれていた。おそらく「手数料」として宮越が作らせた口座に入金させたのだろう。

宮越が四井重工業の加藤社長との取り引き前、田守に示した銀行発行の口座残高証明書は偽造であることが明らかになった。

宮越が提示した「誓約書」もしくは「念書」に記された企業に関して裏付けを取った結果、半数の会社が宮越から融資の誘いを受けていたことが明らかになったが、代表者は詐欺の被害を全員否認していた。しかし、都市銀行に開設された口座と個人名、住所、連絡先が一致する者もおり、追及すると「恥ずかしながら……」と被害事実を認めたものの、被害届の提出を頑なに拒む者もいた。

黒田は詐欺被害を受けた社長を説得した。

「社長。あなたが『みっともない』と思われるお気持ちはわからないではない。しかし、あなたが躊躇することは犯人を助けることになるんですよ。あなたと同じような被害を被っている方の中には、被害金額を自主返還できずに特別背任に問われる可能性がある方までいらっしゃる。言葉は悪いが、あなたが犯人を庇うというのであれば、公判廷で名前が出てしまっても責任は負いませんよ」

「それは、脅迫ですか？」

「何を馬鹿なことをおっしゃってるんですか？　失礼ながら、社長が作った口座から消えた一億円、あれは御社の中で特別損失扱いになっているのではないですか？」

「そ、それが何だというんですか？」

「株主に対する説明責任を果たす義務があるのではないでしょうか？　少なくともバランスシートや損益計算書の中にはその項目は見つからない」

黒田は鋭く突いた。

「それは会計士、弁護士とも話し合った結果であり、警察には関係ないことだ」

「僕は御社の株主なんですが、株主総会に質問書を送付いたしましょうか？」

攻め手の方が数段上だった。

「な、なんだって。それこそ公私混同ではないのか？　警察が職務上知り得た秘密をそんなことに使うのは公務員法違反だろう？」

「さすがに最低限の法的知識はお持ちのようですね。ところが、職務上の秘密を公開する義務というのもありましてね。それも併せて裁判所に委ねようと思っています。まあ、それ以前に、警視総監の同意を得れば、地方公務員法の違反にはならないんですけどね」

黒田は会社を私物化し、株主を誤魔化そうとする経営者に対しては徹底的に戦うことを是としていた。

「まあ、社長に私のような若造が言ってもすぐに『そうだ』とは返せないでしょう。明日のこの時間までお待ちしておりますので、弁護士、会計士ともご協議ください。現在十四時五十五分です」

当初の社長の高飛車な態度は、退席する際にはすっかり息を潜めていた。

「奴が、どの政治家ルートを使って圧力をかけてくるのかが楽しみだな」

会社を出て強い日差しを受けながらオフィス街に出ると、黒田は同席していた栗原に笑いながら言った。

「この人は本当に楽しんでやっている……」栗原は呆れた顔をして黒田に続いた。

案の定、翌朝十時に大林事務所の公設秘書、山本久則が警察庁長官室に現れた。

「大林のところの山本秘書が先ほど長官室に乗り込んできたそうだ」

昼時に武内公総課長が黒田に声をかけた。

「山本ですか。地元から飛んできたわけですね」

黒田はご苦労さまです、と恭しく一礼する。

「相当な鼻息だったらしいよ」

武内はこらえきれず、笑い声を上げた。黒田も連られて吹き出した。

「これから、あと何回乗り込むことになることやら……ですが、長官に申し訳ないですね」

「いや、長官も適度に喜んでいるようだから、もう二、三発打ち込んでみるといいだろう」武内は拳を握る。

「わかりました。では早速」

黒田は眉を上げた。


アメリカ大統領をも騙したと言われる大河内茂の兄、守は暴力団組長でありながら、政治結社を名乗る右翼団体の長も兼ねていた。

黒田の姿は新橋に事務所を置く暴力団系の右翼事務所にあった。

「最近の右翼は詐欺の片棒も担ぐようになったのか」

「貴様、政治結社を愚弄するのか」

早速大河内守は凄んでみせた。

「政治結社？　お前の弟の牧師さんも一応、結社の構成員らしいな。大河内さんよ」

「茂はもう足を洗っている。アメリカ大統領も、総理大臣も評価した立派な牧師だ」

「あいつのどこが立派なんだ？　連日、赤坂の韓国パブで豪遊してるぜ。しかも、どこから仕入れてきたのかわからない金でな。だいたい、『足を洗う』って表現自体がおかしいと思わないのか？　ここは政治結社の事務所だろう？　それとも看板の裏には代紋でも彫ってあるのか？」

「何だと。弟の金は、弟を慕っている多くの方々からの浄財だ」

「浄財か？　つぶつぶの錠剤とは違うんだろうな？」

黒田は大河内を小馬鹿にしてからかうように言った。

「言っていいことと悪いことがある。弁護士を通して正式に抗議してやるから、首を洗って待ってろ」

「弁護士ねぇ。司法試験制度が変わって、喰えない弁護士が増えてるらしいが、その辺のイソ弁や軒弁じゃ話にならないぜ」

「うるせえ。うちの廣島昌和先生は大物だ。お前らの首なんぞはすぐに飛ばしてやる」

「楽しみじゃねえか。大先生によろしく言っといてくれや。ところで、エセ牧師に連絡がつくなら伝えておいてくれよ。もうすぐお札を持って挨拶に行くからってな」

「何の容疑だ」

大河内守は思わず口に出した。

「容疑？　詐欺に決まってるだろう。首洗って待ってろって伝えときな」

黒田はビルを出ると笑いながら言った。

「たまに馬鹿をからかうのも気分転換にいいな」

ここでも栗原は呆れていた。室長は、ただ喧嘩を売りにきただけじゃないか……。

捜査の結果、弟の牧師が行った詐欺の総額は二〇〇億円を超えていることが分かった。その金の一部が兄が所属していた暴力団事務所に流れ、そこからまたこの右翼政治結社に還流されていたのだった。さらに、被害にあった不動産の一部が大林代議士の秘書、山本の関連会社に転売され、地上げされた土地には、あのマリオンホテルが建てられていた。

「また一つ、繫がった！」

警察庁十八階の刑事局長室に弁護士の廣島昌和がやってきた。

「今度は弁護士先生のおでましですか。それもアメリカ大統領や総理大臣に対する名誉毀損で僕を告発するそうで」

黒田は腹を抱えて笑った。

「ご丁寧に大林代議士の東京後援会長と名乗ったらしいよ」武内が付け加える。

「雉《きじ》も鳴かずば……ですね」

「あと何件くらいあるんだ？」

「二件で止めておきます。後は秘匿捜査を行う予定です」黒田は白い歯を見せた。

「楽しみだな。ところで、捜査会議はいつ頃開く予定なんだ？」

「来週にはほぼ準備できます。もう少しお待ち下さい」

「わかった。長官も楽しみにしているようだよ」

武内は愉快そうに言った。

栗原は黒田に連れられて庁舎内の喫茶店に入った。

「中国の『客家《ハッカ》』出身の大物かあ。あの馬鹿まだやってたんだな」

「劉永憲というのはそんなに有名な奴だったんですか？」

有名企業相手に詐欺事件を繰り返していた劉こと畠山は、これまで「尻尾を出さない詐欺師」として名を馳せていた。

「そうだな、バブル時代の最後に登場して、暴力団組長の債権債務の整理屋をやっていた男だよ」

アイスコーヒーのグラスを揺すると、氷が音を立てた。

「暴力団絡みなんですね」

「大林義弘とは直接の関係はなかったんだが、その後、奴が取り込まれていったんだな」

「しかし、どうして今まで無事だったんですか？」

不思議そうに栗原は聞く。

「はっきり言って、『騙される方が悪い』というパターンだったからな。普通の常識を持ってさえいれば、一時間もしないうちにおかしいと思い、二度会えば詐欺師とわかるような奴なんだ」

「しかし、国会議員も相当騙されていますよ」

「今でも馬鹿な議員はたくさんいるだろう。日本国民に選ばれた方々なわけだが」

「しかし、二大政党政治になると、そんな奴が増えるのではないですか」

「まあ、数の理論だからな。志のない政治家はこんな事件でもいいから、消えてくれた方がいい。選挙民もそこで初めて自らの暗愚を知るわけだが、学習能力がないからな。総白痴化しないように啓蒙していくしかない。今回、名前が出た国会議員や首長全員に総当たりしていくしかないだろう」

黒田は厳しい。

「地検の特捜みたいですね」

「特捜部はアホらしくてやってられないだろう。しかし、どこかの段階で丸投げしてやってもいいけどね」あくびをしながら続ける。

「劉永憲の馬鹿な点は、自分自身が相手をどこまで騙しているのかわからなくなってしまうところなんだ。話をすればするほど話が大きくなっていく。本人も次第に自分のついた嘘に酔っていくから余計タチが悪くてね。どこかの国の総理大臣みたいなものだよ」

「辛辣ですね。ところで詐欺の被害者は出てくるのでしょうか？」

「情報では、ある無登記の団体名で架空の投資話をやっているようだな。これにも複数の政治家が理事長や顧問に名前を連ねている。その橋渡し役を大林の秘書の山本がやっているようだ」

「それにしてもよく繋がりますね」

「顧問に大林の名前が入っているから、これをどう言い逃れるかが楽しみだ。投資金を募る会社を設立しているから、金融機関の残高証明書を東京法務局に提出しているはずだ。そこから着手して簡単な罪名で引っ張ってしまおう」

黒田は楽しそうに声を弾ませた。

「しかし、室長はいろんな法律知っていますよね」

栗原は感心しきった顔をする。

「相手は詐欺師だ。あらゆる法令を駆使して引っかけていくしかない。そのために高価なリーガルベースソフトを買ってもらっているんだろう」

「……宝の持ち腐れにならないように活用致します」

ついに、代議士の大林本人から直々に電話が入ったのはその日の夕方だった。

「長官。民政党の大林だが」

「これは先生直々に何事でしょう？」

「おたくの黒田という男は何者なんだ？」

「先日、先生のところの山本秘書も私のところにいらっしゃいまして、黒田の話をして行かれましたので、警視総監に直接尋ねましたところ、極めて優れた捜査官で、警視庁の宝というより日本警察の宝と申しておりました。その黒田に何かございましたでしょうか？」

「日本警察の宝？　警視総監が直接そう言ったのか。そんなに優秀な男なのか」

大林はその先の言葉を呑み込んだ。長官の手元には古賀警視総監から渡された、今回の一連の詐欺事件に関する相関図が届けられていた。

——大林も尻に火がついたな。

長官はほくそ笑みながらもクールに対応していた。

「黒田が何か粗相でも致しましたのでしょうか？」

「いや、ありもしない噂が耳に入ったのでな。まあ、捜査情報が漏れないように気を付けておいてくれ」

「かしこまりました。ご鞭撻《べんたつ》ありがたく承ります」

長官には電話の向こうの大林の顔が不機嫌になって行くのが見えるようだった。

黒田のもとにクロアッハから意外な報告がもたらされたのはその夜のことだった。

「何か変わったことでもありましたか？」

「今、自宅かい？　これから君のアドレスにメールを送る。衛星写真の画像を送るから確認してくれ」

「衛星写真というと、研鑽教会の訓練センターの件かい？」

「面白いものを作って模擬訓練を繰り返しているよ」

クロアッハは意味深長に言う。

「模擬訓練……わかった確認したら連絡をする」

黒田はパソコンのメールを開いた。間もなくクロアッハから一件のメールを受信した。黒田はメール本文よりも先に添付ファイルを開き、息を吞んだ。

「これは……」

目に入ったのは、警視庁本部庁舎の屋上をかたどった大掛かりな模型と、ヘリポート部分に着陸した中型輸送ヘリコプターの画像だった。写真には百分の一秒単位で時間が記録されている。次の写真には二十名ほどがヘリから降りて、部隊が散開している様子が写っていた。さらに次は、もう一機のヘリが着陸し、新たなチームが作戦行動に出ているものだった。計十二枚の写真だったが、最初の着陸から二回目の部隊散開までがわずか五分という速さだ。

「奴らは本気で警視庁本部の襲撃を考えている……」

黒田はクロアッハにすぐに電話を入れた。

「奴らは本気のようだな」

「そのようだ。一部は角の部分から『振り出しリペリング』のスタイルで階下に降りる訓練をしている。警視庁本部は十八階建てだったかな？」

「振り出しリペリング」という降下方法は、ロープにぶら下がって屋上から建物沿いに降りていく方法ではなく、壁を真下に向かって走りぬけるように降りていくスタイルである。この方法は周囲がよく見え、しかも揺れがないため、確実にかつ迅速に目標地点に到達できる高度なテクニックである。

「階段を使う部隊と窓から突入する部隊が六階で合流することになるな」

「刑事部長室が六階だ。所要時間も最初のヘリ着陸から二機目の戦闘要員が十一階に飛びこむまで、十分という時間だ。百人以上の潜入者がいるのだから、それぐらいは容易に調べることができる」

「潜入者のチェックはできているんだな」

「おかげでなんとか漕ぎ着けたよ」

黒田の声は緊張していた。

「あとはどうやって阻止するか……だな」

「今のままでは映画の撮影訓練で誤魔化されてしまうからな。迎撃するのが一番だろうな」

「やらせてしまうのか？」

クロアッハは聞いた。

「僕一人では判断できないが、やらせて空振りさせた方が効果的だろう。全員逮捕が願いだが……こちらに一人の負傷者も出させてはならない。そこが考えどころだ」

「Xデーを探ることだな」

いや、それよりも、と黒田は吐き出す。

「奴らのXデーをこちらの宣戦布告にするのがベストだな」宣戦布告だ。

「楽しみにしている。しかし、奴らが使っているヘリは日本国内には自衛隊にしかないはずだ」

「恐らく習志野から飛ばすつもりだろう。自衛隊にも相当数の信者が入っているからな」

クロアッハの溜め息が聞こえる。

「オウムの再来というところかな」

「カルトの恐ろしさだな。それを陰で操る連中にも、今回は鉄槌をくらわしてやる」

「ということは、背後はわかっているわけだ」

「どうしようもないヤクザだ」

「ヤクザか。日本ヤクザもマフィア並みになってきたな。ジュン、健闘を祈るよ」


翌朝、緊急の御前会議が召集された。

警視総監以下、総勢十九名の極秘会議だった。

古賀総監が穏やかな声で切り出した。

「本日急遽集まっていただいた理由について説明する。この会議内容の保秘を徹底願いたい。情報室からの報告で、現在、とある団体による警視庁本部襲撃計画が進行中である」

さすがに出席者の誰ともなくどよめきが起こった。

「いまだそのXデー並びに詳細は明らかになっていないが、ヘリコプター二機を使用して、四十人程度のコマンド部隊が襲撃をかけてくるようだ。そこで、我々はこれをいかに制圧するかを考える必要がある。この写真を見てもらいたい」

黒田に送られた写真十二枚がプロジェクターでスクリーンに映し出されると、一瞬ざわめいたが、すぐに静まり返った。

「黒田君、奴らが所持している武器について説明してくれ」

「まず、銃はほとんど全員が、特殊部隊愛用のサブマシンガン、MP5A4短機関銃を持っております。接近戦に効果的なタイプです。また、数名が閃光弾を所持しております。これは応戦部隊を想定した威嚇《いかく》用と思われます。彼らの装備は、アフガニスタンの傭兵と全く同じですので、警察官の拳銃を完全にプロテクトするに十分なヘルメット、ライナー、防弾チョッキを装備していることになります」

アフガニスタンの傭兵という言葉に、再びどよめきが起こった。

「ありがとう。これに応戦できる部隊はSATでいいのかな？　警備部長」

「SAT」という呼称はSpecial Assault Team の頭文字からとっている。「特殊急襲部隊」として警備部に設置されていた。

「それ以外にはないかと思います。しかし総監、応戦ということは、奴らに実施させるということでしょうか？　予備段階で鎮圧はできないものなのでしょうか？」

警備部長は苦渋に満ちた顔で答えた。

「それも併せて検討してもらいたい。そのための会議だ。黒田君、団体名を明かしてやってくれ」

「この団体は宗教法人の研鑽教会が独自に保有している傭兵部隊です。写真撮影は米国の衛星写真で日付は写真下部にあるとおりです」

副総監は公安総務課長に尋ねた。

「この傭兵部隊に関する情報は入っていたのか？」

「残念ながら、先鋭部隊がいるとの報告は入っておりましたが、ここまでとは思っておりませんでした」

「天下の警視庁公安部もそんなものか？」

「残念ながら、結果が伴っておりませんことは否定のしようがありません」

公総課長は悔しさよりも、情けなさを滲ませた声で答えた。

「内調からの報告もないのか」

「あそこからも……ありません」

副総監は言葉を詰まらせた。

「黒田警視、そちらへは研鑽教会の情報はコンスタントに入るのか？」

「情報の内容次第ですが、ルートは作っております」

「今回の情報の端緒はどこからで、どういう内容だ？」

副総監はいらだちを隠せなかった。

「はい。研鑽教会と世界平和教です。双方の非公然部隊が統一行動を起こし、彼らの共通の敵として警視庁にその矛先が向かっているという端緒情報です」

「なに？　公総課長。この情報は入っているのか？」

「残念ながら……」

「黒田警視、君のところはどれくらいの態勢で研鑽教会や世界平和教を見ているんだ？」

「合わせて五人です」

「たった五人か……。それで、さらに違うことを捜査しているんだな。先日、国会ルートから苦情がきているという噂があったが……」

「被疑者からのいわれなき誹謗中傷や言いがかりを苦情とは思っておりません」

黒田ははっきりと言った。

「被疑者？」

「はい」

「国会関係を捜査しているのか」

「いいえ、詐欺師を追っかけておりましたら、たまたま国会関係者にぶつかっただけです」

副総監は額に手をあてる。

「詐欺師？　それは捜査二課の案件じゃないのか？」

「はい。二課にも相談しております」

「二課長、聞いているか？」

「事件担当理事官から、漠然とは聞いておりますが、固有名詞までは届いておりません」二課長は気まずそうに答えた。

「黒田警視、君は先ほど被疑者と言ったが、容疑は確定しているのか？」

「いくつかの事件は令状請求の準備ができております」

「いくつか？　正確に何件やっているんだ？」

「同時進行で四件です」

副総監は腕組みをして天井を見上げると、目を固く瞑った。どう対処すべきか、必死に悩んでいる様子が周囲にも窺われた。すると総監が口を開いた。

「さて、警備部長。先の映像のような攻撃が実際に起こった場合の対処訓練はこれまで実施したことはあるのか？」

「いいえ、ございません」

警備部長は頭を下げた。

「考えてもみなかったということか？」

「はい。申し訳ありません……」

「何か手はあると思うか？」

「ＳＡＴ指揮官に見せれば、具体的な対処方法が出てくるかと思います」

「十分間の闘いになるわけだな。公安部は詳細情報を入手するのにどれくらいの時間を要するのだ？」

公総課長がこれに答えた。

「はっきり申しまして、現時点で捜査員が協力者から核心情報を得るまでには人間関係ができあがっておりません」

「すると情報は入らないのか」総監は呆れ返った。

「そう思っていただいた方がいいかと思います」

消え入りそうな声で公総課長が言った。

「黒田君。君のところはどうなんだ」

「複数の情報を精査することにより、ある程度は絞り込むことができるかと思います」黒田は答えた。

「本件に関しても複数の収集ルートがあるというのか？」

「はい」

会議室は再びざわめいた。公総課長の顔が再び険しくなった。

「刑事部長。現時点で彼らを検挙するとして、適用法令はなんだ」

「軍事組織が武器を使用することで内乱予備罪が適用できるかと思いますが、現時点では何の証拠もありません。おまけに海外での訓練ですし、傭兵の訓練とでもなんとでも言い訳ができる状況です」

「そうだろうな。傭兵ならば凶器準備にもならんしな、問題は武器の持ち込みだが、米軍に紛れられてしまうと国内法は手出しができんからな」

副総監も眉を寄せる。

「とりあえず、ＳＡＴの訓練は始めた方がいいな。本部庁舎を使用して実践的に行った方がいいが、目立たぬようにやらねばならん」

するとと企画課長が手を挙げて発言した。

「本件に関連して、もう一つ問題がございます。それは研鑽教会の信者が百人以上、警視庁に潜入しておることでございます」

「なに？　それは潜入なのか、それともたまたまの信者なのか？」

副総監が驚きの声を上げた。部屋は異様な空気に包まれた。

「現時点では、潜入と見てよかろうかと思います」

「百人以上というが、その人定は把握できているのか？」人定とはあらゆる個人情報に関するデータのことを指す。

副総監の声はかすかに震えている。

「名簿を入手しております」企画課長が答えた。

「それも情報室が入手したのか？」

副総監は首を捻って、黒田を見た。

「さようでございます」

「黒田警視。研鑽教会に対する情報収集の強化を指示して、まだ一ヵ月足らずだが、情報室はすでにマークしていたということなのか？」

「はい。先程も申し上げましたが、本件を含め、研鑽教会に関する情報は全く別の案件を捜査中に浮かび上がったものです」

「そうだったな。研鑽教会のどこがおかしいと思ったんだ？」

「優秀な人材と圧倒的な財力を持ち、海外の著名人を活用して急速に拡大していること、代々木教との抗争を繰り返していること、さらには世界平和教、反社会的勢力、一部有力政治家との接点が不気味に思われたからです」

「捜査指示を出したのは君か？」

「はい」

「いつから？」

「三年前からです」

「三年前か……当時は公安部もよく知らない団体だったな。さて、企画課長。その信者対策をどうするつもりだ？」

「現時点で、警視を筆頭に三十五人ほど信者がおります。彼らに秘匿で警備訓練を行うのは非常に困難かと思います」

「わかった」

副総監は納得の顔を見せた。

「SATは当面、図上訓練を進めながら、対銃器装備を徐々に搬入しておいてくれ」

警備部長はその場に立ち上がって敬礼をし、了解の意を示した。

「信者対策については人一課長が対処するように。研鑽教会の情報については公安部もエース級を投入して詳細情報を取るように」

副総監の言葉に、総監は鷹揚に頷いた。会議が終了すると副総監が黒田を呼んだ。

「黒田警視、一つだけ聞いていいか？　君があらゆる分野の情報を収集し、的確に分析する能力が非常に高いことはよくわかった。君が情報収集を行うに当たって一番大事にしているものは何だ？」

「想像力です」

黒田は静かに答えた。

「想像力……か……」

副総監はまじまじと黒田の顔を見た。ふと副総監の口元が笑ったように見えた。

＊＊＊

その夜、黒田の足は赤坂に向いていた。遥香からメールが届いていたからだった。これまで三通のメールをもらっていたが、黒田は一度も返信していなかった。

本部庁舎の副玄関を出ると珍しく携帯電話を取りだし、受信ボックスを開いて遥香からの着信メールを開くと返信ボタンをクリックした。「今日、僕も行くよ」たったこれだけのメールを送った。女性へのメールは文子以来だった。

「初メール、とっても短かったけど、本当に嬉しかった」

店で出迎てくれた遥香が見せた笑顔は、黒田のささくれ立った気持ちに蜜のコーティングを施してくれるような甘さがあった。

「返事ができなくてごめんね。何となく気恥かしさがあってね」

「気恥かしさ……ですか？」

「そう。一回り以上離れた女の子にどんな言葉を使っていいのかもわからなかったしね」

「普段お話ししているとおりでいいんですよ」

「それはそうなんだけど……うん、これからはそうするよ」

「じゃあ、またメール下さるんですよね」

「なるべくね」

遥香がブッカーズソーダを飲みたがったので二人で同じものを注文した。ママが二人をカウンター越しに見て、意味ありげに、

「ふーん」

と言っていたずらっぽく笑った。黒田もママが何を言いたいのかわかっただけに、あえて何も言わなかった。乾杯をしたブッカーズソーダはいつもより甘かった。すると、バイオリニストのつぐみがカウンターの奥から顔を出した。

「黒田さんいらっしゃいませ。さっきから急に遥香が元気になったので、おかしいなと思ってたんですよ。メールが届いてたな？」

つぐみが遥香の顔を覗きこんで言った。黒田がそれをフォローするように、

「初メールだったけどね」

と言うと、遥香が赤い顔をして答えた。

「そう七文字に読点一つ」

「すごい。一番短い愛のメールじゃないですか！」

つぐみは今日もハイテンションだ。

「しかし、つぐみちゃんの印象はここ数回ですっかり変わってしまったなあ」

「え、前はどんな印象でした？」

「品のあるお嬢様バイオリニストってところかな」

「じゃあ、全然変わってないじゃないですか」

黒田は小娘に弄ばれているような気になっていたが、決して嫌な気はせず、かえってこの空気を楽しんでいた。遥香はただ笑顔を見せているだけだ。するとつぐみは二人を見比べながら言った。

「もしかして、もう付き合ってるの？」

黒田は呆れ顔をしながら、おどけてつぐみに答えた。

「まだだよ、まーだ。これからかな……」

ふと遥香を見るとブッカーズをストレートで飲んだかのように真っ赤になっていた。

つぐみもそれ以上の追及はしなかった。

その日のつぐみのライブはツィゴイネルワイゼンから始まった。ピチカートの技法も見事だった。凛としたバイオリニストの姿に黒田は唸った。

遥香が黒田の肘のあたりに軽く指を触れて言った。

「さっきの言葉、本当ですか？」

「お付き合いの話？」

「はい」

「僕でいいの？」

「はい」

消え入りそうな声になって、上目遣いで黒田を覗きこむ遥香の姿はその場で抱きしめたくなるほど可愛らしかった。

「今日は送っていくよ」

遥香は小さく頷いた。

ライブを聴いて店を出る時、遥香の会計も一緒に黒田が支払うと、ママは驚いた顔をした。

「帰り道、同じ方向なんだよね。東西線で三駅かな」

店の外までママとつぐみが見送りにきた。エレベーターに乗り込んだ二人につぐみが声をかける。

「なんだか、とってもしっくり行ってる感じ。いいなあ」

「いいでしょう？」

ようやく遥香がつぐみに対して応酬の言葉を使った。エレベーターの扉が閉まると、遥香は両腕を黒田の右腕に巻き付かせた。柔らかい豊満な触感を腕に感じた黒田は、遥香に笑顔を見せてそのまま赤坂の街に出た。

外堀通りでタクシーを拾うと、黒田は、

「西葛西」

と告げた。タクシーの運転手は高速のコースを尋ねた。黒田が遥香の顔を見ると、すでに目を閉じていた。

「湾岸から葛西経由でお願いします」

このコースでは自分の家の方向を通らないことが遥香にもわかった。遥香が後部座席のシートベルトをこっそり外して今度は黒田の左腕を抱えた。黒田は左肘に柔らかい乳房の感触を味わいながらピンク色に染まった左頰をゆっくりと撫でた。顔を挙げた遥香の目が潤んできたのがわかった。

翌朝、黒田は六時ちょうどに目覚めた。情報室勤務になって階級が上がるにしたがって出勤時間が早まっていた。横では遥香が穏やかな寝息をたてていた。その頰に軽くキスをして、彼女を起こさないように静かにベッドを離れると、黒田は熱めのシャワーを浴びた。書斎に入ってパソコンのメールを開くと四十数件の着信があった。クロアッハからのメールに気付くと、体に緊張が走った。「訓練が終了したようだ。出国の確認が取れた段階で、出国先等を改めて連絡する」——黒田は宣戦布告の準備に入らなければならないことをすぐに感じた。着替えを済ませて新聞三紙に目を通しているると、コーヒーを淹れるお湯が沸き始めた。

遥香の寝顔を確かめてブルーマウンテンナンバーワンの豆をマンソニーミルに入れると、ベランダに出てゆっくりと挽き始めた。黒田にとってこの時間は大切なひと時だった。その日の気分に合わせて挽き方を変える。その日はやや粗めに挽いた。ペーパーフィルターをいつものように熱湯でひと濡らしする。

挽いたコーヒー豆をフィルターに移して最初の湯を細いケトルの口から少しずつ注ぐと、豆は見事なドームを形造りながらふくよかな芳香を漂わせ始めた。この香りに気づいたのか、遥香がベッドの端に座って「おはよう」と甘い声を出した。黒田は軽く手を挙げて蒸らしが終わった豆にゆっくりとお湯を入れた。ドームの形が全く崩れないまま、カップには深い色のコーヒーが満ちてきた。

カップを手にベッドサイドに行くと、遥香はまだ余韻に浸っているような満ち足りた顔をしていた。

「コーヒーを淹れたよ」

「ありがとう。いい香り」

遥香はブルーマウンテンの香りを楽しんでいた。熱そうに一口含む。

「コーヒーってこんなに美味しいんだ！」

「今日は特別さ」

「いつもだったらいいなあ」遥香は黒田を見つめた。

甘えた声がなんとも言えなかった。

「今日はちょっと早めに出なければならなくなってしまった。遥香の鍵を渡しておくから、あとをお願いね」

「遥香の鍵？」

「そう。スペアーはないんだから、なくさないでよ」

「絶対なくさない」

遥香の目がうっすらと滲んだ。黒田はその目元に軽くキスをして部屋を出た。午前七時だった。


午前七時四十五分にデスクに着いた。昨日の会議結果に関してメールが届いている可能性があったので普段よりも早く出勤していた。

警視庁の組織内ＬＡＮである、警視ＷＡＮを開くとやはりたくさんのメールが入っていた。

午前八時ちょうどにデスクの電話が鳴った。捜査二課の吉田からだった。

「おお、朝からどうした。何か二課長に言われたのか？」

「そのとおりです。情報室がやっている詐欺事件が、うちとバッティングしていないかどうか確認しておくように言われました」吉田の声には表情がなかった。

「吉田もだんだん小ズルくなってきたな。お前たちがやっている事件は全く伏せておいて、こちらの情報だけ取りたいんじゃないのか？」

　黒田は皮肉っぽく返す。

「いじめないで下さいよ」

「うちがやっているのは政治家ルートが主で、全てに反社会的集団が関わっている事件だ。お前のところで政治家ルートを追っているのなら、政治家の選挙区を言えばヒットかニアヒットか教えてやるよ」

「政治家は中部管区を追っています」

「じゃあ安心していい。うちは中国管区だ」

「中国管区ですか。あそこは五県ですから、確率は五分の一ですね」

　吉田は食い下がる。

「余計なことは言うな」

「黒田さん。お願いします。誰を追ってるんですか？」

　珍しく吉田の諦めが悪かった。

「お前こそどうしたんだ？　察庁から何か言われているのか？　どこぞの馬鹿秘書が長官のところに怒鳴り込んだらしいが」

「もうお耳に入っているんですね」

「そりゃそうだ。自分の身は自分で守らなきゃならんからな」

「刑事局長が長官室で聞いたらしいんですが、総監が黒田さんのことを『日本警察の宝』とおっしゃったそうです。凄いことですよね」

「それは心苦しいな。迷惑ばかりかけているんだがな」

「刑事局長のところに来た廣島昌和という弁護士は大林代議士の東京後援会長を名乗ったらしいんです」

「それで？」黒田は軽く返す。

「大林は警察庁の次長、官房長と非常に親しいんですよ。うちの局長もなんですけど……」

「だからなんなんだ？」

「ですから、情報室が大林代議士を狙っているのか……と」

「もしそうだったらどうするんだ」

「本当ですか？」

「だから、もし……だと言ってるだろう」

いら立たしいやり取りが続いた。

「黒田さんには思いっきりやって下さいとしか言えませんよ。ただ……黒田さんが嫌な思いをすることになるかもしれない、と思って」

「大丈夫だ。結果はどうあれ、僕はそんな思いはしない。それに、いつまでもこの所属にとどまっている訳にもいかんだろう」

黒田は吉田が自分の心配をしてくれていることがよくわかっていた。

「こちらのターゲットが誰であれ、令状請求の段階でお前には連絡するよ」

「ありがとうございます。こちらで黒田さんのお役にたてることはあまりないかと思いますが、その節は僕もご連絡いたします。実は今、代々木教を狙っているんですよ」

それを聞いて黒田の目が一瞬光った。

「――担当係長は尾崎か？」

「どうしてそんなことまでご存じなんですか？」驚いて吉田は聞き返す。

「奴の書類は気をつけて目を通せ。奴は研鑽教会の潜入者だ」

「ええっ。そうなんですか!?」

「近々、捜二課長から連絡が入るだろう。奴らの敵は我々だからな。代々木教を反警察に巻き込もうとする意図があるかも知れない。そのニュアンスを奴の文字、言葉から読むんだ」

「はいっ、ありがとうございます」

黒田は世界平和教と研鑽教会との連携が気になっていた。

世界平和教の朴の緊急連絡用電話に発信すると、十五分後にコールバックがあった。

「ジュン、何かあったかい？」

「実は研鑽教会が警視庁襲撃訓練を終えた様子です」黒田はすぐに切り出した。

「やはりあそこは本気だったんだな」

「そこに、あなたの教団の関係者が混じっていないでしょうか？」

「それはカリフォルニアのトレーニングセンターで実施している、コマンド部隊の話なのか？」

「そのとおりです」

「十人が参加している。いずれも実戦部隊だ」

「やはりそうですか。彼らのパスポートはどういう扱いなんですか？」

「過去にアメリカ軍の傭兵経験があるが、身分はれっきとした韓国籍だから、通常の韓国籍のパスポートしか持っていないはずだが」

「至急、人定事項が欲しいのですが」

「わかった。この件は教祖にも報告しておく。日本警察を攻撃するなど、教祖の真意ではない」

「阻止できればそれでいいのですが、時間が切迫しています」

「本当はやらせたいんだろう？　ジュンとしては。一網打尽が好きな君だからな」

朴は黒田の本心を見抜いているかのように言った。

三十分後に十人のデータが届いた。写真付きでパスポート番号も記載されていた。韓国軍人としても優秀な男たちだった。

黒田はデータを一部プリントアウトして総務部長を訪ねた。少々のことでは驚かない総務部長もこの資料を見た時は一瞬言葉を失った。資料と黒田を何度か瞳が行き来した。

「黒ちゃん。鳥肌が立ったよ。総監室に行くか？」

黒田は総監室に電話をいれてすぐにアポを取った。

「まあ、座ってくれ。何やら急ぎの報告ということだったが」

応接ソファーに腰を掛けると、古賀総監は秘書官にコーヒーを持って来るよう連絡を入れた。

「さて、黒田レポートを見せてもらおうかな」

穏やかな笑顔だった。

「申し訳ありません。本日、メモはありません。ただ、資料を入手しましたのでお持ち致しました」

「資料か……」

総監の顔が少し曇った。

「今回、警視庁本部の襲撃訓練に参加している、世界平和教の非公然部隊メンバーの人定事項です」

「な、なんだって？」

総監は黒田の顔を目を大きく見開いて眺めた。口をポカンと開けている。

「先程、世界平和教関係者から入手致しました」

「そんなルートもあるのか……とにかく見せてくれ」

黒田は決裁用バッグの中からゼムクリップで留められたＡ４用紙を総監に手渡した。

「これは……人事記録のようなものなのか？」

十人分の個人データをめくりながら、総監は絶句していた。

「黒ちゃん、僕もこれまで何度も驚くべきレポートや資料を見てきたが、今日ほど身体が固まったことはないよ」

総監の表情は硬く強張ったままだ。

「これをどう使うつもりなんだい？」

「法務省の入管と公安部に渡したいと思っています」

「追っかけをやらせるつもりなんだな」

「はい。完璧な行動確認が必要です」

「彼らは一般パスポートで入国してくるのか？」

「そういう情報です。アメリカ合衆国を出国時点で連絡が入るようになっております」

黒田はすでに手筈《てはず》を整えていたのだった。

「どこから？」

「信頼できる筋からです」

「そうか。そういうルートもあるんだな……」思わず総監は感嘆した。

そこに秘書が入室の許可を得てコーヒーを運んできた。ブルーマウンテンナンバーワンであることは香りでわかる。

「酒もコーヒーも好きらしいな」

「既に調査済みですか？」黒田は笑顔を浮かべた。

「いい趣味だと思ってね」

「ありがとうございます。素晴らしいナンバーワンの香りです」


警備部長はSAT指揮官を警視庁本部に呼び、襲撃訓練の写真を見せて戦術を検討させていた。総指揮官の片野坂警視は入念に写真を確認して言った。

「中隊長、もし君がこの作戦を考えた場合、攻撃はここだけだと思うか？」

「いえ、私ならまずエレベーターを停めてしまいます」

「なるほど」

「庁舎警備の機動隊は一個中隊ですが、国会並木には一個大隊が突発予備で待機しております。何らかの異変があった段階で数百人が五分以内に到着するでしょう。もし、彼らが仮に総監室を占拠するとして、着陸から十一階に到着するまでには時間がかかります。その間に総監以下の幹部が脱出してしまえば彼らの決起の意味が半減すると思います」

「先にエレベーターを停めてしまう……か。すると、彼らは地下にも攻撃してくることになるな」

「ただ、爆発物を設置する可能性もあります。予めセットした爆発物を時限装置もしくは手動起爆装置を使って爆発させ、エレベーター室を破壊すればいいわけです」

「なるほど。せっかくそこまで来ても地下駐車場で爆発騒ぎが起これば、応戦人員は半減させられてしまうわけか」

「消防も駆けつけるでしょうから、援軍の到着が交通マヒによって大幅に遅れる可能性があります」

「すると、一階のガソリンタンクも危ないな」

「センサー付きの監視カメラをセットした方がいいかも知れませんね」

「その前に一斉検索をした方がいいな。既にセットされている可能性もあるからな」

「今夜にも、一個大隊を投入して検索してみますか？」

一斉検索は、機動隊一個大隊によって極秘裏に実施されたが、不審物の発見には至らなかった。このため警視庁地下一階にある庁舎管理課事務室に特殊センサー付きカメラを設置し、搬入業者対策としてあらたなセキュリティーカードの発行を行った。さらに地下駐車場各所にも特殊センサー付きの監視カメラが秘匿に設置された。

「案外ゆるいな」

地下駐車場の入口警戒をチェックした警備部長と警備第一課長は、よく今まで不審者や極左集団がここから侵入しなかったものだと顔を見合わせた。

三日後、朴から訓練部隊メンバーの出国が報告された。渡航先は全員が日本で、成田行きの航空機に搭乗していた。また、彼らが使用するであろう武器は韓国向けに特殊便で発送されたことも分かった。

総合指揮所にてXデーに向けた準備をしていた警備部長に警備第一課長が報告した。

「地下駐車場で妙な動きが出ているそうです」

「そうか？　カメラはオートで追いかけているんだな」

「リレー式ですので、必ずどれかのカメラがキャッチするようになっています」

「このカメラ業者も黒田警視が連れてきたらしいですね」

「ところで、この不審者情報は公安部には連絡済みなんだろうな」

「公総の調査係に速報済みです。彼らも現在公安指揮所でこの映像を確認しながら、視察準備に入っている様子です」

「不審者は五人。警察官は二人だな」

「使用車両のナンバーは偽造のようです」

「ぎりぎりまで泳がせて、適当なところでＭＡＰにバン掛けさせるんだ。運転者だけはうちで検挙しよう。当面は道交法だけでいいからな。一応、情報室と公安部にはその点を連絡して置いてくれ」

「了解」

ＭＡＰというのは警備部に所属する白バイ部隊で、Motorcycle Area Patrol の略称である。


監視カメラは不審者五人の動きを追っていた。

小型の爆破装置らしき物体が地下三階の駐車場から順次セットされ、合計十五個の設置場所が確認できた。警備一課長は直ちに爆発物対策の爆処理班と捜査一課の爆発物対策係員の出動を準備させた。不審者の五人のうち四人はそれぞれの作業を完了すると、本部員の誘導で地下の庁舎管理室から入庁証を受け取り、本部庁舎内に堂々と入って行った。

残りの一人は車両で副玄関脇に通じる出庫口から桜田通りに出て、日比谷方向に進んでいった。公安部の遊撃バイク部隊三台が追尾を開始し、その後方にMAPの白バイが付いた。

四人の不審者は二人の本部員に見送られて、やはり副玄関から庁舎外に出ると、二人はタクシーに乗り、二人は東京メトロの霞ケ関駅から丸ノ内線の赤坂見附方向に乗車した。タクシーには公安部の遊撃バイク部隊三台が、地下鉄の二人には六人の行動確認班が追尾態勢に入った。

本部員の二人はいずれも人事二課の主任で、黒田が情報収集してきた資料に記載されている者だった。

「この二人は、Xデーまで完全に行確するように」

公総課長が指示を出した。「完全に行確」というのは二十四時間態勢で監視するものであり、自宅の電話はもちろん、本人が保有する携帯電話の発着信もリアルタイムで傍受するもので、最高レベルの行動確認を意味した。

＊＊＊

Xデーが迫る中、黒田は四件の詐欺事件の背後捜査に全力を挙げていた。情報室のホワイトボードに、事件全般の概要を記した。

一、葉昭子と防衛関連詐欺事件

二、大河内兄弟による詐欺及び企業恐喝事件

三、中山秀夫による未公開株売買詐欺事件

四、劉永憲による企業及び農事組合詐欺事件

これに、宗教法人の世界平和教、日本研鑽教会、さらには反社会集団の龍神会、そして大林の名前が、黒田独特の相関図によって示されていた。

葉昭子の周辺には研鑽教会と関西最大級の暴力団である龍神会の関与が出ていた。

「研鑽教会と龍神会の接点から洗う必要があるな」

黒田は自らも動きながら、情報室のメンバーを総動員してバックグラウンド捜査を開始した。すると、芋蔓《いもづる》式に関係者がつながって次々と姿を現した。

「昔、幼稚園の時にやった芋掘りを思い出すね」

黒田が蔓を手繰る真似をすると、どっと笑いが起きた。

「代々木教が最初に研鑽教会と争ったころ、霊園利権や美術館の絵画購入に絡んで動いたのが、龍神会だったそうです。龍神会は代々木教の関西長と結託して関西の裏組織をまとめました。代々木教が龍神会を使って研鑽教会に対して武力攻撃を掛けてき

たとき、研鑽教会は堪えきれず龍神会に泣きを入れたようです」

反社会勢力を担当していた管理官が黒田に報告した。黒田も頷きながら聞いていた。

「龍神会は武闘派というよりは経済ヤクザとして組織を拡大していたようです。と言っても綺麗事だけで生きて行くことができるほど裏社会は甘くない。そこで彼らは海外から薬物の安定調達を目指したんです。それも純度の高い覚醒剤、コカイン、大麻です。その生産拠点も厳選しており、その拠点がコロンビアとタイだったようです」

黒田は時折、自ら得た情報を口にした。

「コロンビアで地元の麻薬シンジケートと交渉に入っている時に突然現れたのが研鑽教会の布教活動家だったわけだね？　彼らは龍神会にとって極めて邪魔な存在となった。不毛な土地こそ栄える麻薬栽培に、土地改良を含めた農地整備を始めたからだ。これが元で同じ日本人が麻薬ビジネスを邪魔していると、麻薬シンジケートから追及されるはめになってしまった」

「そのとおりです。このため、龍神会の現地スタッフは研鑽教会の布教活動家を次々に葬る手段に出ていったのですが、この頃、やはり同地に布教活動に訪れたのが世界平和教だった。世界平和教は世界のあらゆる国でトラブルを起こし、日本国内でも大きな話題になった事件を引き起こしていました。それだけに世界平和教の宣教師は研鑽教会のような硬派一辺倒の布教ではなく、あらゆる手法を巧みに操る海千山千の強者《つわもの》が多かったわけです。龍神会もまた日本国内では世界平和教が政治的裏活動の拠点として運営している右翼団体と接点があった」

黒田と担当管理官は相互の情報の整合性を確かめ合うように、担当班が作成した報告書を確認しながら話を進めた。

「龍神会と世界平和教はコロンビアで麻薬ビジネスに共同で手を染める結果となっていたようです。そこに再び現れたのが研鑽教会の布教活動家で、彼は不毛の土地を改良することなくトマトの生産拠点に変えてしまった。しかも、日本のＯＤＡを投入して道路整備事業を行ったのです。これには龍神会も研鑽教会を攻撃するどころか、無視することもできなくなっていた。そしてそのトマトを加工して世界中に発送するという、研鑽教会のこれまでの宗教団体にはない行動力を見た時、この団体を巧く使うことができないだろうか……という発想の転換が起こった」

「そうだろうね。龍神会の話の持ち込み方は巧みだったようだ。決して自らは動かず、麻薬シンジケートを動かした。当時コロンビア、ボリビア、ブラジルで活動していた最大の麻薬カルテルを巻き込み、麻薬の輸送にトマトジュース工場を使うことを立案したのは龍神会だったそうだね。麻薬カルテルはこの話に飛びついた」

担当管理官は、報告書に記されていない事実まで黒田が知っていることに驚きながらも話を続けた。

「はい。そのとおりです。龍神会はそれまで自らの手で繰り返し行っていた研鑽教会の布教活動家に対する殺害行為を全て麻薬カルテルの仕業にして、研鑽教会に接近したのです。『あなた方も世界平和教のように自己防衛のための組織を創らなければ、いつまで経ってもあなた方の宗教を信じようとする住民を巻き添えにしてしまいますよ。あなた方は布教活動に殉じたという自己満足で済むかも知れませんが、住民にとってはかけがえのない働き手や親、子供を無残に失うことになってしまう。それで果たして宗教といえるのですか』という、詐欺師の親玉らしい誘い文句を使ったそうです」

黒田は担当班が実に細やかな情報を入手したことに感嘆していた。――これはCIAも入手できていない情報かもしれない。

龍神会は防衛組織の設置指導と称して研鑽教会にトマトジュース工場の利益の五％を要求した。それからというもの、麻薬カルテルによる攻撃は一切なくなった。龍神会によるマッチポンプであったのだから当然の帰結だった。しかも、組織のナンバーツーの地位にあった麻倉徹宗はこれをさらに拡大する方針をとった。

かくして研鑽教会は龍神会の仲裁で世界平和教とも部分連合のような形で支え合うようになっていた。トマトジュースに覚醒剤が混入されるようになったのはこの後のことである。

現地を担当した管理官は報告を終えると、次に部屋に入ってきたのは政界ルート、中でも葉昭子を担当していた管理官だった。

「室長、龍神会が狙っていたのは、研鑽教会が持つ政治家ルートだったようです。一方で世界平和教は独自の反共思想を掲げた右翼団体を活用して、政界進出を果たしていましたが、多くの社会不安を起こしたことで、北朝鮮に近い筋の国会議員以外は、徐々に離れていく傾向が顕著だったそうです」

「なるほどね。選挙の時だけの付き合いは難しいだろうからね」

世界平和教によって創られた右翼団体のメンバーは選挙時に無償で、且つ献身的に動くので、候補者にとっては重宝な存在だった。

「研鑽教会が最初に政治家ルートを進めたのが当時与党民政党の幹事長に就任していた大林だったんです。研鑽教会は信者であるマリオンホテルグループの女社長から大林を紹介された。マリオンホテルもまた政治家ルートと龍神会の地上げ戦術に乗って事業を拡大していた時期だったのです」

「ほう。マリオンホテルの女社長は研鑽教会の信者だったわけですか。なるほど。それで納得できました。そこも、報告書に入れておいて下さい。重要なポイントです」

黒田は以前から気になっていたマリオンホテルと研鑽教会の関係がここで明らかになったことに満足していた。

また、大林の地元広島で最大の集票マシンとなったのが、自衛隊関係者だった。ここには陸海の駐屯地と基地があるほか、隣の山口県にある空の基地関係者も多かった。また江田島を中心とした旧大日本帝国海軍の出身者が積極的に大林の後援組織を作っていった。

これに目を付けたのが、葉昭子と、この参謀役の宮越守だったのだ。

当時の葉はシンガポールと香港でも五本の指に入る大富豪で、その資産も兆の単位を有していた。ヨーロッパの社交界でも華々しいデビューを飾り、彼女のシンデレラストーリーは多くのマスコミにも取り上げられていた。

彼女はヨーロッパ社交界でアフリカ支援を訴えた。この時、葉に声を掛けたのが宮越守だった。宮越は自衛隊キャリアの道を捨てて日本の防衛関連で有名な商社に籍を置き、次世代防衛機器の選定を任され、ＮＡＴＯの実態調査のためフランスを訪れていた。当時の宮越の愛人が町田由里子だった。

宮越は在フランス日本大使館に一等書記官として赴任していた防衛庁の後輩から、葉の存在を聞いた。

「とてつもない金を持っていて『日本のために遣いたい』と言っている未亡人がいる」

という触れ込みだった。当時の日本大使館は情報収集というよりも、日本贔屓な大統領とのパイプを損なうことなく文化交流を重ね、この国のイメージを高めることだけが使命だった。このため、日本の国防に関するＮＡＴＯ軍やこれと戦略的に統一行動を行っているアメリカ軍にはほとんど興味を示していないばかりか、ロシア軍情報にもほとんど無関心だった。

宮越は葉の財力を利用して防衛アナリストの地位を確保し、ひいては防衛産業をマネージメントしたいという野望を持っていた。奇しくもこの時ロスチャイルド家が保有するワイナリーの新作発表に葉が参加することを聞いた宮越は、防衛庁の後輩に連れられてパーティーに潜り込むことに成功した。

フランス・ボルドーの四大シャトーの一つで、そのラベルは毎年世界のトップ画家が描くことで有名な赤ワインは、この年も最高の出来であることがワイン愛好家の間では話題になっていた。

新酒披露のパーティーがたけなわになった頃、一人の日本人女性が紫色のイブニングドレスを身にまとって駐仏日本大使の前に現れた。

「彼女が葉昭子さんですよ」

後輩が教えてくれた。隣では愛人の町田由里子がやはりイブニングドレスを着て、フランス語、英語を見事に使い分けて参加者と交流を重ねている。長い黒髪の日本美人は会場内でも目立つ存在だった。葉が由里子の存在に気付き、由里子に日本語で声を掛けた。

「失礼ですが日本の方ですか」

「はい。本日は大使館の方にお連れいただきました」

「素晴らしいフランス語と英語ですわね。そういう外交官であなたはいらっしゃらないのね」

「防衛関連の仕事をしております」

「防衛。それはまたイメージが大きく異なりますこと」

葉は優雅に笑ってみせた。二人はお互いに自己紹介をして、何やら話し込んでいたが、由里子がタイミングを見計らって宮越を葉に紹介した。

「私のボスで宮越と申します」

「防衛産業のエージェントさんなのですね」

世界を飛び回っているだけに、葉は防衛関係に関してその辺のジャーナリストよりも詳しかった。宮越は改めて話をする機会を得る確約を取ってその場を辞した。

葉は宮越よりも町田由里子と名乗る美貌の才媛に興味を持った。彼女を自分の秘書に欲しい、と。

葉と宮越の利害がほんの少しではあったが接点を持った瞬間だった。

数日後、宮越は葉とパリ郊外のホテルで面談した。彼女のスケールは宮越の想像を遥かに超えるものだった。宮越も資産家をたくさん知っていたが兆単位の個人資産を持つ者は聞いたことがない。

「宮越さん。あなたが日本国のためにご尽力されようとしていることは、在仏日本大使館の方からうかがいました。あなたもそのまま防衛庁に残っていらっしゃったら、間違いなく将官に登りつめていらっしゃった方と、一等書記官さんがおっしゃっていました」

「私は職務を全うして、その後、何らかの形で国のためになれればいいと考えていた時期もありました。しかし、それでは遅いような気がしたのです。何人かの先輩方や国会議員の先生方ともお話をさせていただき、一佐で退官致しました」

「同じ立場にいらっしゃる方でも、あなたのようなことができる方と、そうでない方がいらっしゃいます」

葉は宮越の話を丁寧に聞いていた。

「日本のためになることでしたら、ご協力させていただきます」

宮越は葉が持っていた財団に籍を置くと、自身の目的を達成するため商社を退社した。葉の資産は潤沢だった。

そこに思わぬ問題が持ち上がった。彼女が相続した資産に対して前夫人と前々夫人の家族が訴訟を起こしたからだ。また、彼女が管理、運営していた多くの財団がゴム会社の資産を横領し、夫が他界した当時、葉自身が代表権のある役員に就いていたことで、特別背任の嫌疑をかけられたのだった。この頃から葉は精神に少しずつ異常をきたすようになってきていた。

裁判は全て彼女の敗訴に終わった。弁護士費用だけでも数百億を失っていた。ハゲタカ弁護士グループに完全にカモにされていたのだった。葉の人間不信もこの頃から始まっていた。それでも彼女の手元にはまだ数百億円の資産が残されていた。

彼女はこの時の一連の裁判結果を誰にも知らせていなかった。ゴム会社も企業イメージ悪化をおそれ、国もまた将来的に会社を国営化したい方針を固めていたため、裁判所を含めて完全なる箝口令を敷いたからだった。

その頃、宮越は日本とマレーシア、シンガポール、香港の間を目まぐるしく行き来した。そして防衛関連に力のあった代議士の川崎に対して幾度となく接待攻勢をかけた。川崎は防衛、外交面で絶大な権力を持っている議員だった。

宮越は川崎の秘書に喰い物にされていた。公設第一秘書の佐山次郎と第二秘書の高山渡である。高山は北朝鮮の情報機関からハニートラップを仕掛けられており、警視庁公安部外事第二課からもマークされていた。この高山を利用したのが龍神会だった。龍神会の経済指南役だった韓国系ヤクザの金永大は韓国国会の議員資格をも保有していたが、一方で南北の裏の橋渡し役を担っていた。さらに金は世界平和教の教祖とは刎頸の友でもあり、日本の政治家にも大きな影響力を持っていた。

「高山君、最近ずいぶん羽振りがいいようじゃないか。佐山君とは別行動しているようだが、何かいい話があるのかな」

「金先生、とんでもない。佐山さんあっての僕ですよ」

「しかし、一〇億単位の小切手を持って歩いているという噂だが本当なのかい？」

「あれは一時的に預かっただけで、僕が今持っているのは、その時の記念というか、思い出にコピーしたものですよ」

「ほう。面白いな。そのコピーを見せてくれよ」

高山が取り出したのは額面三〇億円の都市銀行本店が振出人となった小切手だった。

「こんなものを預かるようになるとは、君も随分信用されているんだな。一体、誰なんだ？　こんなものを預けるような大物は」

「東南アジアの大富豪が持っている慈善団体の責任者です」

「慈善団体？」

「何でも、使いきれないほどの資産を日本のために使いたいということで、国防関係の企業等に融資しているようなんですが、その融資先の相談にのっているのです」

「それが、その三〇億なのか？」

「はい。これはほんの手付金のようなもののようです」

金の目がキラリと光った。経済ヤクザの指南役と言っても、所詮は脅しすかして金を巻き上げるペテン師の親玉に過ぎない。金は高山にその慈善団体の責任者を紹介してくれるように頼んだ。

数日後、高山秘書は金と宮越を都内のホテルで引き合わせた。

当時、金は商法の特別背任等の罪で逮捕され、保釈中の身だった。

「宮越先生が懇意にされている加山代議士は確かに立派な方だが、政治家としての後ろ盾がないのが残念だ。与党民政党は大きく四つの派閥があり、加山君は保守本流の筋ではあるがなにせ金がない」

「やはり政治には金がいるものなのでしょうね」

「そうだね。派閥の長となるには配下の議員一人に年間五〇〇〇万は必要だね。それに選挙ともなれば、陣中見舞いと称して三〇〇〇万は配る。百人の議員を抱えるとそれなりの金が必要になる。加山君はそんなスポンサーがいないんだな」

「金先生は加山先生の他に将来の日本を支える議員として、どなたを応援していらっしゃるのですか」

「加山君には信用できる腹心がいないのも痛いな。私の場合は、しいて言えばの話だが、警察出身の鶴岡君か、広島の大林君くらいかな。他にはあまり見当たらないな」

「なるほど。鶴岡先生と大林先生ですか……」

「そうだね。かなりやっていたんじゃないかな。宮越先生も防大ご出身ということだから、ご存じだと思うが……」

「はい。私は空でしたので、直接のご縁はありませんでした」

「そうか。大林君は伸びるだろうな。先行投資するならああいう男だな」

宮越はこの一言が強く印象に残った。

「ところで宮越先生、日本の防衛は確かに大事なことだが、日本一国で防衛などできるものではない。米軍、韓国軍と連携して初めて防衛の意義があると思うのだが、どう思うかね」

「おっしゃる通りだと思います。韓国は日本国内では忘れられがちな存在ですが重要なパートナーだと思っています」

「さすがだな。どうせなら、日米韓の三国間で動かれたらどうかな？　その方がより有益になるだろう」

「しかし、私にはそのような人脈がありません」

「韓国大統領の弟は私の友人だ。今度、紹介してあげよう。しかし、あくまでも、日本経由で金を出すんですよ。そうしなければ恩義を感じませんからな」

数週間後、宮越は韓国大統領府の青瓦台を訪問し、実際に大統領の弟と対面した。この頃の宮越は自分が防衛アナリストというよりも、防衛コンサルティング兼フィクサーであるような気分になっていた。そしてあろうことか、金に対して一七〇億円もの融資をしてしまっていた。宮越がマレーシアで葉の異変に気付いたのはちょうどその頃だった。

「宮越さん。ロスチャイルドに預けてあったお金をおろしたいんだけど、あなたやってきて下さる」

「ロスチャイルドに預けてあったお金……ですか？」

「そうよ。何十兆かあるはずでしょう？」

「何十兆ですか？　単位は？」

「ドルに決まってるでしょう？」

「確認して参りますが、ロスチャイルドはロンドン、パリのどちらでしょうか？」

「パリに行けばわかるはずよ」

宮越は混乱していた。この話を誰に聞けばいいのか……。日本の国家予算の何年分にもあたる金額である。宮越は秘書兼愛人の町田由里子を伴ってゴム会社のメインバンクを訪れた。宮越は同社の社外顧問という肩書も与えられていたため、銀行は丁寧な対応だった。宮越がまず驚いたのは既に世界一のゴム会社が葉一族のものではなくなっていたことだった。葉昭子は代表権のないヒラの取締役で保有株式も発行株式の一割にも満たなかった。

「これはいつ頃決定されたのですか？」

「もう、一年になりますね。実質的に国家管理下に置かれていると言っていいと思います。葉一族の放漫経営によるつけが出たのでしょう」

「葉昭子さんの立場は如何なのでしょうか？」

「これは亡き社長の御遺志でもありまして、生ある限り会社で最低限度の生活ができるようご支援するとのことです」

「最低限度……ですか？」

「しかし、そう申しましても、かつては国家元首と同等以上の生活でしたので、そこまではできかねますが、相応の生活はできるかと思います。個人のご資産も相当額相続されているわけですからね」

「なるほど。ところで、最近、昭子さんが銀行にいらっしゃったことはありますか？」

「いえ、ご本人はありません。会社時代からの担当者が代理人としていらっしゃっています」

「その方の現在の肩書と名前を教えていただけますか？」

「それは銀行がご教示する立場ではありません」

結局、会社の秘書課が担当していることを教えてくれたため、二人は会社を訪問した。本社はクアラルンプールの中心にそびえ立つ超高層ビルだった。

「宮越顧問のことは葉取締役から伺っております。本日はどのようなご用件でしょうか？」

「突然申し訳ありません。実は、葉昭子さんのおっしゃることで、やや疑問になる点がありまして、お伺いしたいと思いました」

「それは金銭的な問題ですか？」

担当者である男はやや顔を曇らせて尋ねた。

「はい。ロスチャイルドに金を預けている……とおっしゃって……」

「ああ、その件ですか？」

「それは事実なのですか？」

「昭子未亡人は心を病んでいらっしゃるようです」

「えっ？」

宮越は一瞬自分の耳を疑った。

「この一年くらいでしょうか。彼女ご自身の資産が彼女の中で急速に膨らんでいっているのです」

「はい。はっきり申しまして妄想なのか認知症なのか、理解できない部分があります」

「彼女の中……ですか？」

「誠に失礼ながら、彼女の現在の資産というのはどの位のものなのですか？」

担当者はじっと宮越の目を見ていたが、ようやく口を開いた。

「五億ドルといったところでしょうか。もちろん保有有価証券と不動産を含めてのことです。それだけお持ちであれば、生活に困るということはないでしょう？　もちろん年額一五万ドルの給与も出ておりますし……」

「たった一五万ドルですか？」

「マレーシア国民の平均給与は年額約三五〇〇ドルですよ。それから比べると超富裕層であることは間違いありません」

「しかし、これまでの生活を送ることは不可能ですね」

「共産圏の独裁者ではありませんが、生活面で革命が起こってしまったと思えばいいです。それほど、多くの国民の犠牲の上に生活があったわけですから」

「率直にお伺いしますが、彼女がお持ちのたくさんの団体があります。私もその一つを預かっているわけですが、これに対する支援は会社としてはすでにないわけですね」

「もちろん。奥様の道楽にいつまでも付き合っているわけにはいきません。奥様のご資産を巧く運用していただくしかないのです」

宮越はこれ以上話をする気がなくなっていた。しかし、一つだけ確認しておきたいことがあった。

「葉昭子さんは社交界でも著名な方です。私を含めて多くの方が葉一族と世界一のゴム会社を同一のものとみなしています。近い将来、会社もしくは国家が現在の事実を公表されるのでしょうね」

「それはなんとも言えませんが、葉という名前はカンパニーとしてのステータスでもあります。これが国営になった途端に世界的な信用をなくしてしまうことが怖ろしいのです。葉一族が世界に広めた会社ですからね」

宮越は納得した。そしてこの時、彼は詐欺師へと転落していった。

金が去った後、金の代理人と称する男が宮越を訪ねてきた。

「金は韓国国内で身体を壊している。私が代理で動くので資金を調達してもらいたい」

「どの位必要なのですか？」

「五〇億もあれば十分だ」

「実は、今、葉の資産がロスチャイルドに預けたままですぐに運用できない状況になっている。しばらく時間が必要だ」

「それは困る。すでに様々な交渉は進み出しているんだ。ここで五〇億用意できないと、先行投資が全く意味をなさなくなってしまう。ロスチャイルドの名前を使って金を動かすことはできないのか？」

「名前を使う？　どういうことだ？」

「ロスチャイルドに預けている金を担保に金を借りるのさ。名目はなんでもいい。融資話を持ちかけて、手数料を取るやり方もあるだろう。結果的にはロスチャイルドから金を引っ張ってくれれば済むことじゃないか」

宮越が最初に手を染めた詐欺の手法だった。

この代理人こそ龍神会の詐欺リーダーだったのである。こうして宮越は詐欺師への道をひた走っていった。幻想の中で生きる葉昭子と同時に日本を金集めの場として動き始めたのだった。


黒田が葉昭子周辺を捜査して、最初に供述を取ったのが町田由里子だった。彼女が落ちるのは意外に早かった。そして、そこに最後の悪の名前が出てきた。

「大林先生とその秘書の山本さんは、今でも私たちから手数料を取っているのです。あの方々は龍神会と手を組んで、日本の会社を陥れているのです。彼らこそ、日本を売る悪党なのです」

「マリオンホテルグループの役割はなんなのですか？」

「あそこは龍神会のフロント企業だと思えば答えが出てきますでしょう？」

黒田はそれ以上何も言えなくなっていた。


葉の部下に就いている防衛大学校ＯＢの宮越守の銀行口座には確かに二億五〇〇〇万円の残高が確認されたが、この金額がある時は二兆五〇〇〇億にすり替えられていたのだ。宮越の渡航歴を確認すると、確かにヨーロッパ各国への出国が多かった。特にスイス、フランスは年に二、三回渡航していた。

「これが問題だな。何かこの渡航と結びつく事件があるんじゃないか」

「それはマネーロンダリングのような事件をいうのですか」

「龍神会絡みの事件を調べてみてくれ」

黒田が気になっていたのは「ロスチャイルドの名前を出した詐欺事件であるだけ

に、ユダヤ系金融機関もこの動きに注目しているはず」という点だった。

大河内三兄弟の捜査は思わぬところから情報が寄せられていた。

「中日本電力の河村と申します。弊社はこの数年、反社会勢力から不当な要求を受けておりまして、誰かにご相談を申し上げたいと思っておりましたところ、黒田さんをご紹介いただきまして、急なことながら参った次第です」

「はい。その件ならば山内から話を聞いております」

黒田の大学時代の同級生で外務大臣の父親の下で政務秘書官に就いていた山内明からの紹介だった。

「実は、その団体から不当な街宣活動や公開質問状というものを十数年来受けておりまして、愛知県警さんや福井県警さんにもお世話になっておりました。ところが今回、その団体が所有している土地の購入を打診されたのです。そこは原子力発電と自然エネルギー発電の双方を取り入れようと、内々に調査していた場所で、地権者とも極秘で交渉を進めておりました場所だったのです。ところが、その中心に当たる場所が反社会勢力の手に渡っていたのです。しかも、その場所を所有していた地権者は不慮の死を遂げておりました。土地の登記はその方が亡くなる数日前に移転登記されておりまして、反社会勢力は登記を盾にして善意の第三者を主張しているのです」

「その団体は龍神会なんですね」

「そのとおりです。愛知県警でも捜査を進めて頂いたのですが、決定的な証拠がないということで、移転登記の不正が捜査できないというのです」

「なるほど。ところで、その土地の選択に関して、御社の立地担当以外にどなたかに相談などはされていらっしゃいませんよね」

「そのつもりだったのですが……」

「何かあったのですか？」

「弊社から一人国会議員が出ておりまして、それも参議院なのですが、これと大林代議士が中学、高校時代からの友人だったのです」

「中学、高校時代ですか？　大林代議士は麻布から東大だったはずですが……御社の議員といえば副社長から政界に入られた方ですよね」

「よくご存じで……中学、高校、大学とも違うのですが、柔道のライバルだったらしく、うちの議員が政界に転身する際にも大林代議士がバックアップされていたようなんです」

「電力を味方に入れるのは大きいですからね」

「はい。そのうちの議員がどうやら大林先生に話をしてしまったらしいんです」

「なるほど」

「その後、大林事務所の山本秘書から、うちの立地担当に『力になる』という連絡がはいったのだそうですが、立地担当者は知らぬ存ぜぬをとおしたようなのです」

「そうしたら、今回の事件が発生したわけですね」

「そのとおりです」

「価格は法外なものでしたか？」

「はい。実勢価格の二十倍以上でした。こちらの弱みに見事につけいるような価格設定でした」

「ところで、その龍神会の窓口になっている奴の名前は何といいますか？」

「はい。大河内守といいました」

「大河内……なるほどね。何となく見えてきましたね。バックグラウンドが……」

黒田は心の中で呟いた。——また一つ繋がった！

「ええっ。そうなんですか？」

「我々もちょっと気になっていた存在だったんですよ。もう少し適当にあしらっておいて下さい」

「ありがとうございます。よろしくお願い致します」

黒田は大河内三兄弟と大林、秘書の山本、電力出身の参議院議員の全ての通信手段の記録を捜査させた。

人工衛星ビジネスに登場した詐欺師・中山秀夫は、研鑽教会ルートから裏情報が取れていた。研鑽教会が所有する四基の人工衛星の支払いは、会社ではなく、すべて裏口座に振り込まれていた。総額八二億円だった。この過程で中山は社長を株式の増資で欺きながら、取締役の地位と株式譲渡を受け、さらに株式を一〇〇〇分割して、これを中山の親分格である男に譲渡していた。本来、未公開株には譲渡制限が付いており、やむをえず譲渡する際には取締役の承認が必要だったが、中山は取締役会の議事録を偽造し、これを裏社会に回していた。その窓口になった親分格こそ、六本木の怪しいビルを所有管理する元日本総合管理連盟会長の藤川雄之介だった。

「なんだ。ここでもまた繋がるのか……大林オンパレードだな！」

劉永憲の周囲には政治家、投資家、事件屋、企業舎弟など、さまざまな裏社会に通じた連中が烏合離散していた。儲けになるならなんでもいい。これが劉の基本方針だった。中でも不動産を中心にした詐欺が主流だったが、様々な農産物、医療福祉法人から放送下請け会社とありとあらゆる業種を詐欺ビジネスに結びつけた。

劉の片棒を担いでいた国会議員の中には「広告塔として利用された」と悔やむ者や、「落選中の心の隙を突かれた」と反省の弁を述べる者もいたが、皆「パトロン」という存在に「援助」を受けていたことには変わりなかった。

「農事組合法人で介護施設が造れる」「事業費用の八割の補助金が出る」などと架空の投資話を鵜呑みにしてしまった国会議員たちは、口を揃えて「大林事務所からの紹介だったから信じた」と喘ぐように言った。

黒田はこれまで何度か劉の名前を暴力団絡みの大事件の度に耳にしていたが、どうしてここまで無傷で済んでいたのかが不思議だった。過去の事件を調査してようやく明らかになったのが、弁護士「廣島昌和」の存在だった。

「また繋がっていく……」

黒田は真夜中のオフィスで一人相関図を精査しながら、異様な興奮に包まれていた。

エピローグ

警備第一課はXデーにむけた迎撃準備を進めていた。防弾盾、防弾チョッキの装備品からSATの訓練まで、一切の妥協を許さずに配備、訓練を実施した。しかし、警察官に一人の犠牲者も出してはならないという総監の指示に完璧に応えるすべがなかった。

警備部長は総監に対して、

「最小限の被害に止める」

と、報告したが、総監はあくまでゼロを主張して、一歩も引かず、

「脳から血の汗を絞り出せ」

と厳命していた。

黒田が捜査方針を固めて総監室を訪れたのは、ちょうどその時だった。黒田の報告に総監も納得した。

「Xデーが起これば、宣戦布告できるわけだな」

「はい。何としても完全阻止をしていただきたいと思っております」

「しかし黒ちゃん。警備部も相当苦労をしているようなんだが、相手はプロ中のプロだ。こちらが無傷で相手を完封するのは困難だろうと思っている」

黒田は首をかしげて質問した。

「まさかSATは正面からぶつかろうとしているわけじゃありませんよね」

「どういう意味だ?」

「相手は戦闘のプロですよ。いくら訓練を受けているといっても、戦闘経験のないSATが正面からぶつかるのは馬鹿げた話でしょう」

「しかし、奴らにいったん攻撃させるのが今回の最大の狙いだろう」

総監は黒田が何を考えているのか理解できなかった。

「確かに奴らには突撃してもらいます。しかし、それだけでいいんじゃないですか。別に発砲までさせてやる必要はないでしょう」

「それなら、どの時点で検挙しようというのだ?」

「彼らの訓練から見て、屋上からの部隊は階段と窓の二方向からの攻撃ですよね」

「そうだ。だからここに防弾盾を用意している」

黒田はニヤリと笑って言った。

「古賀総監。ドイツ軍が対テロ作戦で使用したという、強力粘着シートを使ってみてはいかがでしょうか？」

「なんだ？　強力粘着シートというのは？」

「年に一度、お台場にある東京ビッグサイトで、危機管理の博覧会が行われているのをご存知ですか？」

黒田は意外なことを言った。

「ああ知っている。リスコンってやつだろう」

「そうです。そこで展示されていたのです。そのブースにはレンズ関連の最大手、カールツァイス社の暗視カメラから、サーブ社の無人ヘリコプターまで展示されていたのですが、その一角にあった大きな粘着シートに僕は興味を引かれまして。これを階段に敷き詰めてみてはいかがでしょうか。奴らが窓を割って突撃しようと、サブマシンガンなり小型爆発物なりを使って侵入を図ろうと、粘着シートがあれば大丈夫です。ちょうどゴキブリが粘着シートに捕まるように、突撃した連中はシートに絡まって動くことができなくなります」

「ゴキブリのように……か。ドイツの対テロ特殊部隊であるＧＳＧ９(Grenzschutzgruppe 9) は、確かにその道のトップクラスだが、そんなことが実際にできるのか？」

総監が笑い話でも聞くように半ば吹き出しながら言った。

「最近はその小型版がアメリカでも強盗防止などの犯罪対策に使われているようですが、かなりの効果があるようですよ」

黒田は眉を上げた。

「その商品を扱っている会社はわかるのか？」

「去年のパンフレットに載っていますよ。デスクに戻ればすぐにわかります」

「持ってきてくれ。警備部長と警備一課長も呼んでおく」

黒田が自室から持ってきた「危機管理産業展」、通称「ＲＩＳＣＯＮ」のパンフレットを見て、総監は驚いた。警備第一課長はこれまでの常識を覆されたような衝撃を受けたようだった。

「すぐに業者に当たって、実験をしてみるんだ。警視庁本部のガラスにも対応できるのかどうかを確認してみろ」

警備第一課長は慌てて総監室を飛び出した。

「もしこれが巧くいったら、奴らはゴキブリと同じ苦しみを味わうんだな。面白い。実に面白い」

総監は大笑いしていた。警備部長もこんな対処法があろうとは思ってもいなかった様子で、インターネットで商品を確認しながら、

「これはやってみる価値があるかも知れませんね。屋上から十八階までの階段に敷き詰めただけで、敵がゴキブリホイホイ状態になるんですからね」

笑わずにはいられなかった。

「しかし黒ちゃん。あなたの想像力には感服するよ」

すぐに実験が行われた。シートの粘着力も効果的であることが検証された。

「初めてＸデーが楽しみになってきたよ」

総監は悠然とソファーに深く腰を沈めた。

Ｘデーの日が明らかになった。公安部、情報室双方からの情報が一致していた。

当日、午前十時ちょうどに警視庁本部地下で複数の爆発音とともに火災発生のベルが鳴り始めた。通風孔から真っ黒な煙が地上に上がってきていた。これを合図にする

かのように霞が関に自衛隊の中型輸送ヘリが現れた。警視庁本部の勤務員は、桜田通りを挟んだ法務省ビルのガラスに映る自衛隊ヘリの動きを何事かと野次馬のように眺めていた。やがてそれが警視庁屋上に着陸したかと思うと、数秒で離陸した。まさにタッチアンドゴーの動きだった。間もなくもう一機が前機と全く同じ方角から警視庁本部の屋上に降りたった。これもわずかな時間で離陸していった。

「何かの訓練ですかね」

ほとんどの職員は朝一番の騒動を他人事のように眺めては、自らの事務に就いていた。

その頃、SAT一個中隊は屋上から十八階に降りる階段ホールに実弾を込めた完全装備でスタンバイしていた。さらに一個中隊が十一階に、一個小隊が十六階のガラス窓前に防弾盾をセットして射撃用意の態勢を取っていた。

最初に屋上から十八階に続く踊り場で大きな音がしたかと思うと、これに続いて怒号が響いた。十数人が一斉に転倒して階段を転がり落ちる。その後、「ボン!」というガス銃の音とともに、スモーク式のガスが屋上入口内に広まった。

「くそっ」

何人かが倒れた同僚の上を踏んで下に降りようとしたが、またしてもそこで転倒した。この様子を監視カメラで指揮所や、待機中のＳＡＴ隊員が食い入るように見つめていた。

「奴らは全滅のようだな」

総監は静かに言うとＳＡＴ指揮官は階段踊り場に待機していた隊員に対し、

「検挙、前へ」

と無線で伝えた。隊員は粘着防止パウダーを散布しながら、ゴキブリのように粘着シートに絡まっている不審者に片っ端から手錠を掛けていった。

十一階と十六階のガラス窓に突入した部隊は悲惨だった。ここの粘着シートはまるでロールカーテンのように次から次へと降りてきて、不審な男たちを飲み込んでいった。

突撃隊は想像もしていなかった一斉検挙の罠にまんまと掛かってしまったのだった。その間、最初のヘリの着陸からわずか十五分の出来事だった。

「全員検挙」

とＳＡＴ指揮官が言ったのを受けて、警備第一課長が警視総監に報告した。

「状況終了。負傷者なし、人員装備異常なし」

するとと総監はこういう場では珍しく警備第一課長に注意した。

『状況終了』というのは警備訓練の終了報告だろう。『作戦完了』と言うんだ」

それでも総監の顔には満面の笑みがあった。さらに警視庁幹部を驚かせたのは、広報の迅速さだった。広報課はヘリの着陸時からの動きを警視庁本部の隣の合同庁舎屋上から撮影していた。事件発生から二十分後に人事第一課長が警務部参事官の肩書で記者会見を行った。

「本日午前十時、警視庁本部を狙った複数の宗教団体による襲撃事件が発生しましたが、警備部所属のSAT部隊により、被疑者三十六人全員を刑法第七七条内乱の罪の疑いで検挙いたしました。なお、本犯罪の首謀者等につきましては鋭意捜査を遂《と》げる予定であります。宗教団体の名称につきましては、現在のところ世界平和教及び日本研鑽教会との報告を受けております」

「内乱の罪ですか……」

警視庁記者クラブをはじめとするマスコミ社会部のトップも、戦後初めて適用されるこの罪名に唖然とした。また、事件発生から記者会見設置までの警視庁のあまりの手際のよさと、ハリウッド映画のような映像に、ただただ驚いていた。テレビ各社は臨時ニュースを繰り返し、新聞各社は一斉に号外報道を行った。

その頃、黒田らは機動隊一個大隊を伴って世界平和教日本本部を密かに囲んでいた。すでに捜索差押許可状の発布のために捜査員は裁判所で待機していた。黒田の宣戦布告はまず、吉沢公総課長刺殺事件の証拠品確保だった。

「作戦は成功したようです」

「けが人は？」

「当方にはありません」

「それはよかった」

まるで他人事のようにいう黒田の心境を、行動を共にしていた管理官は全く理解できなかった。あれほどの情報を黒田はほとんど一人で挙げてきたのだ。もう少し感慨深い言葉があるかと思っていた。しかも、作戦は警備部に任せ、自分はどういう訳か主犯の研鑽教会でもない、世界平和教の日本本部に来ている。

「室長。今、この場は室長にとってそんなに大事な場所なんですか？」

「そう。この場に来るために今日までやってきたんです」

「ここに何があるんですか？」

「まだ、情報段階ですからはっきりとはわかりません。ただ、それを見つけることが僕の使命なんです。僕がやらなきゃならないことなんです」

管理官はそれ以上の質問を止めた。尊敬してきた室長がこれほど感情的になっている姿を見たことがなかったからだ。やがて白バイ先導で一台のバイクが緊急走行で到着した。

「室長。ガサ状です」

「ご苦労さん。早かったな。一緒に入るか？」

ガサ状、つまり捜索差押許可状を運んできたのは内田だった。

「お願いします」

黒田は機動隊一個大隊で世界平和教日本本部を封鎖した。

「誰一人入れるな。誰一人出すな」

唯一の命令だった。

世界平和教の幹部もテレビニュースで信者の一部が警視庁本部襲撃に参加していることを知って、必死でその確認を取っているところだった。そこに、異常な早さで警視庁本部から捜索にきたことで、これに抵抗するすべもなかった。

「本部長室に案内してくれ」

「本部長は今外出中です」

「そんなことはこちらには関係ない。案内してもらおう」

黒田は、同行した管理官や機動隊長も驚くほど冷徹な言葉遣いだった。

「あなたの名前を教えて下さい」

責任者を名乗る者の精いっぱいの抵抗だった。黒田はブレザーの内ポケットから警察手帳を取り出して中の写真を見せると、

「警視庁総務部警視、黒田純一だ。さあ案内しろ」

そう言いながらも、すでにその内部構造を知っているかのように、黒田は先陣を切って進んでいった。

本部長室に迷うことなく入った黒田は、そこにいた数人の職員に言った。

「捜索差押が終わるまで、一切の外部との通信および退室を禁止する。本部長と今すぐ連絡をつけることができる者は手を挙げろ」

しかし、誰も手を挙げる者はいなかった。黒田は本部長席に座るとおもむろに椅子を回して本部長席背後にある扉を開けた。いつの間にか黒田の手には白手袋が着装されていた。

「おい。この金庫の鍵は誰が持っている？」

「本部長です」

「合鍵はないのか？」

「ないと思います」

「ならば、これを破壊しなきゃならないが、それでもいいのか？」

「破壊ですか？」

「そうだ。ぶっ壊すんだ」

「ちょ、ちょっと待って下さい。おそらくその中には教祖様がおしるしになった文章や、教団として貴重なものが入っていると思われます。破壊するのはご勘弁ください」

「ならば、ブラジルにいる教祖でも、どこかで遊んでいる息子にでも連絡して、この鍵を開けさせろ。ASAP《すぐに》だ」

黒田のドスの利いた声が二十畳ほどの本部長室に響いた。一人の女性職員が卓上の電話を取った。

「誰に電話するんだ？」

「ブラジルの責任者から教祖様にお伺いをたてたいと思います」

黒田は機動隊員に電話番号を確認させ、直通のプッシュホンであることがわかった。

「本部長はいつからどこに行っているんだ」

「昨日からソウルに行っています」

「留守中にこの鍵を預かっている者はいないんだな」

「は、はい」

「嘘つきやがると、必ず逮捕するからな。今日のニュースはもう知ってるんだろう。内乱罪ってのはな、日本国刑法では最も重い罪なんだよ。おめえらのお仲間がやったんだよ」

「それは確実な情報なのですか？」

責任者の顔が引きつった。

「もう逃げられないんだよ。あと五分だけ待ってやる。ダメなら壊すまでだ」

同行していた内田もまた黒田の凄みを初めて目の当たりにして、異様な興奮状態にあった。電話をかけていた女性職員が責任者に電話をかわるように言った。黒田はこれを許した。代表者は韓国語で話し始めた。内田がこれを聴き逃すまいと聞き耳を立てている。

内田が本部長席の一番右上の引き出しを開けた。引き出し上部を触りながら、

「これだな」

と、電子ロックの鍵を取り出した。責任者もさすがに観念した顔をした。

「内っちゃん。さすがだね」

がらりと表情が変わって笑顔を見せたかと思うと、黒田は責任者に向かって言った。

「おい、お前が開けろ。それからこれ以降はビデオ撮影するからな」

機動隊員が証拠品押集手続きの正当性を確保するためのビデオ撮影を開始した。

責任者が鍵を使って金庫を開扉した。黒田は金庫内内容物の全てを押収する旨を告知したが、責任者は宗教行為に必要な物の押収を拒んだ。黒田は実にあっさりとこれを認めた。そして一つ一つの文書に目を通し始めた。

「これ、これ、これ」

内田は黒田が指示する文書に付箋を付けながら、持ちこんだパソコンで押収品目録を作成し始めた。作業を始めて十分ほど経ったころ、黒田がぽつりと言った。

「……あった」

黒田の手が震えていた。

「悪いけど写真撮影してもらえるかな。この文書があった状態も合わせて。それから、お前は立会人なんだから、この文書がここにあったことを証明しろ。いいか、一ページずつ確認の写真を撮るからな」

立会人になっている責任者はそれが何の文書なのかわからなかったが、今回の襲撃事件の証拠品であるのだろうと思い、押収手続きの正当性を認める文書に署名指印した。黒田はこれだけ手に取って早く帰りたい衝動にかられたが、なんとか一時間半をかけて入念な押収手続きを行った。

黒田は「公安総務課長殺害事件特別捜査本部」を訪れた。捜査指揮官の管理官は捜査第一課長から直接、逮捕状と捜索差押許可状を手渡された際、

「逮捕状の執行は君がやってくれ、ただし、ワッパはこの黒田理事官に任せてやってくれ」

と言われた。

世界平和教は数日前の強制捜査に続いて殺人事件被疑者を身内から出してしまったことに衝撃を受けていた。日本本部と教団本部が同時に記者会見を開き、全ての事実関係について直ちに内部調査を進めるとともに、全面的に警視庁の捜査に協力する旨の発表を行った。

四件の詐欺事件は捜査第二課と情報室の合同捜査が決定した。これには東京地検特

捜部も興味を示し、検事総長から警察庁長官に対して捜査協力の要請が行われた。

さらに追い風が吹いた。大林の長男を覚せい剤取締法違反で逮捕したことだった。県警が暴行罪の立件を見送って送致前釈放を行って一ヵ月後のことだった。黒田は栗原と捜査員四人を現地に送って、秘匿で行動確認を行いながら、暴力団関係者からの情報収集を積極的に行っていた。長男は覚醒剤所持の現行犯逮捕と使用の双方で立件された。県警は警視庁が何故ここまで乗り出してきたものか判断できなかったが、適正な職務執行が行われている以上、杜撰《ずさん》な捜査を行うことはできなかった。


一方で龍神会に対する捜査が進められていた。

黒田は世界平和教と研鑽教会が先鋭的になっていった背後に、龍神会から扇動者が多く入り込んでいたことを突き止めていた。

決してこの二つの宗教団体を被害者という立場につけてはならなかったが、これを背後で扇動していた反社会勢力を見逃すほど甘くはなかった。

両教団の人事データを徹底的に分析した結果、百人規模の龍神会構成員が発見され、彼らが扇動者の重要な位置にいたことを割り出していた。

「内乱の罪は扇動者を厳しく処罰できるところがいいんだ」

黒田はそう呟きながら、ふと警視庁内に潜入していた研鑽教会信者の追放劇を思い出した。憲法で保障されている信教の自由を否定する結果であり、将来的に民事訴訟が起こる可能性もあった。彼らの名簿の入手も後に適正手続きによって行われていたが、警察組織の今後の課題となることは明らかだった。

その日、デスクの電話が鳴り止むことはなかった。

「黒ちゃん。見事な一網打尽だったな」
「これから政治家ルートで何人芋蔓にかかるかが見ものです」
「しかし、大林は完全に終わったようだな」

「相変わらずやることが派手だな」
「相手の力を利用して宣戦布告しただけのことだよ」
「日本の合気道の技みたいなものだな」

「クロアッハからの情報が大きかったよ。本当に感謝している」

「いや、ロスチャイルドの疑惑も払拭してくれたようだからね」

「これで南米の麻薬カルテルも少しはおとなしくなるだろう」

「見事な捜査だった。これからが正念場だが、君の労苦に報いることができるように我々ももう一度、組織を立て直すよ」

「吉沢さんの一件が片付いたことが最も印象的でしたよ。僕の手で被疑者に手錠をかけることができた。みんなあなたのおかげですよ」

「うちの裏部隊の一部の跳ね返り行動に関する情報を教えてもらったのはありがたかった」

「黒田さん。ものすごい量の捜査報告書が届いております」

「うちの捜査力も格段に伸びただろう」

「まあ、あれだけ優秀なスタッフが黒田さんに鍛えられたのですから、今や最高の捜査機関になった感がありますね。僕ももう一度そこに行きたいですよ」

「とことんやってくれよ」

「あとは任せて下さい」

内調の会田と議員会館の前でばったりと出会った。

「あれって黒田さんのところがやったんでしょう?」

「なんだよ、あれって」

「大林ですよ。それと研鑽教会。官邸も戦々恐々のようですよ」

「官邸というより、甘い汁を吸ってた連中だろ? もう少しビクビクしてりゃいいんだよ。今回の芋蔓は随分太くて根が張ってるようだからね」

「それにしても、内乱の罪には驚きました。罪状は凶器準備集合と建造物侵入かと思っていましたから」

「それじゃあチンケなヤクザと同じになってしまうだろう。あのタイミングであの広報だからよかったんだよ」

「でも、一部のマスコミは、警視庁は攻撃を知っていて、敢えてやらせたという話をしていますよ」

「しかし、結果的に未然防止したことには違いない。指揮官の能力の差だな」

「SATを事前配置していたわけでしょう?」

「もしあれが警視庁を断念して官邸や国会議事堂にでも入っていたら、どうなったと思う？」

「それは考えたくないですね」

「だったら余計な詮索はしないことだよ」

「かしこまりです。かなわないな、黒田さんには。常に回答を用意しているんですからね」

会田はいつもの独特の言い方で了解した。

「逃げ道っていうんだよ」

黒田は爽やかな笑顔をみせた。

「ははは！　今度、飲みに連れて行って下さいよ」

「かしこまりですよ」

「黒田さんダメですよ、人のフレーズ使っちゃ」

会田と話をすると気持ちが温かくなる。黒田は会田との出会いを改めて嬉しく思っていた。

黒田はいつものように西葛西の「しゅもん」で刺身二品を冷酒二合で軽く食べたあと、のんびり自室に戻った。この日の冷酒は山形の銘酒十四代の「龍の落とし子」

で、これは自分自身へのご褒美だった。

夜空が澄んでいた。

間もなく遅番を終えた遥香が部屋にやって来る時間だ。

ふいに以前、遥香とこんな会話を交わしたことが思い出された。

「警察官と看護師ってよく似た関係よね」

「どこが似た関係なんだい？」

「警察も病院も決して好きで行くところじゃないでしょ。泥棒にあったり、事故にあったり、病気になったり、本当に困った時にだけ行くのよね。それも、何とか助けてもらいたくて」

「確かにそうだな。それを好んで生業としている僕たちは似たもの同士ということかな」

「結構、この二業種のカップルは多いらしいわよ」

最近、ワインの減りが早くなったのを気にしながら、今夜は奮発してオーパスワンの二〇〇一年をあけるつもりでいた。

明日は二ヵ月ぶりの代休だった。このワインは、初めて遥香と一緒に過ごす休日のために取っておいた逸品だ。

午後九時半に部屋のチャイムが鳴った。インターフォンのモニターに食材でいっぱいになった買い物袋を手に下げた、笑顔の遥香が映っていた。

「ただいま」

甘えた声がスピーカー越しに部屋に響いた。

解　説

五十嵐京治（週刊朝日副編集長）

「警視庁情報官」シリーズ第三弾の今作は、トリックスター、巨額詐欺事件で蠢《うごめ》く「詐欺師」たちの話である。しかし、次々と起こる四つの詐欺事件の詐欺師たちはあくまで舞台回しにすぎない。その背後で暗躍する政治家や広域暴力団、暴走する宗教団体などを相手に、主人公の黒田純一・警視庁情報官が率いる「情報室」が持ち前の情報収集と分析、そして公安的捜査も駆使して、事件解決へと導いていく。だが、単純な警察小説ではなく、宗教問題など複雑ないくつもの背景が浮かび上がってくるのが、「濱小説」の真骨頂だ。

私は、本書を読む少し前、偶然にもトリックスターに会う機会があった。本書でも紹介されている「Ｍ資金」は古くから詐欺話の代表のようなものなのだが、あまりにも流布しすぎて、最近では信じる人も騙される人もいなくなり、ほとんど耳にすることはなかった。

私が聞いたのは、ざっとこんな話だった。日本の皇室を含めたイギリスなど世界の王室が出し合った巨額資金があり、その総額はなんと「一京《けい》五千兆円」。「京」とはまた大袈裟な数字だが、そのうちの数十兆円を、東日本大震災が起きた日本に数十年という単位で提供し、その利子や運用による利潤を復興のために役立てるというのだ。その最初として、大金の一部がプールされている中南米のある国の中央銀行から日本の大手都市銀行に一兆円相当を送金したのだが、それが消えてしまった。大まじめな顔をしながら語る「詐欺師」によると、その大手都市銀行、日本銀行、財務省、政府の関係者らが共謀して隠してしまったのだという。およそ本物とは言えない、中南米の国の中央銀行による振り込み証明書などを提示したり、幹部の名前を挙げて警視庁、警察庁、東京地検特捜部、金融庁、内閣情報調査室などにまで相談したりしていると、もっともらしく説明する。

このトリックスターの周りにはこれまた、その巨額資金のおこぼれに与《あずか》ろうという国会議員の関係者、宗教関係者、暴力団関係者など、小説の登場人物のごとき面々が登場する。詐欺師の言を信じ、何とか一兆円を取り返したいという、そのうちの一人が私に取材を依頼してきた。だが、私は詐欺師当人の話を聞いたうえで、「これは詐欺話ですよ」と依頼人に具体的な事実を挙げてその矛盾点を指摘したが、大金のことで頭の中がいっぱいになっていた彼にはもはや通じなかった。

本書で「詐欺師の手口は多種にわたるが、刑事講習で教える五大手口には、一、時間で追い詰める　二、欲をくすぐる　三、相手の弱みを突く　四、相手の知識不足を利用する　五、権威を利用する」と紹介しているが、この一兆円の詐欺話の場合は、二、四、五の手口といったところなのだろう。だから本書の冒頭、自衛隊や大企業の幹部が、巨額の金に目がくらんで騙されるのもすんなり理解でき、おもしろおかしく読ませてもらった。

本書のメインテーマの一つである、警視庁と宗教団体との闘いは読み応えがあった。著者は、警視庁公安部時代から宗教分野にも精通し、オウム真理教（当時）などとの攻防が印象に強く残っていることは想像に難くない。本作の手に汗握るエピローグは、一歩間違えると、どこまでも暴走していく宗教団体の姿を浮き彫りにしているかのようだ。一方で、著者は本業である、代表を務める危機管理コンサルティング会社の絡みで、アメリカの傭兵《ようへい》訓練所を度々視察しており、日本研鑽教会の傭兵訓練の描写などにその経験が生かされたのではないかと思う。

個人的には、読む前から三作目にはもう一つの興味があった。

ご存じのように、第二作のタイトルはシリーズ名のあとに、「ハニートラップ」と続く。自衛隊のキャリア、優秀な大阪府警の公安捜査官らが中国の女性スパイによる色仕掛け工作に次々と引っ掛かり、重要な国家機密情報や捜査情報などが漏洩してしまうのだ。そうした事件を解決した黒田に対しても、著者は最後に「大きな試練」を与える。そして、何事にもスマートで優秀な黒田を難事件解決という最高の舞台から引きずり下ろしてしまった。著者のこの大胆な仕掛けに、「黒田はこれからどうなってしまうのだろうか」と、今後の展開が読めなくなった。

それだけにこの三作目の黒田のキャラクター設定に興味がわいていた。しかし、黒田は捜査情報の漏洩の件で謹慎処分は受けたものの、警視総監からは直々に次なる難題の調査を依頼され、また捜査にのめり込んでいく。そこには、相変わらず、仕事にはひたむきでありながら、どこか飄々《ひょうひょう》とした黒田がいた。

「情報官シリーズ」の面白みの一つは、黒田率いる「情報室」が、公安部や刑事部などの中に設置されているのではなく、事務色のイメージが強い総務部の中に置かれているところだろう。

警視庁を熟知している著者だからこそ、捜査にとって重要な「情報」が、公安部、刑事部などの部の縦割りの中で、またキャリア、ノンキャリアとの間で、いつのまにかまともに取り扱われずに変容し、そうしたことが捜査に変な影響を与えてしまうことを知っているからなのだろう。だから、本書では、階級は警視ながらノンキャリアの黒田がトップを務める「情報室」を敢えて総務部に置き、その上で情報の力によって捜査の主導権を握り、警視庁内にある縦割りなどの溝を埋め、警視庁という総合力で難事件を解決していく——そんな捜査の一つの理想像を示しているようにも思えてくる。

警察庁警備局長、内閣官房内閣情報調査室長、内閣情報官などを歴任し、内閣危機管理監まで務めた杉田和博氏は、著者をこう評している。

「警視庁現職時代の著者と接点があったのは、僕が警察庁警備局長の頃だった。彼は公安部公安総務課勤務で、ばりばりの情報マンだった……」（新潮社『波』２００９年10月号）

著者が『電子の標的　警視庁特別捜査官・藤江康央』（新潮社）を出版したさい、杉田氏が書いたものだ。キャリア幹部だった警察ＯＢが部下の著書の書評を書いたという話も聞いたことがないが、著者を「ばりばりの情報マンだった」と高く評価しているのだ。

そんな著者が、公安的捜査手法を詳細に書いているところも本書の魅力だ。

私も新聞記者、雑誌記者など約二十年になるが、新聞記者時代はいわゆる「サツまわり」を長らく担当した。しかし、「公安」は徹底した秘密主義でベールに包まれた世界であり、若い頃はおいそれとは入り込めず、公安が捜査しているとわかっていながら、捜査の全体像もつかめなかった。多くの人たちは、公安と聞くと「思考停止状態」に陥り、何もわかっていないのに妙に納得してしまうところがあるのではないか。それはあたかも、ブラックボックスに入れたあるものが、出てきた時には、まったくの別物になっていても不思議だと思わなくなってしまうように。

著者は小説家になるために警視庁を辞職したわけではないので、私は以前「なぜ、小説を書き始めたのですか」と尋ねたことがあった。著者は「公安のことを知らない人間が、あり得ないことまで好き勝手に平気で小説にしているのは如何《いかが》なものか」と話していた。

「情報官シリーズ」で、度々公安的捜査手法が紹介され、「ここまで本当にやるのか」と疑心暗鬼になっている読者もいるのではないか。

中でも、本書に出てくる黒田の部下の栗原が大林議員の地元事務所に入り込む際、完全に警察官の身分を隠し、実在する民間会社の社員を装うのだが、捜査目標の相手にウラを取られてもバレないように、あらかじめ完璧な人物設定をしておく用意周到さには驚かされる。

ただ、真の公安的捜査手法は別のところにあることを示唆しているかのようにも思える。

世界平和教の朴喜進しかり、日本研鑽教会の秘書局長しかり、黒田という人間でなければ、自分たちの団体を裏切る「情報」を伝えなかっただろう。それは黒田の情報収集力、分析力といった能力にかかわるものだけではなく、黒田という人物全体から放たれている空気によるものの方が大きく、それを身につけ、駆使することこそが究極の公安的捜査手法なのではないか。黒田のそういう空気が、相手にとって都合の悪いはずの情報でも漏らす気にさせ、実際に漏らしてしまうのだ。強いて言えば、それは黒田の「人間力」なのだろう。

実際、第一作で、帰宅途中に何者かによって刺殺された、黒田が敬愛する上司・吉沢公安総務課長が生前、「情報ってのは結局『人』なんだよ」と話す場面があるが、これこそが著者が言いたかったことなのだろう。

また、この刺殺事件は本書で解決をみるのだが、黒田の事件解決への並々ならぬ強い思いも描かれている。この吉沢公総課長は、現職中に病死した、著者が尊敬する上司がモデルだったと聞いたことがある。

吉沢公総課長への思いとは別だろうが、ほかの登場人物や団体にもモデルがいるのではないか。

大林代議士、自衛隊幹部の田守、マリオンホテル女社長、世界平和教、日本研鑽教会などなど。想像できうる実在の人物や団体と重ね合わせて読んでみると、また違った面白さが出てくる。とはいえ、著者ご本人に尋ねると、

「すべてフィクションですから」

と、いつもかわされるのだが……。

今後、第四弾、第五弾とシリーズは続くのだろうが、本書でこれだけの大舞台を展開してしまっただけに今後の構想が大変なのではないのかと心配をしてしまう。しかし、そんなことは杞憂にすぎないだろう。

著者はいつも、次回作の登場人物の相関図を記したメモを持ち歩き、構想をふくらます。移動の電車や仕事の合間など、ちょっとした時間を利用してパソコンを広げ、小説を書き進めていく。

実際、私との夜の会合でも待ち合わせ場所近くのファミレスから出てきて、「ちょっと時間があったから書いていた」とさらりと言う。そして小説の黒田のように、料

理屋の板前さんたちと気さくに話し、ぬる燗を飲みながら、旬の肴《さかな》の話題に花を咲かせている——。この飄々としたところ、やはり、主人公・黒田純一に似ている。

もちろん、そんなことを著者に問うたところで、「あくまでフィクションですから」とニヤリとかわされてしまうのだろうが……。

本書は文庫書下ろしです。

この作品は完全なるフィクションであり、
登場する人物や団体名などは、
実在のものといっさい関係ありません。

|著者| 濱 嘉之　1957年、福岡県生まれ。中央大学法学部法律学科卒業後、警視庁入庁。警備部警備第一課、公安部公安総務課、警察庁警備局警備企画課、内閣官房内閣情報調査室、再び公安部公安総務課を経て、生活安全部少年事件課に勤務。警視総監賞、警察庁警備局長賞など受賞多数。2004年、警視庁警視で辞職。衆議院議員政策担当秘書を経て、2007年『警視庁情報官』で作家デビュー。他の著作に『警視庁情報官 ハニートラップ』『世田谷駐在刑事』『電子の標的』『完全黙秘』がある。現在は、危機管理コンサルティング会社代表を務めるかたわら、TV、紙誌などでコメンテーターとしても活躍している。

警視庁情報官《けいしちようじようほうかん》　トリックスター

濱《はま》 嘉之《よしゆき》

2011年11月15日第1刷発行
2011年12月2日第3刷発行

発行者――鈴木　哲
発行所――株式会社　講談社
東京都文京区音羽2-12-21　〒112-8001
電話　出版部（03）5395-3510
　　　販売部（03）5395-5817
　　　業務部（03）5395-3615

Printed in Japan

講談社文庫

定価はカバーに表示してあります

デザイン―菊地信義
本文データ制作―講談社デジタル製作部
印刷――凸版印刷株式会社
製本――株式会社大進堂

ISBN978-4-06-277101-6

講談社文庫刊行の辞

二十一世紀の到来を目睫に望みながら、われわれはいま、人類史上かつて例を見ない巨大な転換期をむかえようとしている。

世界も、日本も、激動の予兆に対する期待とおののきを内に蔵して、未知の時代に歩み入ろうとしている。このときにあたり、創業の人野間清治の「ナショナル・エデュケイター」への志を現代に甦らせようと意図して、われわれはここに古今の文芸作品はいうまでもなく、ひろく人文・社会・自然の諸科学から東西の名著を網羅する、新しい綜合文庫の発刊を決意した。

激動の転換期はまた断絶の時代である。われわれは戦後二十五年間の出版文化のありかたへの深い反省をこめて、この断絶の時代にあえて人間的な持続を求めようとする。いたずらに浮薄な商業主義のあだ花を追い求めることなく、長期にわたって良書に生命をあたえようとつとめるところにしか、今後の出版文化の真の繁栄はあり得ないと信じるからである。

同時にわれわれはこの綜合文庫の刊行を通じて、人文・社会・自然の諸科学が、結局人間の学にほかならないことを立証しようと願っている。かつて知識とは、「汝自身を知る」ことにつきていた。現代社会の瑣末な情報の氾濫のなかから、力強い知識の源泉を掘り起し、技術文明のただなかに、生きた人間の姿を復活させること。それこそわれわれの切なる希求である。

われわれは権威に盲従せず、俗流に媚びることなく、渾然一体となって日本の「草の根」をかたちづくる若く新しい世代の人々に、心をこめてこの新しい綜合文庫をおくり届けたい。それは知識の泉であるとともに感受性のふるさとであり、もっとも有機的に組織され、社会に開かれた万人のための大学をめざしている。大方の支援と協力を衷心より切望してやまない。

一九七一年七月

野間省一

講談社文庫 最新刊

池井戸 潤 **鉄の骨**
若手ゼネコンマンの富島平太が直面した現実——談合を巡る、手に汗握る白熱の人間ドラマ。

池井戸 潤 新装版 **銀行総務特命**
行内スキャンダル処理に奔《はし》る指宿《いぶすき》を陥れようと、ある罠が仕掛けられた。傑作ミステリー。

池井戸 潤 新装版 **不祥事**
歪んだモラルと因習に支配されたメガバンクを、若手女子行員がバッサリ斬る。痛快！

桜庭一樹 **ファミリーポートレイト**
公営住宅に暮らす、マコとコマコの母娘。二人はいつまでも一緒——だって親子だもの。

秦 建日子 **インシデント**〈悪女たちのメス〉
天才女医が挑んだ世界初の脳外科手術で悲劇が起きる。医療ミステリー。〈文庫書下ろし〉

佐藤雅美 **天才絵師と幻の生首**〈半次捕物控〉
九つの子の描いた「気味《きび》が悪い」ほど見事な生首。半次のひらめきが難題を解く傑作捕物帖。

松谷みよ子 **ちいさいモモちゃん**
モモちゃんって、こんなに奥深い。人生の真実を優しく鋭く描く名作が酒井駒子の絵と共に甦る。

森村誠一 **真説忠臣蔵**
『忠臣蔵』『悪道』へと連なる森村時代小説の清冽なる源流。無念の士道を描く忠臣蔵異聞。

佐藤さとる **小さな国のつづきの話**〈コロボックル物語⑤〉
図書館員の正子は「コロボックル物語」を読んだ。現実と小説が交錯し、世界が広がる！

鯨 統一郎 **タイムスリップ戦国時代**
女子高生うららが時を超えて戦国時代へ。ネタ満載、笑いが止まらないシリーズ第5弾！

長嶋 有 **電化文学列伝**
作品中の家電を軸に文学を語る書評エッセイ。清冽な書き下ろし短編小説「導線」掲載。

赤井三尋 **バベルの末裔**
果たして、人間が「意識」を生み出すことは許されるのか？『2022年の影』を改題。

団 鬼六 **悦楽王**〈鬼プロ繁盛記〉
伝説の雑誌『SMキング』編集部での狂騒の日々。官能小説の王者、最後の自伝的小説。

富岡多恵子（編）
大阪文学名作選
西鶴、近松から脈々と連なる大阪文学は、ユーモアの陰に鋭い批評性を秘め、色と欲に翻弄される愛しき人の世を描く。川端康成、宇野浩二、庄野潤三、野坂昭如等十一篇。

解説＝富岡多恵子
978-4-06-290140-6
と A 9

藤枝静男
志賀直哉・天皇・中野重治
藤枝静男の生涯の師・志賀直哉をめぐる随筆を中心に、名作「志賀直哉・天皇・中野重治」など、他では読めない藤枝文学の精髄を掬い取った珠玉の随筆第二弾。

解説＝朝吹真理子　年譜＝津久井隆
978-4-06-290139-0
ふ B 5

中村光夫
風俗小説論
日本の近代リアリズムはいかに発生・展開し、変質・崩壊したのか。私小説が文学に与えた衝撃を、鋭利な分析力で解明し、後々まで影響を及ぼした、古典的名著。

解説＝千葉俊二　年譜＝金井景子
978-4-06-290141-3
な H 4

早瀬詠一郎　つげの箸〈裏十手からくり草紙〉
早瀬　乱　三年坂 火の夢
早瀬　乱　レイニー・パークの音
初野　晴　1/2の騎士
原　武史　滝山コミューン一九七四
濱　嘉之　警視庁情報官〈シークレット・オフィサー〉
濱　嘉之　警視庁情報官 ハニートラップ
橋本　紡　彩乃ちゃんのお告げ
馳　星周　やつらを高く吊せ
早見　俊　双子同心 捕物競い
平岩弓枝　花嫁の日
平岩弓枝　結婚の四季
平岩弓枝　わたしは椿姫
平岩弓枝　花祭
平岩弓枝　青の伝説
平岩弓枝　青の回帰(上)(下)
平岩弓枝　青の背信
平岩弓枝　五人女捕物くらべ(上)(下)
平岩弓枝　はやぶさ新八御用帳(一)〈大奥の恋人〉

平岩弓枝　はやぶさ新八御用帳(二)〈江戸の海賊〉
平岩弓枝　はやぶさ新八御用帳(三)〈又右衛門の女房〉
平岩弓枝　はやぶさ新八御用帳(四)〈鬼勘の娘〉
平岩弓枝　はやぶさ新八御用帳(五)〈御守殿おたき〉
平岩弓枝　はやぶさ新八御用帳(六)〈春月の雛〉
平岩弓枝　はやぶさ新八御用帳(七)〈寒椿の寺〉
平岩弓枝　はやぶさ新八御用帳(八)〈春怨 根津権現〉
平岩弓枝　はやぶさ新八御用帳(九)〈王子稲荷の女〉
平岩弓枝　はやぶさ新八御用帳(十)〈幽霊屋敷の女〉
平岩弓枝　はやぶさ新八御用旅(一)〈東海道五十三次〉
平岩弓枝　はやぶさ新八御用旅(二)〈中仙道六十九次〉
平岩弓枝　はやぶさ新八御用旅(三)〈日光例幣使道の殺人〉
平岩弓枝　はやぶさ新八御用旅(四)〈北前船の事件〉
平岩弓枝　新装版 おんなみち(上)(中)(下)
平岩弓枝　極楽とんぼの飛んだ道〈私の半生、私の小説〉
平岩弓枝　ものは言いよう
平岩弓枝　老いること暮らすこと
平岩弓枝　なかなかいい生き方
平岡正明　志ん生的、文楽的

東野圭吾　放課後
東野圭吾　卒業〈雪月花殺人ゲーム〉
東野圭吾　学生街の殺人
東野圭吾　魔球
東野圭吾　浪花少年探偵団
東野圭吾　しのぶセンセにサヨナラ〈浪花少年探偵団・独立編〉
東野圭吾　十字屋敷のピエロ
東野圭吾　眠りの森
東野圭吾　宿命
東野圭吾　変身
東野圭吾　仮面山荘殺人事件
東野圭吾　天使の耳
東野圭吾　ある閉ざされた雪の山荘で
東野圭吾　同級生
東野圭吾　名探偵の呪縛
東野圭吾　むかし僕が死んだ家
東野圭吾　虹を操る少年
東野圭吾　パラレルワールド・ラブストーリー
東野圭吾　天空の蜂

東野圭吾　どちらかが彼女を殺した
東野圭吾　名探偵の掟
東野圭吾　悪意
東野圭吾　私が彼を殺した
東野圭吾　嘘をもうひとつだけ
東野圭吾　時生
東野圭吾　赤い指
東野圭吾　流星の絆
広田靚子　イギリス花の庭
日比野宏　アジア亜細亜　無限回廊
日比野宏　アジア亜細亜　夢のあとさき
日比野宏　夢街道アジア
平山壽三郎　明治おんな橋
平山壽三郎　明治ちぎれ雲
火坂雅志　美食探偵
火坂雅志　骨董屋征次郎手控
火坂雅志　骨董屋征次郎京暦
平野啓一郎　高瀬川
平山譲　ありがとう

平田俊子　ピアノ・サンド
ひこ・田中　新装版　お引越し
平岩正樹　がんで死ぬのはもったいない
百田尚樹　永遠の0《ゼロ》
百田尚樹　輝く夜
百田尚樹　風の中のマリア
ヒキタクニオ　東京ボイス
平田オリザ　十六歳のオリザの冒険をしるす本
ビッグイシュー　枝元なほみ　世界一あたたかい人生相談
藤沢周平　義民が駆ける
藤沢周平　新装版　春秋の檻〈獄医立花登手控え㈠〉
藤沢周平　新装版　風雪の檻〈獄医立花登手控え㈡〉
藤沢周平　新装版　愛憎の檻〈獄医立花登手控え㈢〉
藤沢周平　新装版　人間の檻〈獄医立花登手控え㈣〉
藤沢周平　新装版　闇の歯車
藤沢周平　新装版　市塵(上)(下)
藤沢周平　新装版　決闘の辻
藤沢周平　新装版　雪明かり
古井由吉　野川

福永令三　クレヨン王国の十二か月
船戸与一　山猫の夏
船戸与一　神話の果て
船戸与一　伝説なき地
船戸与一　血と夢
船戸与一　蝶舞う館
深谷忠記　黙秘
藤田宜永　樹下の想い
藤田宜永　艶《つや》めき
藤田宜永　異端の夏
藤田宜永　流砂
藤田宜永　子宮の記憶〈ここにあなたがいる〉
藤田宜永　乱調
藤田宜永　壁画修復師
藤田宜永　前夜のものがたり
藤田宜永　戦力外通告
藤田宜永　いつかは恋を
藤川桂介　シギラの月
藤水名子　赤壁の宴

講談社文庫　目録

2011年9月15日現在